Y0-CAL-126

LA PRIMERA ESTRELLA DE LA NOCHE

NADIA GHULAM
JAVIER DIÉGUEZ

LA PRIMERA ESTRELLA DE LA NOCHE

PLAZA & JANÉS

Primera edición: abril, 2016

Travessera de Gràcia, 47-49. 08021 Barcelona

Printed in Spain – Impreso en España

ISBN: 978-84-01-01671-4
Depósito legal: B-2120-2016

Compuesto en Anglofort, S. A

Impreso en Liberdúplex,
Sant Llorenç d'Hortons (Barcelona)

L 0 1 6 7 1 4

Penguin
Random House
Grupo Editorial

A Mersal, por el amor y la amistad que nos une

NADIA

A mi padre, del que tanto debo aprender aún
Y a Mar, alfa y omega de mi vida

JAVIER

Carta al lector

Conocí a Nadia en el aeropuerto de Barcelona. Concretamente en la cola de facturación, como en las buenas películas. Corría el verano de 2009, y los dos nos habíamos ganado una plaza en la Escuela de Orient, una iniciativa de diversos organismos públicos por la que apenas una decena de universitarios españoles, estadounidenses y asiáticos disfrutarían de una semana de debates y camaradería en una apartada masía de la sierra de Tramontana, en Mallorca.

Debo admitir que siempre he sido algo tímido, y estaba nervioso. Primero se giró a saludarme su madre catalana, Maria. Después fui yo quien busqué la mirada de Nadia. Entonces aún no lo sabía, pero en ese preciso instante cambiaría mi vida. Acababa de conocer a la que en apenas unos días se iba a convertir en mi mejor amiga, aunque en aquel momento desconocía todo acerca de ella.

Nadia tenía parte del rostro surcado de profundas cicatrices, pero su mirada desprendía un aura y una calidez muy especial. Nos saludamos con un abrazo y un beso, y tuve la sensación de que ya la conocía. De que la conocía desde siempre.

Aquel viaje, que esperaba que estuviera cargado de profundos debates con mis compañeros y de algunos momentos de paz e introspección personal, se acabó convirtiendo, simplemente, en «el viaje en el que conocí a Nadia». ¿Sabes, querido lector, cómo se cocinan las patatas a la manera afgana? Yo sí, me lo enseñó Nadia, y es algo del todo increíble. ¿Y si te dijera que en el cielo de Kabul es posible ver la eternidad, si tienes la paciencia y la fe necesarias? Sí, sí, has leído bien, la eternidad. Pues es cierto, y también me lo enseñó Nadia.

Podría decirse que nuestra amistad se fraguó definitivamente en una preciosa noche de fuegos artificiales que ninguno de los dos contemplamos. Fue una de las pocas noches que bajamos de aquella masía perdida entre los riscos de la isla. Todo nuestro grupo estaba ante la playa, de cara al mar, esperando el inicio del espectáculo, cuando Nadia se acercó a Imma Llort, la organizadora, y le comentó que prefería dar un paseo por la ciudad. Insistieron en que se quedara, pero no hubo manera, estaba decidida. Empezaba a conocerla, y si no quería estar allí tendría un buen motivo para ello, pensé entonces. Y no me equivocaba. Fui el único que se ofreció a acompañarla.

Aquella noche me lo confesó: «A los ocho años una bomba destruyó mi casa, y quedé atrapada entre los escombros. Las cicatrices que recorren mi cuerpo son la terrible herencia de aquel día. Por suerte mi madre evitó que me quemara aún más. Ahora ya lo sabes... Los fuegos artificiales me recuerdan la guerra, el detonar de las bombas». Me quedé helado, y sólo atiné a abrazarla.

Esa misma noche me dijo que no esperaba volver a hacer una amistad tan profunda como las que había dejado en su país. Pero que lo había conseguido conmigo. Me emocionó. Yo sentía algo muy parecido; había conocido a una de aquellas pocas personas que, estaba seguro, iban a acompañarme toda la vida.

A partir de aquel día me fue desgranando la que había sido su vida hasta entonces; la bomba que le desfiguró el rostro y le quemó parte del cuerpo, los meses en coma, el despertar, la larga convalecencia y las continuas operaciones quirúrgicas. Supe entonces que los dos años que siguieron a aquella maldita bomba los pasó entre hospitales y campos de refugiados, porque su país continuaba en guerra.

Me contó cómo su hermano mayor, Zelmai, fue asesinado en la Kabul controlada por los talibanes. Lo mataron para robarle la bolsa de comida y el dinero que llevaba. La vida no valía más que eso en el Afganistán de entonces. Su padre recuperó el cadáver y le dio sepultura, pero fue incapaz de superar la terrible pérdida de su hijo y la locura se apoderó de él. Nunca volvió a ser el mismo.

Su familia estaba destinada a morir de hambre o a malvivir de la caridad, ya que los talibanes habían prohibido trabajar a las mujeres, y no podían contar con su padre, que era ya el último hombre de la familia. Fue entonces cuando tomó la decisión más trascendental de toda su vida: decidió ponerse la ropa de su hermano y hacerse pasar por él. ¿Por qué lo hizo? Porque no estaba dispuesta a dejar que sus hermanas tuvieran una vida miserable. Y convirtió su dolor en una ventaja: con su rostro, desfigurado por las quemaduras, nadie sabría que en realidad era una mujer.

Estuvo más de diez años trabajando, haciéndose pasar por un chico, desde los once hasta los veintiún años. Pasó de ser Nadia a ser Zelmai. Limpió pozos, aró campos, cocinó para los talibanes, reparó bicis... Mantuvo así a su familia. Diez largos años conviviendo con el miedo constante a ser descubierta. Diez largos años en los que incluso su propia familia llegó a olvidar que alguna vez había sido Nadia, que realmente era Nadia y no Zelmai, aunque se disfrazara cada día para conseguir un poco de pan y verduras con los que volver a casa.

Me explicó, siempre con una buena dosis de optimismo, que jugarse la vida día tras día haciéndose pasar por un hombre durante el régimen talibán no fue, a pesar de todo, tan malo: gracias a ello pudo estudiar en Kabul, algo que tenían prohibido las mujeres, y ser ayudante del mulá, con lo que amplió enormemente su conocimiento del islam y advirtió así cómo los talibanes manipulaban la religión a su antojo, con el único fin de mantener al pueblo afgano bajo su yugo y en la más completa ignorancia.

Supe entonces cómo, a los diecinueve años, Nadia conoció a Mónica Bernabé, una periodista española afincada en Afganistán que gestionaba ASHDA, una ONG que la trajo a Barcelona, donde operación tras operación consiguieron reconstruirle el rostro, y que se ocupó de buscarle una familia. Fue así como conoció a sus padres catalanes, Maria y Josep.

A partir de aquel verano llegué a conocer todo acerca de su vida, y al profundo cariño que le tenía se sumó el orgullo, un orgullo enorme por cómo era, por lo que había hecho, por lo que significaba. Si Afganistán necesitaba de ejemplos a seguir, de heroínas, Nadia lo era.

Un año más tarde publicaba su primera novela, *El secreto de mi turbante*, donde narraba todo lo que yo ya sabía. Fue un gran éxito: ganó el Prudenci Bertrana de aquel año, se tradujo a media docena de idiomas y convirtió a Nadia en un personaje público. Yo mismo la acompañé por buena parte del territorio catalán de presentación en presentación, y eran pocas las semanas en que no salía en alguna de las cadenas de televisión españolas, o en los diarios de mayor tirada del país.

En todos y cada uno de aquellos viajes, tras cada encuentro, me confesaba su mayor aspiración: contar al mundo que las verdaderas heroínas son las mujeres afganas que siguen en el anonimato. Las que soportaron en toda su crudeza el ser mujer durante la guerra civil y el régimen talibán. Todas y cada una de las valientes mujeres afganas. Algún día, me decía, contaré la historia de las mujeres de mi familia, seré la voz de todas aquellas mujeres afganas que no tienen voz.

Eso mismo es este libro, querido lector. La historia de una familia de mujeres afganas, la de Nadia. Un libro que pretende dar voz a las que no tienen voz.

«Vi la eternidad la otra noche», dejó escrito el poeta Henry Vaughan. La eternidad es la amistad y la fuerza de todas las mujeres valientes. La eternidad es la primera estrella de la noche.

JAVIER DIÉGUEZ SUÁREZ

La muerte de tía Sha Ghul

Recuerdo la primera vez que mi madre me habló del mar. Fue uno de esos momentos que aparecen nítidos en mi memoria, entre los recuerdos de los días azules y luminosos de mi infancia. Un viernes aparentemente normal, como tantos otros, en el que mis padres, mis primas y yo nos dirigimos al río Panjshir, a las afueras de Kabul. En esa ocasión mi madre, con su espléndida y radiante sonrisa, se acercó y me besó suavemente en la mejilla, tras susurrarme al oído: «¿Ves el agua que corre entre mis manos, Nadia? El agua es claridad, es luz, esperanza, vida. ¿Te das cuenta, hija mía? El agua que fluye por este río nos está llenando de felicidad». Para ella cualquier riachuelo era como un enorme mar de felicidad. Zia, mi madre, me enseñó qué era el mar mucho antes de que yo llegara siquiera a contemplarlo con mis propios ojos.

El viernes en que recibí la llamada desesperada de mamá también debería haber sido otro viernes normal, monótono, como muchos otros. Pero no lo fue. Estaba en el sofá, viendo uno de mis programas de televisión favoritos. «Zelmai *jan*, tía Sha Ghul ha muerto», me dijo entre sollozos. Me quedé helada. «¿Zelmai, hijo mío, me has escuchado? Tía ha muerto... dime algo, por favor.» Colgué sin despedirme y me eché a llorar, desconsolada.

Media hora más tarde volví a marcar el número de mamá. Tenía la voz aún más apagada que antes. Intenté mostrarme todo lo fuerte y entera que pude. A medida que me contaba qué había pasado se me iban agolpando en la memoria miles de recuerdos de tía Sha Ghul. «¡Tras tantos años de sufrimiento, hijo! Y ahora que estaba más tranquila...» Su vida había sido dura, sí, muy dura. Quizá por eso había muerto inesperadamente, dejando en todos los que la conocimos una huella invisible aunque indeleble. Exactamente igual que las estrellas fugaces que iluminan súbitamente el cielo estrellado en las cálidas noches del verano afgano.

Tía Sha Ghul era una de las personas más importantes de mi vida, y a la tristeza y desesperación que me embargaban se sumaba la frustración por no haber podido entrever, y menos aún evitar, su muerte. «Llegó a nuestras vidas de casualidad, hijo mío, pero nos hizo felices...» Fue entonces cuando comprendí, en un repentino destello de lucidez, que había aún demasiados aspectos de su vida que me eran completamente desconocidos. Me reprochaba a mí misma el no haber aprovechado más los momentos junto a ella. Tenía aún mucho que aprender de ella, y del resto de mujeres de mi familia. Nunca más podría dar respuesta al sinfín de preguntas que me atormentaban, pero estaba decidida a que eso no me volviera a suceder. Al fin y al cabo, había sobrevivido a dos décadas de desgracias en un país torturado por la guerra y la miseria, y desde que estaba en Europa me había esforzado por borrar todos esos recuerdos. Era la manera más fácil que había encontrado de autoprotegerme. Pero desde ese momento, desde el preciso instante en que entendí que no la volvería a ver nunca más, supe que el resto de preguntas no acabarían sin respuesta. Debía honrar a mi tía y comprender mejor a las mujeres de mi familia, y con ello el alma de mi propio país. Y aunque aún no lo sabía, más tarde comprendería que ésa era la única manera de curar mis heridas y de reencontrarme conmigo misma.

—¿Nadia, estás ahí? —escuché tras el chirriar de la puerta de entrada.

—Sí, mamá —alcancé a decir, con un hilo de voz.

Maria, mi madre catalana, acababa de llegar de su trabajo, así que apagué el ordenador y bajé al salón a saludarla. Yo aún estaba visiblemente afectada por la noticia, así que no tardó en darse cuenta de que algo me pasaba.

—¿Qué te pasa, Nadia, estás bien? Tienes muy mala cara.

La abracé, y volví a deshacerme en lágrimas.

—Tranquila, Nadia. Vamos a dar una vuelta por la rambla, mientras te da el aire y me cuentas qué ha pasado, ¿sí?

Traté de contarle lo mejor que pude lo que habían significado para mí tanto tía Sha Ghul como su hija, mi prima Mersal. Ambas habían formado parte de mi infancia, la única etapa feliz de mi vida, los años previos a la guerra, previos al momento en que la bomba que estalló en casa me desfigurara el rostro.

Maria me escuchaba atenta mientras me pasaba el brazo por la cintura, como si quisiera protegerme del pasado. Le expliqué cómo la muerte de tía Sha Ghul me empujaba de nuevo a enfrentarme a los fantasmas del pasado, a la vida que había dejado atrás, y cómo Mersal había sido siempre como una hermana... hasta que se casó.

Al casarse, las mujeres afganas pasan a pertenecer a la familia del marido y, a menudo, pierden todo contacto con su verdadera familia. Y eso mismo es lo que ocurrió con Mersal. Desde entonces, desde hacía ya más de veinte años, reencontrarla se había convertido en una verdadera obsesión, y supe que ése era el momento de hacerlo. Mersal seguía formando parte de ese conjunto de personas que conforman la nostalgia de los que estuvieron y ya no están.

—¿Y qué crees que debes hacer, Nadia? —me dijo Maria, con cariño.

—Creo que debo volver a Kabul, darle el pésame a Mersal... y recuperarla —contesté, temblando.

—Hazlo, hija. Sé que será peligroso, pero en estos años que llevas con nosotros me has enseñado que eres capaz de llevar a cabo todo lo que te propongas, por muy duro y difícil que sea. Así que si crees que es eso lo que debes hacer, yo te apoyaré.

—Pero tengo miedo, mamá —le confesé, sincerándome.

—¿Miedo a qué? —me preguntó, sorprendida.

—A que me descubran...

Me estremecía pensar qué podrían llegar a hacerme si alguien en Afganistán descubría mi doble identidad. Y aunque el miedo pasó a formar parte de mi vida desde que empecé a vestirme con ropa de hombre, esta vez no estaba dispuesta a que el miedo me impidiera hacer lo que sentía. Sabía que si quería respuestas no podía volver a ocultarme. Además Mersal podría necesitar mi compañía, y ahora por fin yo podía estar a su lado.

—Todos tenemos miedo, Nadia, nadie está libre de él. Y el miedo puede llegar a ser positivo si nos empuja a superarnos a nosotros mismos —me dijo, mostrando así su excelente punto de vista de psicóloga.

—Sí, lo sé, ese miedo siempre me ha ayudado a salir adelante, a mantener a mi familia, a luchar y superar cualquier dificultad... pero tengo miedo.

—Entonces ¿qué harás, Nadia? —me preguntó, apretándome más fuerte contra sí.

La decisión estaba tomada. Debía volver lo antes posible a Kabul, y hacerlo como Nadia, mi verdadera identidad, y no como Zelmai.

—Volveré, pero si voy sola correré muchos riesgos. Si me reconocen, me matarán.

—No digas eso, hija. ¿Y si quedas con tu madre en cualquier otro lugar y volvéis juntas? ¡Nadie se fijará en dos mujeres tapadas! Pasaréis totalmente desapercibidas, y así no tendrás que enfrentarte tú sola a los peligros del viaje —propuso, pensativa.

Era una idea brillante, así que tan pronto llegara a casa le propondría a Zia, mi madre, que me esperara en Pakistán. Cruzaríamos juntas la frontera y llegaríamos sanas y salvas a Kabul, sin mayores problemas.

—Qué preciosidad, ¿verdad, Nadia? —me susurró Maria al oído.

Habíamos llegado al Pont del Petroli de Badalona, una plataforma de madera que se adentraba unos cien metros en el mar y desde el que se podía admirar buena parte del litoral barcelonés. Era uno de los lugares al que solíamos ir cuando necesitábamos desahogarnos. Lo recuerdo como si fuera ayer, aunque ya hace más de cuatro años.

Quedé abrumada al contemplar por primera vez la inmensidad azul del Mediterráneo. La fuerza del oleaje, que nunca antes había llegado a imaginar, rompía en mi alma con igual o mayor fuerza que lo hacía contra la playa. Las olas, que estallaban contra el paseo marítimo, me llenaban de pequeñas gotas de agua fresca y brillante, destellos de vida que me recordaban a mi madre.

Aún hoy, tras tantos años viviendo lejos de mi tierra natal, el oscilante zigzagueo del mar sigue recordándome a ella. Un paseo por la playa, sintiendo el sabor del mar en cada bocanada, es una sensación muy parecida a la paz y tranquilidad que sentía cuando mamá me arropaba entre sus brazos. Ella me había enseñado el profundo significado del mar, sin siquiera haberlo nombrado nunca. Porque Darya-ye Panjshir y todos los demás ríos, arroyos y riachuelos que cruzamos juntas los tenía mucho más presentes que nunca desde el Pont del Petroli de Badalona, mi privilegiada atalaya, desde la que no sólo oteaba el horizonte sino también mis más preciados recuerdos.

—¿Volvemos a casa, Nadia? Tenemos que preparar tu viaje de regreso —dijo plácidamente Maria, sonriéndome.

—Sí, madre —dije, despertándome del letargo.

Viaje a Islamabad

Maria y Josep, mis padres catalanes, habían salido a comprar las últimas cosas que necesitaba para el viaje. Faltaban un par de horas para la salida del vuelo, y Josep estaba aún más nervioso que yo.

Maria es una de las personas más comprensivas que conozco. Es inteligente, y posee la capacidad de solucionar cualquier problema en cuestión de minutos. Siempre encuentra el camino correcto. En cambio Josep es muy distinto, y quizá por eso se complementan a la perfección. Él es profundamente afectuoso y empático, tiene la virtud de reconocer y darte el cariño que necesitas en cada momento, pero eso le hace ser mucho más sufridor que Maria.

Gracias a mi madre catalana había conseguido el visado para viajar a Londres y, desde allí, coger un vuelo a Islamabad. Ella se había encargado de los billetes, del hotel en Pakistán, de todos los trámites necesarios, que no fueron pocos ni fáciles. Incluso habíamos tenido que ir a la embajada británica en Madrid, a entrevistarnos con el personal diplomático para explicarles nuestra situación y la razón de mi viaje relámpago a Londres. Realmente sólo debía hacer escala en Inglaterra, pero para una chica con pasaporte afgano todo resultaba muchísimo más complicado.

—¡Nadia, Nadia! ¿Estás aún en el despacho?

Mi padre catalán acababa de volver de la compra. Por lo visto, había dejado que mamá se encargara de los últimos detalles.

—Nadia, hija, mira lo que te he traído. Una Moleskine y un bolígrafo, de los que uso yo para escribir. Así podrás apuntar todo lo que quieras contarme a la vuelta —dijo, expectante.

—Gracias, papá —exclamé, y le abracé bien fuerte.

—Nadia, ¿estás segura de que quieres ir? Estoy asustado, y si te pasara algo... —murmuró, visiblemente angustiado.

—Papá, no te preocupes, todo irá bien. ¡Estás hecho un exagerado! —solté, para restarle importancia.

Miré a mi alrededor. El despacho era amplio y alargado, flanqueado por filas de estanterías atestadas de libros, todos organizados con meticuloso orden. Al final de la sala estaba la mesa de trabajo de papá, junto a su ordenador personal y su equipo de música, en el que solía escuchar clásicos y algo de rock. Vivaldi, Albéniz, los Beatles... En el lado opuesto de la sala estaba la mesa pequeña en que trabajábamos tanto mamá como yo. Era cuadrada, y siempre la teníamos repleta de hojas, libros o apuntes.

Recuerdo perfectamente que al pisar por primera vez aquella sala pensé que aquello era lo más parecido al paraíso terrenal que había visto jamás, y sin duda era lo que más se acercaba a las historias que mamá me contaba, en las noches kabulíes, sobre los antiguos sabios de Oriente y sus colecciones de libros. Desde entonces paso allí innumerables horas escribiendo, leyendo, estudiando o simplemente relajándome en silencio. En Afganistán, tras el inicio de la guerra civil, jamás tuve la oportunidad de conservar ni una simple caja donde guardar libros. Ni siquiera tenía el dinero suficiente para comprarlos, y además las prohibiciones de los talibanes hacían realmente peligroso leer.

Había llegado la hora de partir. Papá puso el coche en marcha. El trayecto hasta el aeropuerto duraba unos veinte minutos, pero fueron los veinte minutos más cortos que recuerdo. La ciudad que tanto había aprendido a amar y a valorar pasaba ante mis ojos, rauda e inconmovible a mi paso. Me acurruqué en el asiento de cuero tratando de dejar la mente en blanco.

En Barcelona había descubierto un mundo fascinante y gracias a mi nueva familia de acogida gozaba de todas aquellas oportunidades de las que en Afganistán se me privaba por el simple hecho de ser mujer: estudiar, trabajar, pasear, tener amigos. Era por fin libre. Pero nunca me había desvinculado completamente de mi familia ni de mi amada Kabul; la ciudad en la que nací, crecí y maduré, pero también la ciudad que me arrebató la inocencia a los ocho años.

En Kabul había tenido una infancia muy feliz, hasta que empezaron los tiroteos, los bombardeos, las violaciones, la hambruna; hasta que empezó la guerra civil. Las ansias imperialistas de las potencias extranjeras primero, y los señores de la guerra y la locura talibán después habían devastado un país donde reinaba la libertad y donde aún era posible tener ilusiones, soñar con un futuro mejor. Decenios de guerra habían acabado con cualquier atisbo de esperanza incluso para el afgano más optimista. Como dice un refrán tradicional afgano, «la felicidad es como un ave que sobrevuela nuestras cabezas, pero es huidiza y en raras ocasiones acabará posándose en nuestras manos». Y así me sentía yo en mi propio país; como un ave huidiza en busca de la felicidad que no podía seguir volando en un cielo que los hombres habían asolado con sus absurdas ansias de poder.

Habíamos llegado. Papá se apresuró a aparcar. Estaba algo nervioso, como de costumbre, y temía que no nos diera tiempo a facturar. Ante la puerta de embarque, me derrumbé. Fue momentáneo, apenas un par de lágrimas, pero mi padre catalán lo percibió al instante.

—Nadia, cariño, te queremos desde aquí hasta el séptimo cielo de Kabul. Si tienes problemas iremos a buscarte, sea donde sea que estés. Así que no temas y ve en busca de tu familia —me susurró, emocionado—. Y recuerda que ni la más mortífera de las bombas pudo destruirte, así que aférrate a tu corazón y podrás con todo.

—No temas, Nadia. Estoy segura de que todo irá bien —dijo mamá, a modo de despedida.

Les besé y me dirigí al control de seguridad de la puerta de embarque, sin mirar atrás. «Si no tenemos nada que decir hay que dejar que nos hable el silencio», solía decirme tía Sha Ghul.

La azafata que verificaba las tarjetas de embarque alzó la mirada tras comprobar mi identidad en el pasaporte. Por primera vez me miraba a los ojos. Al ver las quemaduras de mi rostro abandonó su impostada sonrisa. Tras unos segundos de sorpresa, la recuperó rápidamente y me indicó, amable, dónde se encontraba mi asiento. Lamentablemente, las secuelas de la bomba que me había desfigurado la cara hacía años seguían incomodando a algunos, y yo seguía sin acostumbrarme a la expresión de desconcierto que se dibujaba en el semblante de los que me observaban por primera vez.

Busqué mi asiento, al lado de la ventanilla. Tal y como había dicho mamá, estaba tras una de las alas de la aeronave, muy cerca de la salida de emergencia. Según ella era el lugar más seguro, y encima podría disfrutar de las vistas desde la ventanilla del avión.

No pude evitar pensar en qué distintas eran las concepciones del viaje para un afgano y para un europeo. Eran visiones enfrentadas. En Europa se viajaba por placer, y cada viaje era una oportunidad inmejorable de vivir experiencias, conocer nuevas culturas y crecer como persona. En mi país, en cambio, viajar suponía un gran peligro, por lo que nadie en su sano juicio se aventuraba a dejar la comodidad de su casa o barrio si no era por obligación. Yo misma, como el resto de afganos, había tenido que viajar decenas de veces, pero siempre para escapar de la guerra, de los bombardeos, de la muerte que nos acechaba sin cesar. Salir del país era para nosotros siempre sinónimo de trauma, de campos de refugiados, de dolor. Nuestras casas y pueblos podían ser viejos y humildes, pero eran nuestros, y no los abandonábamos si no nos veíamos obligados. Para un afgano el viajar por placer no era ni siquiera imaginable.

A mi lado se sentó una mujer de mediana edad, de piel muy pálida y melena rubia, que nada más ponerse cómoda entabló conversación conmigo. Me hablaba de su hijo y de las ganas que tenía de ver a su familia. Trabajaba para una multinacional y la habían enviado una semana a Barcelona, con sus colegas españoles. Le respondí hablándole de mi madre, de la familia que me esperaba en Afganistán, pero pronto perdió el interés en mí. En las pantallas del avión iban a proyectar uno de los últimos estrenos de Hollywood.

Rebusqué en uno de los bolsillos de mi equipaje de mano. Allí estaba la foto de mamá, sonriendo, recostada junto a papá en el salón de nuestra casa. Mamá iba cubierta con un chal blanco que dejaba entrever su preciosa melena negra. Papá llevaba un chaleco marrón sobre un jersey negro a rayas. Él siempre había preferido vestirse a la manera occidental y sólo se permitía alguna que otra pequeña licencia más acorde con su cultura, como el típico *pakol* blanco, el gorro pastún. Por aquel entonces ya lucía una frondosa barba que empezó a dejarse crecer cuando le diagnosticaron un principio de enfermedad mental, lo que sucedió a los pocos años de iniciarse la guerra civil. La foto tenía veinticinco años y me acompañaba allá donde iba. Eran felices.

Resultaba desalentador saber que sólo los hechos verdaderamente traumáticos, como la muerte de un ser querido, nos hacen reaccionar y nos muestran lo que hay de valioso en nuestras vidas. Y yo presentía vívidamente que mi reencuentro con Afganistán iba a ser desde el primer día un auténtico viaje iniciático. Necesitaba dar apoyo a mi familia, arrojar algo de luz sobre mi pasado y reconstruir el rompecabezas familiar, y para ello debería enfrentarme a un muro levantado durante años por las mujeres de mi familia a base de temores, llantos e ilusiones frustradas. No resultaría fácil.

De repente las turbinas del avión empezaron a rugir, listas para el despegue. Estaba decidida a no dejar que nada ni nadie quebrara la quietud que tanto me había costado conseguir tan lejos de mi tierra. Así que cerré los ojos y me dejé llevar.

El deseo de ver a mi madre

Hacía un día radiante. Un día perfecto para reencontrarme con mamá, pensé mientras oteaba el horizonte desde la ventanilla del avión. Las alas de la aeronave deshacían las nubes que encontraban a su paso, desmenuzándolas sin cesar. Por un instante se me apareció la imagen de mamá, como antaño, cuando aún era joven y yo sólo una niña más. Recordaba cómo devoraba nuestro sabroso pan afgano, el *naan*, mientras moldeaba pacientemente la masa con sus dedos. Siempre admiré esa habilidad suya, compartida por la mayoría de madres afganas, de dar al *naan* formas imprevisibles, casi mágicas.

A medida que el avión descendía, el paisaje se fue haciendo cada vez más familiar; el bosque mediterráneo había desaparecido hacía ya varias horas y ahora surgían ante mí los cerros que rodeaban Islamabad, la última frontera verde de la bulliciosa capital paquistaní. Tras ellos se extendía la gran urbe, que vista desde el cielo no era más que una caótica sucesión de calles de casas bajas entre las que destacaban un par de rascacielos que me recordaban vagamente a los edificios que tanto me habían impresionado a mi llegada a Barcelona.

De pronto, unas fuertes sacudidas me despertaron del letargo; el avión acababa de tomar tierra en el aeropuerto internacional de Islamabad, lo que significaba que estaba cada vez más cerca de reencontrarme con mi madre. Sentí que mi corazón se aceleraba a cada instante, así que respiré hondo, me puse el pañuelo en la cabeza y recogí mi equipaje de mano. Estaba tan eufórica que habría podido atravesar toda la ciudad corriendo, si con ello hubiera llegado antes junto a mi madre. No podía esperar ni un minuto más.

Islamabad era una ciudad joven, mientras que los kabulíes solíamos enorgullecernos de la larga historia de nuestra ciudad. Un minúsculo, ridículo consuelo, ya que Kabul estaba destrozada tras años y años de guerra. Tras una carrera en taxi por las principales arterias de la ciudad, por fin llegué al hotel en el que debía alojarme. Sin duda, mi madre catalana se había empeñado en conseguirme la mejor estancia posible en la ciudad. Estaba alojada en el Best Western, un hotel moderno y lujoso al que se accedía tras cruzar una bonita zona ajardinada. La recepción era amplísima, con un pavimento de luminoso mármol y espectaculares lámparas de araña que colgaban de las bóvedas del techo. Todo me recordaba a los deslumbrantes salones en que solían ambientarse las películas de Bollywood que tantas veces había visto junto a Zelmai y Mersal.

Emocionada, crucé el pasillo, entré en la habitación y me dejé caer sobre el lecho. Las lámparas, el espejo de estilo colonial y el agradable aroma a incienso que se respiraba en la estancia contrastaban con la enorme televisión de plasma que tenía ante la cama. Mientras recuperaba la calma intenté imaginarme el reencuentro con mi madre. Deseaba explicarle cómo era mi vida en Barcelona, cada pequeño detalle de mi día a día en Europa; las calles asfaltadas y bien iluminadas, repletas de tiendas con escaparates llamativos, los cafés con amigos y la amabilidad de mis padres catalanes, las tardes de estudio en la biblioteca. Así, poco a poco y sin apenas darme cuenta, acabé profundamente dormida.

Un par de horas más tarde me desperté sobresaltada. Tenía el extraño presentimiento de que algo no iba bien, por lo que me levanté para comprobar si tenía alguna llamada o mensaje en el móvil, pero parecía que todo estaba en orden. Probablemente mi madre no sabía utilizar el prefijo telefónico del país, al fin y al cabo era su primer viaje al extranjero y la tecnología nunca se le había dado bien, reflexioné, intentando tranquilizarme. Además los pakistaníes eran gente amable, así que seguro que alguien le prestaría ayuda si lo necesitaba. No tenía de qué preocuparme, por lo que decidí dar una vuelta por el hotel. Nunca había estado en un hotel tan lujoso y pensé que sería una buena distracción.

El Best Western de Islamabad era aún más señorial de lo que había imaginado; albergaba un par de restaurantes, al menos una decena de salas para banquetes y conferencias e incluso un gimnasio propio. Al llegar a la puerta del comedor principal el camarero me dio la bienvenida con una amplia sonrisa. Las bandejas repletas de comida se disponían a ambos lados de la enorme sala. Tras años de guerra, escasez y hambre, aquella opulencia me resultaba casi irreal, y no podía evitar imaginar cómo disfrutaría mamá ante tanta ostentación de comida, de todos los rincones del mundo, y encima ya lista para servir... ¡Se iba a quedar extasiada, tras pasarse los últimos años de su vida alimentándose a base de sopas y caldos!

No tenía hambre pero llevaba demasiadas horas sin comer. Le pedí al camarero un plato de arroz con verduras y un té negro bien caliente, y volví con la bandeja a la habitación. Seguía sin tener noticias de mi madre, así que volví a sumirme en los recuerdos; evocar los días felices de mi infancia siempre ha sido mi mayor válvula de escape. Son algo así como una vía directa al pasado, a los tiempos felices de mi niñez, cuando mi padre estaba bien de salud, tenía trabajo y se preocupaba por mí, mis hermanas y mis primas, y los días transcurrían entre risas y juegos junto a Zelmai y Mersal.

En aquellos años de paz y bonanza, gracias a su trabajo en el Ministerio de Sanidad papá había comprado una espaciosa casa en uno de los mejores barrios de Kabul, y tío Jan Agha y tía Sha Ghul venían a visitarnos a menudo. En los días de invierno los mayores compartían vivencias junto al brasero, y en las noches estivales contemplaban las estrellas o jugaban a las cartas en la terraza. En cambio Zelmai, Mersal y yo aprovechábamos aquellas veladas familiares para imitar los bailes y las escenas de nuestros actores favoritos de Bollywood. A Zelmai le encantaba simular que se tomaba una copa, como los dandis de las películas, mientras nos observaba danzar al estilo de las superestrellas más bellas del cine indio. Yo era la encargada del radiocasete, y lo hacía de maravilla; subía el volumen al máximo, hasta que la música se adueñaba de todos nosotros e impedía que escuchásemos nuestras propias carcajadas. A veces Maboba, la hermana de Mersal, entraba furtivamente en nuestra habitación y enloquecía de celos; tenía tantas ganas de formar parte de nuestro «clan Bollywood» que sus berrinches nos parecían de lo más divertido. Para todos nosotros, aquéllos fueron los mejores años de nuestras vidas.

Mientras el «clan Bollywood» bailaba inocentemente bajo la luz de las primeras estrellas de la noche, nuestro futuro estaba a punto de desvelarse yermo y gélido, como las imponentes y heladas montañas que protegen Kabul.

Recuerdos de Mersal

Mersal era un par de años menor que yo, y algo introvertida, pero era la mejor amiga que jamás hubiera imaginado. Los instantes vividos junto a ella son mis más preciados recuerdos, y los evoco cada vez que la tristeza trata de apoderarse de mí: su innata capacidad de hacerme reír a carcajadas con cualquier estupidez, la elegancia de sus silencios, su sonrisa pícara e inteligente.

Físicamente éramos muy distintas; yo solía recordarle que su pelo era tan liso y suave como la seda con la que se elaboran los chales de las novias más afortunadas, su piel tan blanca como el rocío que cubre nuestros campos al amanecer, y su cara tan brillante y bella como la luna llena en toda su plenitud. Yo, en cambio, tenía el pelo tan rizado como mi padre, de herencia pastún, y la piel mucho más oscura, como el resto de la familia. El simpático hoyuelo de su mentón y sus ojos, de un verde sazonado por el marrón del desierto, destacaban su belleza.

A veces, tras la calma que seguía a nuestras sesiones de bailes orientales, insistía en peinarse el pelo igual que yo, ayudándose de unos improvisados rulos de papel que nosotras mismas hacíamos con lo que encontrábamos por casa. Nunca supe por qué, pero Mersal quería parecerse a mí.

Todos aquellos juegos acabaron el día en que los señores de la guerra se posicionaron en las laderas de las montañas que cobijaban Kabul y empezaron a bombardear la ciudad. Desde entonces las tardes de los viernes pasaron de cobijar los juegos y las carcajadas del «clan Bollywood» al silencio sepulcral que acompañaba el sobrevuelo de los proyectiles y al olor a azufre de las bombas. Pese a ello, nuestras familias siempre mantuvieron el contacto, al menos hasta la mañana en que una bomba estalló en nuestra propia casa.

El día que volví a verles tras mi estancia en el hospital, tanto tía Sha Ghul como tío Jan Agha no podían ocultar su profunda turbación. Era evidente que la bomba había dejado importantes secuelas en todo mi cuerpo y en mi rostro, y se les hacía muy difícil reconocerme. Mersal, en cambio, las obvió desde el primer momento. Quemada o no, yo seguía siendo Nadia, su queridísima prima, y ninguna quemadura habría sido suficiente para romper el hondo vínculo que nos unía.

Mersal se convertiría, a partir de entonces, en mi alma gemela. De hecho, podría decirse que cada una de nosotras representaba todo aquello a lo que la otra no podía aspirar. Yo envidiaba su frágil belleza, suspiraba por pintarme las uñas y ceñirme cualquiera de sus preciosos y llamativos vestidos. Bella, y con un carácter sumiso y dócil, mi prima era el modelo de mujer con el que cualquier hombre afgano hubiera deseado casarse, mientras que yo era mucho más resolutiva, tomaba mis propias decisiones y no acataba fácilmente las órdenes de los demás. Era orgullosamente independiente. Mersal anhelaba mi carácter, ansiando en silencio la libertad que le estaba vedada a toda mujer afgana y de la que yo hacía gala. Yo, en cambio, suspiraba día y noche por disfrutar, aunque fuera durante unos instantes, de su grácil belleza. Fuera como fuese, lo cierto es que nuestro vínculo se hizo aún más fuerte, a pesar de la guerra que, cada vez más a menudo, nos mantenía alejadas la una de la otra.

* * *

A mediodía la llamada a la oración del mulá desde la lejana mezquita me despertó súbitamente del ensoñamiento. Había vuelto a quedarme dormida, y estaba decidida a espabilarme de una vez por todas. Así que salté de un brinco de la cama y me dirigí al baño, dispuesta a prepararme para la ablución, un ritual en el que todo buen musulmán debe lavarse la cara, las manos y los pies antes de presentarse ante Alá. A continuación extendí en el suelo de la habitación un pequeño mantón, o *jan-namaz* en idioma dari, que me acompañaba en todos los viajes, me arrodillé y, orientada hacia La Meca, llevé a cabo mis oraciones. Una vez terminadas, abrí el Corán que llevaba en la maleta y leí algunos versículos.

En el mundo musulmán el ritual de la oración se lleva a cabo cinco veces al día; por la mañana, al mediodía, a media tarde, al atardecer y justo antes de acostarse. Y yo, como creyente y buena musulmana, siempre he procurado cumplir en todo momento con los preceptos de mi religión. Además, en los momentos cruciales de mi vida el rezar me ha ayudado a conseguir esa paz y fuerza interior necesarias para tomar las decisiones correctas.

Por fin, tras leer algunos pasajes, guardé el Corán en la maleta y volví a revisar el móvil. Cabía la posibilidad, o eso esperaba, de que hubiera recibido alguna llamada o mensaje de texto mientras dormía, pero no fue así.

Mamá seguía sin responder a mis llamadas, así que decidí deambular por los pasillos del hotel y, al poco rato, me encontraba en el vestíbulo principal. «Quizá mamá haya dejado algún mensaje para mí en recepción», pensé mientras me dirigía hacia el recepcionista.

—Perdone, señor. ¿Sería tan amable de revisar si hay algún mensaje para mí? Estoy en la habitación 142.

—Es usted Nadia Ghulam Dastgir, ¿verdad?

—Sí, soy yo. He llegado hace pocas horas a Islamabad.

—Pues lo siento, no me consta que hayamos recibido ningún mensaje para usted aún. Pero en cuanto lo recibamos se lo haremos saber, no se preocupe —respondió amablemente tras hojear uno de sus blocs de notas.

Empezaba a estar realmente preocupada. Mamá no había salido jamás de Afganistán, debía cruzar zonas aún bajo control talibán antes de llegar a la frontera pakistaní y, por si fuera poco, viajaba sola, sin compañía masculina. Empujarla a tal travesía había sido una estupidez, y más a su edad. Sin pensármelo dos veces, salí apresuradamente del hotel y me dirigí a la parada de autobuses más cercana.

A medida que el autobús recorría las principales calles de Islamabad pensaba en Kabul, tan castigada tras años de guerra y de fanatismo, y en cómo se había acabado convirtiendo en una ciudad llena de escombros, en una simple sombra de lo que fue.

De pronto, tras algunos edificios bajos, atisbé los pináculos de lo que parecía un gran templo de oración. Me levanté del asiento y rogué al conductor que me dejara en la parada más cercana a aquel monumento.

El edificio resultó ser la mezquita de Shah Faisal, una construcción moderna, majestuosa, de un blanco puro, y muchísimo más grande de lo que cualquiera hubiera imaginado. El templo principal estaba escoltado por cuatro esbeltas torres que se alzaban, orgullosas, hacia el cielo. A pesar de haberla visto cientos de veces en televisión, su belleza superaba todas mis expectativas.

Tras unos minutos de espera, dejé mis botas en la taquilla y me adentré en el santuario. La Gran Mezquita era arquitectónicamente muy distinta a todas las que yo había conocido hasta entonces. Todo el recinto tenía formas triangulares, con una enorme esfera de luz en el centro que colgaba del techo y una moderna escultura en forma de Corán junto a la pared principal, en la que se podían leer algunas suras del libro sagrado.

Las grandes mezquitas de mi país, en cambio, eran muchísimo más coloridas. Mi favorita siempre había sido la de la ciudad natal de mi padre, Mazar-e-Sharif, con su espectacular cerámica vidriada. El azul y el turquesa de sus azulejos brillaba desde kilómetros y kilómetros de distancia. Aunque todas tenían siempre algo en común, su luminosidad. Allí, ante la sala de oración de la mezquita de Shah Faisal, volví a reencontrarme con los recuerdos de la época en que me convertí en el ayudante del mulá en la mezquita del barrio.

Los noventa y nueve nombres de Alá resonaban en mi cabeza: Ar Rajmán, Ar Rajim, Al Malik, Al Salam... Mi pasión por el estudio del Corán empezó tras la llegada de los talibanes a Kabul. Desde bien pequeña mi madre se había esforzado en inculcarme el hábito de orar y leer el libro sagrado, repitiéndome una y otra vez que Dios era justo, amable y misericordioso, y que ayudaba y perdonaba a todo aquel que lo necesitaba. Pero los supuestos soldados de Dios, los talibanes, prohibían a las mujeres estudiar, trabajar e incluso salir solas a la calle, las obligaban a taparse hasta los ojos y las lapidaban a la mínima falta. De pronto los actos más crueles se llevaban a cabo bajo el nombre de Alá, por lo que era evidente que o bien los talibanes o bien mi madre me estaban engañando, y la única manera de averiguarlo era sumergirme yo misma en el estudio del Corán.

Por aquel entonces ya habían asesinado a mi hermano Zelmai así que, siempre bajo su identidad, pude ir a las clases de religión que impartía el viejo mulá de mi barrio, y aprendí a leer e interpretar las suras del Corán. Me pasaba las tardes, hasta bien entrada la noche, en la mezquita de Azrate Osman leyendo y conversando con el mulá, y gracias a su paciencia y sabiduría descubrí que Alá no estaba de acuerdo con que se agrediese a las mujeres, ni en prohibirnos escuchar música o volar cometas. Es más, poco a poco y sin pretenderlo acabé siendo su principal ayudante, haciendo todo aquello que, por su avanzada edad, le resultaba ya muy difícil: dirigía a las personas en el rezo, avisaba a los transeúntes de que se acercaba el *adán*, la llamada a la oración... A veces un viejo sabio y unas pocas suras, o lecciones del Corán, son el arma más poderosa para combatir el fanatismo. Desde entonces supe que mi madre estaba en lo cierto: los talibanes podían tener el poder, pero no la razón.

Estuve casi una hora en la mezquita. Del reino de la paz y serenidad interior pasé al reino de la fastuosidad terrenal. Los monos y los pavos reales deambulaban a placer por el parque botánico que se encontraba a poca distancia de la mezquita, mezclándose con los asombrados visitantes, que no daban crédito a lo que veían. Sin duda aquel rincón de Islamabad habría apasionado a mi madre. Para cualquier afgano, una simple pluma de pavo real era tan valiosa que la utilizábamos como puntos de libro del Corán.

Tendría seis o siete años cuando conseguí mi primer cálamo de pluma de pavo real. Era mi mayor tesoro, y me afanaba en mostrárselo a todas las niñas del barrio a la mínima ocasión. Una tarde vino a verme Aisha, una niña del vecindario, y me convenció de que si recubría el cálamo de azúcar y lo guardaba entre las páginas del libro sagrado, poco a poco crecería hasta convertirse en una preciosa y completa pluma. Al día siguiente el calor había derretido el azúcar, dejando las páginas del Corán totalmente enganchadas unas con otras. Inservible. Nunca más volví a dirigirle la palabra.

De repente, al pasar bajo la copa de un cedro, me sobresaltó la pirueta imposible de un mono. Al verle, me acordé de las historias que solía contarme mi madre en el hospital. ¿Qué habría sido de los monos que poblaban nuestros bosques cuando mamá era una niña? ¿La guerra también se los había llevado, tal y como hizo con Zelmai? Y mamá, ¿dónde estaba?

Niqab

De vuelta en el hotel no podía ocultar mi nerviosismo, por lo que me resultaba imposible pasar por delante de recepción y no preguntar si había recibido alguna llamada.

—Señor, ¿sería tan amable de decirme si ya he recibido la llamada que estoy esperando? —preguntaba.

—Nadia Ghulam Dastgir, habitación 142, ¿verdad?

—Sí, exactamente.

—Aún no, señorita Ghulam Dastgir —respondía negando con la cabeza—. Pero no se preocupe, que le avisaremos en cuanto la reciba —añadía con gran cortesía.

La situación se repitió una y otra vez durante el resto de la tarde, para mayor desesperación mía. Deseaba volver a abrazar a mi madre, pero el deseo estaba dando paso a una profunda inquietud.

Tenía pensado visitar a muchas amigas y familiares en Kabul, así que si quería tener tiempo suficiente para verlas a todas debía organizar muy bien mis días allí. De hecho, desde los once años había centrado todos mis esfuerzos en comportarme como un hombre, ignorando por completo las vidas privadas de las mujeres de mi familia, como me había ocurrido con tía Sha Ghul y Mersal. Era la única manera de proteger a mi familia, y la mejor manera de protegerme a mí misma.

Mientras pensaba en ello saqué de la maleta el cuaderno Moleskine que me había regalado Josep para que fuera apuntando todo aquello que deseara contarle a mi regreso. Así, me dijo, no olvidaría ningún detalle del viaje. Las hojas de la libreta seguían completamente en blanco. Afuera, tras las ventanas de la habitación, caía ya la noche. Después de dejar de nuevo el bloc en la maleta me entretuve con la pequeña cámara de vídeo que había comprado meses antes en Barcelona con la intención de enseñarle a mi madre cómo era mi nueva vida en Europa, de la que tanto le hablaba.

Le di al play y apareció en la pantalla mi madre catalana, Maria, sonriendo a la cámara, en una comida familiar semanas atrás. Si Zia, mi madre, no aparecía esa misma noche debería tomar una decisión, ya que tenía que abandonar la habitación a la mañana siguiente, y para una mujer sola entrar en Afganistán por la frontera pakistaní era algo muy arriesgado. Esta vez era mi padre catalán el que me sonreía ante el objetivo. Sin duda, lo más sensato era volver a Barcelona e intentar contactar desde allí con mi familia, para saber qué había pasado con mamá.

Me desperté un poco antes de las cinco de la mañana, con la primera oración del día y, tras intentar contactar de nuevo con mi madre, hice rápidamente las maletas y bajé a desayunar al comedor del hotel. Era aún muy temprano, pero ya rondaban por la cafetería los primeros clientes occidentales, la mayoría estadounidenses.

Había decidido ir en busca de mi madre, pero antes esperaría un día más en Islamabad, por lo que necesitaba encontrar pronto una nueva habitación donde alojarme, aunque muchísimo más modesta. Además, debía hacerme con un *niqab* negro, una prenda que tapaba todo el cuerpo, a excepción de los ojos. Si quería pasar desapercibida debía ocultar mi rostro, ya que había estado diez años haciéndome pasar por un hombre, y si alguien descubría ese secreto, sin duda mi vida correría verdadero peligro.

Años atrás, cuando aún me hacía pasar por Zelmai, me había prometido a mí misma que jamás usaría un burka, así que sólo tenía una alternativa. Por suerte, en un zoco popular cercano al hotel encontré un *niqab* barato, completamente negro, y unas gafas oscuras. Así podría llegar a Kabul bajo mi verdadera identidad y mantener mi promesa.

Hacerme con una habitación donde pasar la noche fue muchísimo más complicado. No quería gastarme buena parte de mis ahorros en un hotel occidental, así que estaba obligada a buscar algún motel pakistaní, pero en la mayoría de países árabes alojar a una mujer que viaja sola genera mucha desconfianza. Aunque no me lo decían claramente, en cada establecimiento por el que pasaba insinuaban que yo era una pecadora y no querían ganarse mala fama en el barrio. Por fin, tras varias horas de búsqueda, conseguí alojamiento en una modesta habitación a las afueras de Islamabad.

Llevaba ya dos días en Pakistán sin saber de mi madre, así que a la mañana siguiente emprendería el viaje a Kabul. Ya no sólo se trataba de buscar a Mersal y de honrar a tía Sha Ghul, sino de saber qué le había sucedido a mamá. Llevaba toda la vida luchando por mi familia, sin desfallecer jamás. Cuando la bomba me quemó el rostro perdí las ilusiones de las que había vivido hasta entonces, pero gané la esperanza de mantener a mi familia bajo una nueva identidad. Ahora la fuerza que me movía seguía siendo mi familia, pero de una manera distinta. Debía hacer el viaje por ellos, era lo justo, mi familia lo necesitaba, aunque supusiera una auténtica odisea para mí. «No lo haces por ti, Nadia, lo haces por ellos», me repetía una y otra vez. Era por mi familia por lo que luchaba, no por mí misma. Y no iba a rendirme tan fácilmente. Había llegado la hora de volver a Kabul y saber qué estaba pasando.

La frontera

Ante la entrada de la estación de autobuses se agolpaba una multitud de mujeres, casi todas ocultas tras sus burkas y cargadas con bolsas y bebés en brazos. La mayoría esperaban a que sus maridos regresaran de comprar los billetes. Tras preguntar con insistencia a un par de mujeres, por fin di con la indicada, una chica joven, de ademanes inquietos y melancólicos ojos verdes.

—*Khowar*, hermana, ¿sabes cuál es el autobús que va hacia Torkham?

—No conozco ese lugar, *khowar* —musitó, agachando tímidamente la cabeza.

—Necesito ir a Afganistán, hermana. Mi marido me espera allí, en la frontera —insistí.

—Pregunta en la ventanilla del minibús blanco de franjas verdes que está al fondo a la derecha, tras el cartel —me indicó, señalando un antiguo Coaster que estaba algo alejado del resto de vehículos.

—Gracias, *khowar*. Que Alá te acompañe allá donde vayas.

La mayoría de los Toyota Coaster pakistaníes eran de los años setenta y ochenta, pero suponían un auténtico lujo comparado con los destartalados autobuses que recorrían Afganistán.

El que me llevaría hasta la frontera afgana no era el de mejor aspecto: tenía la pintura carcomida y las ventanillas, algunas tintadas y otras no, estaban tapadas con ajados retales de tela.

A simple vista quedaban un par de asientos libres, así que me acerqué con paso decidido al ayudante del conductor.

—¿Este autobús se dirige a Torkham, hermano? —inquirí.

—Sí, son trescientas rupias. Si quiere viajar dese prisa, ya que sólo nos queda un asiento libre, y no habrá otro autobús hasta dentro de cinco horas —respondió con desdén.

Nada más tomar asiento comprendí que aquél no iba a ser, ni mucho menos, el viaje más cómodo de mi vida. En cualquier otra parte del mundo, excepto en Afganistán, aquel trasto estaría ya desguazado, pensé. O quizá es que me había acostumbrado demasiado rápido a los modernos autobuses de Barcelona.

Avanzábamos a una lentitud proverbial aunque sin aparentes problemas, dejando atrás ciudades como Rawalpindi, Sardheri y Peshawar. Cuando estábamos ya a sólo unos pocos kilómetros de Torkham, tras más de cuatro horas de viaje, el viejo Coaster se detuvo a un lado de la carretera.

—¡Fin del viaje, bajen todos! ¡A partir de aquí seguiréis solos! —bramó el conductor, con cara de pocos amigos.

Todos bajamos perplejos, y antes de que pudiéramos comprender qué estaba sucediendo, el viejo minibús aceleró bruscamente y dio media vuelta, levantando una enorme polvareda tras de sí. El traqueteo del Coaster dio paso al golpeteo constante de los tiroteos, que se escuchaban ya en los cerros más próximos, no muy lejos de donde nos encontrábamos. En apenas unos instantes la situación había cambiado radicalmente. Estábamos en zona «caliente», y yo me debatía entre el miedo a volver a mi país y la emoción por reencontrarme con mis orígenes, aunque sabía que debía cruzar la frontera no sólo por mí, sino por mi familia, por mi madre, por lo que retroceder no era una opción.

Respiré hondo y di un nuevo paso al frente, quizá el definitivo. Un paso siguió a otro, y cuando me quise dar cuenta ya me había unido a la marabunta que se dirigía hacia la frontera. El ambiente era sofocante. El olor a sudor se mezclaba con el de la tierra seca y la gasolina quemada. Se abría ante mis ojos el horizonte afgano, enmarcado por montañas de arenisca y, justo ante mí, cerrándome el paso, el largo muro de cemento armado flanqueado por una doble valla de alambre de espino. La garita de aduanas, rodeada de una docena de policías, parecía que estaba siendo asediada por una turba de mujeres con burka y de hombres vestidos a la manera tradicional, con chilabas, turbantes y frondosas barbas. Pese a que ya no era obligatorio, muchos optaban por dejarse barba básicamente por precaución, no fuera que el día menos pensado los talibanes volvieran al poder.

Miré a uno de los guardias fijamente, turbada, mientras notaba como las gotas de sudor empezaban a deslizarse bajo mi *niqab*. Mi pasaporte estaba en regla, pero no era nada usual que una mujer viajara sola, y menos aún que quisiera cruzar la frontera. Instintivamente empecé a susurrar, una y otra vez, uno de los noventa y nueve nombres de Alá. «Ayúdame, Al Batin. Al Batin, Al Batin, Al Batin...»

Estando a un par de metros del control policial me fijé en un anciano que iba solo y acababa de cruzar la frontera. Sin duda Alá Al Batin, el oculto, estaba conmigo en ese momento, así que no tuve la más mínima duda de qué debía hacer.

—¡Abuelo, abuelo! ¡Espéreme, que le pierdo! —grité.

Había sido una buena idea, Dios mediante, ya que el guardia fronterizo me dejó pasar, dando por sentado que iba con él. Ya estaba en Afganistán. No miré atrás. Jadeé, agotada por la tensión y por el esfuerzo de acarrear la maleta. Mi respiración volvía a recuperar su ritmo normal poco a poco. Durante unos metros más me mantuve a la sombra del anciano, hasta que perdí de vista la caseta policial. Por fin era libre y estaba de nuevo en mi tierra. Pero debía continuar el viaje y estaba completamente sola, así que alcé la vista y me dirigí hacia el pequeño pueblo que languidecía al amparo del control fronterizo.

El pueblo era aparentemente como cualquier otro villorrio fronterizo de mi país. Calles llenas de polvo, la mayoría sin asfaltar, tenderetes improvisados a ambos lados de las calles, en los que es posible encontrar casi cualquier producto o mercancía, y un trajín incesante de coches, motos y camiones viejos arriba y abajo.

Me encaminaba hacia la que parecía la avenida principal cuando, tras recorrer un par de calles, me topé de bruces con un mercadillo ambulante de armas de todo tipo. Repartidas entre cajas y cajas de munición, se podían comprar pistolas, revólveres, alguna que otra vieja escopeta de caza, una colección de fusiles Kaláshnikov e, incluso, ametralladoras, granadas y minas antipersona. La sonrisa de los clientes al observar y empuñar las armas me provocaba escalofríos. Era siniestro que las armas estuvieran al alcance de cualquiera a un más que módico precio en un país que había sufrido ya tantísimo.

—Chico, ¿podrías llevarme hasta el apeadero de autobuses del pueblo? A cambio de tu ayuda te daré unos cuantos afganis —le ofrecí a un muchacho de los que se prestaban a acarrear paquetes y que justamente pasaba a mi lado.

—Claro, señora. Por cien afganis le llevaré hasta allí encantado. —Sonrió.

El chico se llamaba Farid y no tendría más de doce años. De tez muy morena y ojos grandes, de pastún, tenía el rostro marcado por una cicatriz que le surcaba la mejilla izquierda. Llevaba un bonito *pakol*, el gorro tradicional afgano. Le seguí por un par de callejuelas hasta que dimos a una calle más ancha, llena de tenderos y pavimentada, por lo que supuse que sería una de las calles principales del pueblo. En una de sus bocacalles se encontraba el minibús que buscaba. Era parecido al anterior pero aún más destartalado, e incluso tenía una pequeña plataforma sobre la cubierta en la que podían viajar más personas, aunque resultaba peligrosísimo. Ante aquella antigualla, el anterior Coaster paquistaní era un auténtico lujo. Le di los cien afganis a Farid y subí al minibús.

El chófer dormitaba en el asiento, y no le hizo ninguna gracia que le molestara en plena cabezada.

—¿Quedan plazas en el autobús, hermano? —pregunté.

—¿Acaso no ve que sí, señorita? —respondió, malhumorado. El vehículo tenía aún media docena de asientos libres, y por lo que parecía estaban esperando a que se llenara con algún pasajero más.

—¿Y adónde va?

—A Jalalabad. Serán mil afganis. Usted misma —musitó, lacónico.

Le di los mil afganis que me pedía sin rechistar y tomé asiento junto a la ventanilla, en la parte trasera. Por lo visto le había interrumpido el sueño, ya que tan pronto tomé asiento, se enderezó y partimos en dirección a Jalalabad.

Respiré profundamente. Por fin escapaba de la frontera. Mi hogar se me antojaba mucho más cerca, aunque aún estaba a cientos de kilómetros de Kabul y eso, teniendo en cuenta las carreteras de Afganistán, suponía todo un reto.

Como temía, seguíamos carreteras secundarias ya que teóricamente estaban menos expuestas a los ataques de los talibanes, y eso hacía que no superáramos los quince kilómetros por hora, por lo que el trayecto parecía eternizarse más y más a cada minuto. Justo cuando estábamos atravesando un angosto y escarpado paso de montaña un estruendo me hizo saltar del asiento.

En décimas de segundo todo había dado un vuelco espantoso. El conductor luchaba por mantener bajo control el minibús, que derrapaba por la arena, a apenas unos centímetros del precipicio, mientras los gritos de los pasajeros se mezclaban con el ruido de los cristales rotos.

Un grupo de talibanes, con sus Kaláshnikov al hombro, nos acababa de interceptar en la carretera. Con gran violencia, mientras unos accedían al interior del vehículo, otros se dedicaban a destrozar los cristales de las ventanillas con las culatas de sus armas.

—¡¿Adónde creéis que vais?! —gritaba el líder del grupo, en pastún—. ¡¿Acaso creéis que podéis ir por donde os dé la gana, como los americanos?!

—Somos inocentes, señor. Les estoy llevando de vuelta a sus pueblos —atinó a responder el conductor, temblando.

—¡Bajad ahora mismo de aquí! ¡Ya! ¡Todos!

Mirándonos furtivamente a los ojos unos a otros, fuimos bajando a toda prisa, con auténtico pavor. Nos situaban en fila, junto al vehículo, apuntándonos directamente con sus rifles.

—¡Buscad en el equipaje! —ordenó el jefe talibán, dirigiéndose a sus hombres.

Sin más dilación empezaron a desgarrar todas las bolsas y maletas, machete en mano. No eran más que analfabetos sin sentimientos, auténticos salvajes con los que era totalmente imposible dialogar.

De repente se me heló la sangre. Uno de los talibanes blandía triunfal mi cámara de vídeo, al grito de *Allahu Akbar*.

—¡Quiero saber ahora mismo de quién es esta maleta! ¡Vamos, u os mato a todos! —gritó el cabecilla esbozando una sádica sonrisa.

Al Rajim, el misericordioso. Al Rajim, Al Rajim, Al Rajim...

—¡Es mía! Al Rajim... —alcancé a decir.

Les acababa de brindar en bandeja la excusa perfecta para matarme allí mismo. Y todo por mi estupidez. No alcanzaba a comprender cómo no había podido prever algo así. Debí haberme desprendido de la cámara en Islamabad. No, ni siquiera tendría que haber metido la cámara en la maleta. Estaba aterrorizada. Todos sabíamos cómo «castigaban» los talibanes a los espías. Peor que a sus enemigos. Tartamudeaba, me temblaban las manos, los labios, los párpados. Intenté entrelazar mis dedos para disimular los temblores, pero era imposible. No podía articular palabra.

—¡Tú, chófer, vuelve al volante! ¡Los demás, podéis iros! —gruñó—. Y tú, bastarda, no vas a ir a ningún sitio, te quedas con nosotros —dijo con rabia.

Por lo visto, mi viaje y mi vida estaban a punto de tocar a su fin. Mientras el conductor, presa del pánico, subía al minibús, el resto de mujeres empezaron a rebelarse, y poco a poco les siguieron los hombres que nos acompañaban. «¡Dejadla, hermanos! ¡Ofendéis a Alá! ¡Liberadla! ¡Sólo es una cámara!», empezó a oírse desde todos lados.

Al límite de la desesperación no podía controlar ya el miedo, temblando al vaivén de las sacudidas nerviosas que azotaban mi cuerpo a cada instante. El jefe del grupo, sordo a los gritos y las súplicas de los demás pasajeros, me empujó con tal fuerza que caí contra el lateral del minibús, y de allí al suelo de tierra de la calzada. El sabor a arena y sangre me inundaba todo el cuerpo, mientras recibía más y más puntapiés. «¡Callaos, bastardas, o también pasaréis por aquí!» Como un eco lejano, alcancé a oír la voz del sanguinario comandante talibán dirigiéndose a los demás.

Sentí como me agarraban del *niqab* y me arrastraban hasta el borde del desfiladero. El dolor y el miedo eran tan intensos que intuía que no podría mantenerme consciente por mucho más tiempo.

—Hermano, por favor, lo siento, te lo suplico, esa cámara no es mía. ¡Soy inocente! —alcancé a decir con un hilo de voz.

—¡Cierra la boca, perra! ¡Morirás, bastarda infiel! —gritaba él, aún más fuerte, para que los demás lo oyeran.

—Hermano, vivo con mi marido en Islamabad, voy a la boda

de mi hermano, y unos vecinos me dejaron la cámara para que grabara la fiesta. Querían ver cómo era una boda afgana. ¡Lo siento! ¡Ni siquiera sé utilizarla! —sollozaba.

Ante cada golpe, menos eran mis esperanzas de salir con vida. Veía que las piedras que me rodeaban iban cayendo por el desfiladero hasta estrellarse contra el río, al fondo del valle. «Seré la siguiente», pensé. «Éste es tu final, Nadia *jan.*»

Ya sin fuerzas, vencida y resignada a morir, las voces de los pasajeros me envolvían. Oía sus súplicas y sus gritos sin cesar: «Es una mujer», «No está bien golpear así a una mujer», «Le he visto el rostro, esta mujer está herida, no está bien». «Es inútil, les conozco bien y sé que voy a morir», pensé. Tras unos segundos de indecisión me dieron un último puntapié y estrellaron la cámara contra el suelo. Fue una última patada de desprecio y rabia.

Luego sacudieron sus chales contra la chapa del minibús, se los volvieron a echar a los hombros y se alejaron de allí, imprecando en pastún. No me lo podía creer. Los pasajeros se arremolinaban a mi alrededor. «Dame la mano, hermana. Deja que te ayude a levantarte...» Las mujeres sacudían con delicadeza el polvo de mi ropa. Mi *niqab*, antes completamente negro, se había vuelto gris blanquecino. «Pero ¡mira qué temeridad la tuya andar con una cámara por este país!» «Dios, perdónanos, te damos las gracias por habernos evitado una desgracia.»

El chófer, de improviso, zanjó los comentarios con su acostumbrada delicadeza.

—¡Suban de una vez! ¡No estamos para discusiones de mujeres! Y tú —dijo dirigiéndose a su ayudante—, ¿se puede saber a qué esperas? ¡Sube y pon esto en marcha de una vez!

Entreabrí los ojos. Sequedad, olor a sangre, lágrimas, dolor. La cabeza me daba vueltas sin parar.

—¿Estás bien, hermana? ¿Puedes hablar? —me preguntaba

una de las mujeres que me habían acompañado durante el viaje, que estaba recostada sobre mí.

—Sigo con vida... ¿dónde estoy? —murmuré.

—Sigues en el autobús, camino de Jalalabad —respondió, aunque no esperaba respuesta—. ¿Estás bien?

—Sí, sí, gracias, sólo fueron unos golpes. Gracias.... —respondí lentamente.

Al retomar el viaje, Mariam, la dulce chica que estaba junto a mí, me explicó lo sucedido; cuando los talibanes me tiraron al suelo las demás mujeres les plantaron cara, evitando que acabara en el fondo del desfiladero. Entretanto, los niños aprovecharon esos momentos de confusión para hacerse con mi cámara y demás equipaje, que había quedado desparramado por la carretera.

Hora y media después llegamos a otro pequeño pueblo de casas de adobe y el chófer aprovechó la ocasión para negarse a seguir, excusándose en que tenía el vehículo tan maltrecho que resultaba peligroso continuar el viaje. Los demás pasajeros optaron por seguir a pie o quedarse en el pueblo, pero yo, agotada, maltrecha y cargada con la pesada maleta, debía conseguir un medio de transporte como fuera. Mi destino aún estaba muy lejos de allí.

Por suerte, la paliza de los talibanes no me había dejado ninguna marca visible, excepto alguna magulladura en las manos, así que me sacudí el polvo y me encaminé, aún renqueante, hacia las primeras casas del pueblo.

La casa de té

Aunque el clima no era la mayor de mis preocupaciones ni la mayor de las dificultades que aún debía superar, lo cierto es que el calor empezaba a ser insoportable y cada vez me costaba más respirar dentro del *niqab*. Mientras las gotas de sudor se deslizaban por mi rostro pensé que tantos años de vida a la occidental, vistiendo como una chica europea más, casi me habían hecho olvidar las incomodidades de la ropa tradicional afgana. Debía buscar algún lugar con sombra y pensar en cómo salir de aquel villorrio. Así que me puse en marcha, intentando pasar lo más desapercibida posible.

El pueblo era como cualquier otra aldea del interior de mi país: calles polvorientas, sin asfaltar y rodeadas de casas de adobe. Las calles no seguían ningún orden, formaban un pequeño laberinto urbano en el que se confundían el deambular de alguna que otra cabra con el griterío de los niños del pueblo. Mientras caminaba, observaba con recelo cada esquina, cada puerta entreabierta, esperando que los perros que ladraban frenéticamente a mi paso no se decidieran a atacarme.

Cada vez me sentía más agotada. La salvaje canícula y la tensión hacían mella en mí y debía encontrar pronto algún lugar en el que recobrar fuerzas, aunque no veía ni autobuses ni taxis, absolutamente nada, ni la más mínima posibilidad de salir de allí. Pero justo cuando empezaba a perder la esperanza apareció ante mí una tradicional casa de té.

Las *samawat* o casas de té afganas están reservadas únicamente a los hombres, y son locales en los que los clientes se sientan en el suelo, sobre cojines o alfombras *Qalins*, mientras matan el tiempo discutiendo y bebiendo té.

Una de las cosas que más me sorprendió a mi llegada a Europa fue la cantidad de bares, terrazas, bibliotecas y demás lugares en los que cualquiera podía entrar y hablar con quien fuera, sin ningún impedimento. En Afganistán, en cambio, solamente en las zonas adineradas de Kabul es posible encontrar locales parecidos, teterías a las que pueden ir tanto hombres como mujeres, pero siempre separados por una cortina, nunca compartiendo el mismo espacio, por lo que aún hoy sigue resultando asombrosamente complicado salir y tomarte algo, sola o con amigas. Lo que en Badalona era lo más habitual del mundo, aquí resultaba un auténtico desafío a las convenciones sociales.

Así que no podía entrar en aquella *samawat* y decidí sentarme bajo el saliente de la tetería, que al menos me ofrecía un buen refugio contra el calor. Me pareció un auténtico regalo del cielo, dadas las circunstancias. Esperaría allí mismo a que apareciera algún autobús en dirección a Kabul.

Al poco de sentarme al resguardo del pequeño voladizo de entrada observé como, a medida que iban pasando los minutos y avanzaba la noche, los hombres del *samawat* me vigilaban cada vez más desconcertados. Primero sólo eran miradas esquivas, huidizas, a las que seguían comentarios que no conseguía oír. Pero según pasaban las horas las miradas se hicieron más penetrantes y persistentes; sin proponérmelo me había convertido en el centro de atención de los clientes de la tetería. Alguna que otra mirada temerosa me hizo pensar que quizá alguno de ellos me viera como un peligro. Al fin y al cabo, podía ocultar una bomba bajo el *niqab* y hacerla estallar allí mismo, en cualquier momento y sin que ninguno de ellos tuviera manera de saberlo. En mi país nunca se sabe quién desea convertirse en un falso mártir, en terrorista suicida. Tras tantas masacres y atentados, era normal que desconfiaran de mí. Fue entonces cuando uno de los clientes salió a mi encuentro, vacilante.

—¿Qué haces aquí sola, hermana? —me preguntó con amabilidad, aunque con cierto recelo.

—Nada, hermano, es que estoy esperando a mi marido —respondí con naturalidad.

Si me ganaba su confianza todo iría bien.

—¿Y dónde está tu marido, hermana? —insistió, intentando obtener algo de información.

—Está de camino, *berather*. No creo que tarde mucho en llegar. Antes de irse me dijo que lo esperase aquí.

Debía tener cautela, por lo que me esforzaba en mostrar seguridad en mí misma y generar confianza. Por eso me dirigía a él como *berather*, o hermano.

—¿Y te ha dejado aquí sola? ¿Es que acaso no sabe lo arriesgado que es para una mujer estar sola aquí? ¿Es extranjero?

—Lo sabe, hermano. Es pastún, como tú y como yo, pero perdimos la maleta en el pueblo anterior y está intentando recuperarla. Pero no tardará, querido *berather*, no te preocupes —respondí, intentando mostrarme comprensiva.

—¿Y no tienes hijos? —preguntó, extrañado de que una mujer casada no estuviera rodeada de críos.

—Sí, pero están con mi marido, por si le son de ayuda. No te preocupes, hermano, estoy bien. No os molestaré.

El hombre asintió al escuchar mis explicaciones y, aparentemente satisfecho, regresó a la casa de té, aunque no dejó de observarme durante el resto de la noche.

Sin duda había llegado el momento de tomar decisiones, aunque no vislumbraba demasiadas opciones que me permitieran salir de allí por mí misma. Bien entrada la madrugada, la suerte por fin me sonrió.

Hacia las cuatro de la mañana aparecieron un par de minibuses abarrotados de gente. Era justo lo que estaba esperando, la ocasión perfecta para abandonar la aldea, así que cuando escuché el grito del joven vociferando «¡A Jalalabad, A Jalalabad!» no me lo pensé dos veces y me dirigí al destartalado bus que encabezaba la comitiva.

En mi país no existe el transporte público, por lo que cualquiera que se haga con un vehículo puede recorrer el país ofreciendo sus servicios. Ése era el medio de transporte más utilizado en Afganistán, y normalmente el conductor se hacía acompañar de un joven ayudante que se encargaba de anunciar por cada pueblo y aldea, a voz en grito, el destino al que se dirigían. Además, tenían aún otra función mucho menos grata; eran los responsables de llenar cualquier espacio libre del vehículo, muy por encima de su capacidad real. Y se dedicaban a ello con esmerada profesionalidad, ansiosos por ganarse algunos afganis de propina.

Así pues, sin más dilación, cogí el asa de la pesada e incómoda maleta y me dirigí hacia el minibús. Cuando estaba a un par de metros de distancia de la casa de té, escuché tras de mí al hombre que me había hablado un par de horas antes.

—¡Eh, hermana! ¿Adónde vas? ¡Si subes ahí tu marido no sabrá dónde encontrarte! —exclamó.

Al parecer mi coartada había funcionado a la perfección, pero ahora resultaba un auténtico problema. Y por si fuera poco, los demás hombres del *samawat* empezaron a asomarse, curiosos, a la puerta del local.

—Por favor, hermano, ¿sería tan amable de decirle a mi marido cuando vuelva y pregunte por mí que su mujer le espera en Jalalabad, en casa de su madre? Dígale que le he estado esperando durante horas, pero que ya no podía aguantar más, por lo que decidí esperarle en casa —respondí, con todo el aplomo y la tranquilidad que me era posible.

El hombre, al oír mi respuesta, se quedó estupefacto y con el rostro desencajado por la sorpresa. Las mujeres afganas no tomaban solas ese tipo de decisiones. Había actuado como una occidental, no como una afgana, y durante unos segundos que me parecieron eternos me quedé paralizada, temiendo que me hubiera descubierto. Aceleré el paso, vacilante, hacia el atestado minibús. Me había salvado por los pelos. Cuando volví a mirar hacia el *samawat* el hombre seguía observándome. Sonrió desconcertado y finalmente asintió con un ligero movimiento de cabeza, antes de regresar al interior del local.

Mientras el ayudante del conductor me echaba una mano para cargar la maleta en el portaequipajes de mi asiento, que daba a una de las vetustas y polvorientas ventanillas, advertí que había ido apretujando a los pasajeros unos junto a otros para ganar así el máximo espacio posible. Era lo que se esperaba que hiciera, rentabilizar el viaje a toda costa; según un refrán muy popular en nuestra tierra, «ese tipo de hombres llenan el coche como si estuvieran levantando una pared». De pronto los demás pasajeros alzaron la voz, primero tímidamente y luego de manera clara y contundente, quejándose del hacinamiento en el que viajaban y reclamando emprender ya el viaje. Por lo visto, el conductor estaba decidido a no reemprender la marcha hasta que aparecieran nuevos clientes y mandó al chico a recorrer las calles del pueblo en busca de más pasajeros.

Cuando el ayudante pasó junto a mi asiento actué. Quería abrazar a mi madre, no podía aguantar ni un minuto más, así que decidí hacerle una propuesta difícil de rechazar.

—*Berather*, por favor, estoy agotada. Necesito estar cómoda y partir lo más pronto posible. Te ruego que no pongas a ningún otro pasajero a mi lado. Dile al conductor que yo le pagaré el dinero de este asiento si salimos ahora mismo.

—¡Pero te costará el doble, hermana! —me advirtió, sorprendido a la par que conmovido.

—Lo sé y no me importa, hermano. No soy rica, pero estoy dispuesta a pagarlo, siempre y cuando salgamos ahora mismo hacia Jalalabad.

El ayudante asintió y se deslizó hacia la cabina del conductor. Instantes después el minibús se ponía en marcha, levantando una polvareda enorme tras de sí.

Kabul estaba cada vez más cerca. Por fin.

Tariq

El trayecto hasta Jalalabad duró cerca de hora y media, aunque sólo nos separaban unos sesenta kilómetros de distancia. Tras la ventanilla que me separaba de las áridas montañas de la provincia de Nangarhar pude contemplar uno de los amaneceres más bonitos que recuerdo, mecida por el calor que desprendían los demás pasajeros y por las sacudidas del vehículo. Lo que en otra situación me hubiera parecido una gran incomodidad se convirtió en un verdadero lujo, tras pasar la noche a la intemperie y con todo el cuerpo dolorido por los golpes del día anterior.

Mientras los primeros rayos de sol despuntaban entre los riscos de las montañas afganas no podía dejar de pensar en que el paisaje y las gentes que lo habitan están totalmente conectados. Esa belleza simple, estoica, de las gentes de mi país, confundiéndose con esos picos solitarios, salvajes, duros. Eran mis paisajes y mis gentes, y reencontrarme con ellos de nuevo me permitía recuperar parte de mi vida, de mi infancia, pero también me provocaba un sentimiento de desarraigo, de extrañeza. Era, de alguna manera, un huésped en mi propia casa, un huésped que no estaba seguro de haber sido invitado.

Tras un recodo del camino, el minibús enfiló hacia el valle

dejando tras de sí las montañas para seguir el curso de las aguas del río Kuna, que ya a la entrada de Jalalabad se unían a las del río Kabul. Jalalabad había cambiado bastante desde la última vez que estuve allí. Las principales arterias comerciales lucían mejor aspecto, tenían un aire más moderno, aunque las huellas de la guerra seguían presentes en decenas de fachadas y edificios.

El chófer nos dejó directamente en la estación de autobuses de la ciudad, así que no tuve mayores problemas para conseguir transporte. De hecho, a los diez minutos ya me encontraba de nuevo de camino hacia Kabul, y esta vez en una furgoneta algo más cómoda que la anterior. Me quedaban ciento sesenta kilómetros por delante, unas tres horas de viaje. El trayecto avanzaba paralelo al río Maipar por lo que, ya con algo de claridad, pude contemplar el azul cristalino de sus aguas y rememorar los años felices en que iba al río con mis padres, mis hermanos y con Mersal. Quizá, después de todo, los recuerdos fueran mi única patria.

Me había pasado las dos últimas horas de viaje durmiendo, así que al despertar lo primero que vi fueron las calles de Kabul. Estaba de nuevo en la ciudad que me había visto nacer, en la que había sido feliz, la que me había visto trabajar día y noche disfrazada bajo las ropas de mi hermano, jugándome el pellejo por mantener a mi familia.

El conductor se detuvo en la plaza de la estación Ade Jalalabad de Kabul, el kilómetro cero de Afganistán. A simple vista el ambiente no había cambiado mucho; hombres en bicicleta por doquier, mujeres con burka con sus hijos de la mano y cargando a sus bebés, calles polvorientas atestadas de mototaxis y de coches de la época soviética, tiendas y puestos callejeros invadiendo las aceras... Sin duda, había vuelto a mis orígenes, aunque aún debía superar el último contratiempo: encontrar a mi familia.

Tras tantos años de guerra, los afganos nos habíamos convertido en un pueblo de gentes errantes, huyendo constantemente de las masacres, los bombardeos y los frentes de guerra. Así que cada cierto tiempo toda familia afgana cambiaba de casa, ocupando alguna que se encontrara libre en una zona menos castigada por los combates. En mi caso, como esperaba reencontrarme con mamá en Islamabad, no había tenido la precaución de preguntarle dónde residían actualmente, sólo conocía el barrio en el que vivían, por lo que me encontraba en medio de Kabul, tal vez a unos pocos kilómetros de distancia de mi familia, pero sin saber cómo dar con ellos. Podía intentar llamar a mi madre por enésima vez, pero me había quedado sin batería hacía horas, así que me dirigí al tendero más cercano, un anciano de profusa barba blanca vestido a la usanza tradicional.

—Buenos días, señor.

—Buenos días, *dokhtarem*, hija. ¿Qué quieres? ¿Una cesta de granadas de Kandahar, quizá? —respondió, con amabilidad.

—Sí, me llevaré un par, pero quería saber si podría usar su teléfono. Acabo de llegar de Pakistán y necesito contactar con mi marido.

—Yo no tengo teléfono, hija mía. Pero espérame aquí —dijo mientras se dirigía lentamente hacia el interior de la tienda de al lado.

Volvió al cabo de unos minutos, sonriendo, y me tendió el móvil.

—Bueno, hija, aquí tienes un teléfono, es del hijo de Faizulá, el sastre.

—Gracias, padre —respondí mientras marcaba el número de mi madre, que por suerte me sabía de memoria.

Respiré profundamente y esperé a que sonaran los tonos. Seguía apagado. Agradecí de nuevo al anciano su amabilidad, le compré un par de granadas de Kandahar, que era una de las frutas favoritas de mamá y que yo hacía años que no probaba, y avancé un par de calles mientras pensaba en alguna solución. No había llegado hasta Kabul para nada. Y de pronto me acordé de Tariq, uno de los sobrinos de mi primo Sahle. Tenía un comercio de especias no muy lejos de allí, a cinco o seis manzanas a pie, así que ése sería mi punto de partida. Si no sabía dónde vivían, al menos sabría cómo encontrarlos.

Las calles del centro eran un frenesí continuo, por lo que avanzaba con dificultad, sorteando a cada paso puestos de comida, de ropa, zapaterías o vendedores ambulantes que invadían toda la calzada. Los kabulíes habíamos aprendido a compartir espacio con los vehículos que circulaban a toda velocidad por las calles. Quince minutos después entraba en el bazar que regentaba Tariq.

Tariq era un joven de veintipocos años, alto, delgado, de cuerpo atlético, educado y muy atractivo. De sonrisa alegre, y muy jovial, solía vestir al estilo occidental. Me gustaba pensar que casarse con él sería el sueño de muchas chicas del barrio. Entré y, tras ver que estaba solo en el bazar, levanté mi *niqab* para mostrarle mi rostro. Si lo que buscaba era sorprenderle, sin duda lo había conseguido. Se quedó pasmado. Me recordaba vestida de hombre, y por si fuera poco las últimas noticias que tenía de mí eran que vivía en Europa, así que lo que menos se imaginaba era verme entrar por la puerta.

—Zel... Zel-mai... ¿Nadia *jan*? ¿De verdad eres tú, Nadia *jan*? —dijo, tartamudeando.

—Sí, soy yo, querido Tariq. No has cambiado, sigues igual de apuesto que siempre —dije sonriendo de oreja a oreja.

—¿Qué... qué haces aquí? —preguntó mirándome como si estuviera ante un fantasma.

Tariq asentía lentamente a medida que le explicaba la situación. No tenía noticias de mi familia desde hacía un par de años, y se quedó consternado al enterarse de que tía Sha Ghul había fallecido. Decidió ir en busca de su tío, ya que era el único que podría saber dónde estaba ahora mi familia. Antes de salir en busca de mi primo Sahle, me preparó una taza de té y me rogó que me pusiera cómoda.

—Volveré lo antes posible, Nadia *jan* —dijo mirándome con sus preciosos y enormes ojos castaños. Sonrió antes de salir corriendo por la puerta del bazar.

Sentada en una esquina del negocio, controlaba a todo aquel que entraba o salía. Parapetada nuevamente tras el *niqab* y las gafas de sol, estaba segura de que nadie podría reconocerme. No era un tema baladí. Una de mis mayores preocupaciones era que me reconocieran por la calle. Había trabajado en el centro de Kabul durante años, bajo la identidad de Zelmai, y me conocía muchísima gente. Y si alguien me denunciaba tenía muchas probabilidades de acabar muerta, fuera a manos de la policía, los soldados, los talibanes o de cualquier otro bruto que decidiera castigarme por mi osadía. Afganistán aún estaba plagado de ignorantes que nunca comprenderían por qué había decidido vestirme de hombre. Lo fácil hubiera sido reaparecer como Zelmai pero, tras cuatro años en Europa, no estaba dispuesta a perder mi libertad de nuevo.

Tariq apareció dos horas más tarde, pletórico. Había conseguido el número de mi familia y, además, conocía el barrio en el que se habían instalado. Agarré el móvil que me ofrecía. Las manos me temblaban. Marqué el número de llamada. Sonó el primer tono, y el segundo. Sonaba el tercero, aún sin respuesta. Al cuarto escuché la voz de mi madre, al otro lado de la línea.

—¿Sí? ¿Quién es?

—¡¡Madre, soy yo, Nadia!! ¿Dónde te habías metido? ¡Te he estado buscando por todo el país durante días! —le gritaba, sin poder controlar ya la tensión.

—¡Zelmai *jan*, hijo mío! ¿Dónde voy a estar? ¡Pues en casa! Te estaba esperando —respondió emocionada.

—¿Y se puede saber qué haces en casa? ¡Habíamos quedado en que vendrías a Islamabad a recogerme! ¡Han estado a punto de matarme por tu culpa! —insistí, airada.

—No pude llegar, hijo, pero te lo explicaré en cuanto vuelvas. ¿Dónde estás ahora?

—Pues con el primo Tariq. Si no fuera por él nunca te habría encontrado. ¿Dónde vivís ahora, madre? —respondí, tratando de contenerme.

—Vivimos en Qala-cha, hijo.

—¡Eso ya lo sé, madre! Pero es un barrio muy grande. Dame algún punto de encuentro —exclamé.

—Vivimos cerca de la mezquita Jameh. No tardes, hijo mío, estoy deseando verte —susurró, al borde del llanto.

—Salgo ahora mismo hacia allí, madre. Espérame en la puerta de la mezquita, en media hora —respondí emocionada.

Le entregué el teléfono a mi primo y salí apresuradamente del bazar.

—Gracias, Tariq *jan*. ¡Volveré a visitarte! —le dije antes de salir del local.

En Afganistán sólo las grandes casas de los barrios ricos tenían un número que las identificaba, como ocurría en Europa. De modo que la única manera de quedar era citarse en lugares muy conocidos y populares, como mezquitas o colegios. Subí a un taxi a pocos metros de allí, que me llevó de nuevo por las bulliciosas calles de Kabul. Era, sin duda, la manera más rápida y segura de llegar a la mezquita de Qala-cha.

Minutos antes de llegar a mi destino me asaltaron las dudas. ¿Cómo iba a reconocerme mi madre si ambas íbamos cubiertas de pies a cabeza? Seguro que habría decenas de mujeres más con burka. ¿Cómo reaccionaría al verme vestida de mujer, si aún seguía viéndome como un hombre?

—Son ciento cincuenta afganis por la carrera, hermana.

Ya habíamos llegado.

El reencuentro

El taxi me dejó a un par de calles de la mezquita. Así se lo había pedido, no quería llamar la atención. Miré a mi alrededor y enseguida localicé a un par de críos de unos ocho o nueve años, sentados sobre unas carretillas, al pie de la calle. Ambos reían ruidosamente, envueltos en la nube de polvo que dejaban los vehículos al pasar. Vestían con chaleco gris y el tradicional *perahan wu tunban*, compuesto de pantalón y camisa holgados, de color marrón, y unas andrajosas sandalias blancas. Eran justo lo que necesitaba, así que me acerqué a ellos.

—*Salaam alaykum*, hijos míos. ¿Alguno de vosotros podría ayudarme con la maleta? —pregunté con simpatía.

—*Alaykum salaam*, hermana. Yo la cargaré, no te preocupes. ¿Vas muy lejos? —preguntó, engullendo de un bocado un trozo de plátano que tenía en la mano.

—A la mezquita. Está muy cerca.

—Sí, son un par de calles. Llegaremos enseguida, si Dios quiere —respondió el chico mientras cargaba la pesada maleta sobre la carretilla.

Tras despedirse de su amigo, me pidió que le siguiera.

—¿Eres de Kabul? —me lanzó de repente el chico, curioso.

—Sí, hijo mío. Vengo de visita familiar, desde Pakistán.

—Ah... ¡Qué interesante! ¿Y cómo es Pakistán, *khala*? ¡Seguro que la temperatura es más agradable, y está lleno de coches y mujeres hermosas, como en las películas! —exclamó—. ¡¿Y hace mucho que vives allí?!

No pude evitar soltar una carcajada. Para muchos niños afganos, cualquier país en paz era una especie de paraíso perdido. Pero aunque fuera un niño, debía ser más precavida.

—No, hijo, no es eso. Lo siento, me he explicado mal. Yo vivo en Kabul, con mi familia, pero mi madre está enferma y tuve que ir a Pakistán en busca de unos medicamentos que aquí no se encuentran.

—Con esos medicamentos seguro que mañana estará perfecta. ¡Qué suerte, tu madre se pondrá bien y encima tú has visitado Pakistán! —exclamó el crío, maravillado.

Un par de minutos después llegábamos a la mezquita.

—Bueno, *khala*, que Dios te siga cuidando como hasta ahora. Y reza para que reine la paz en nuestro país, ya que Alá parece escucharte. Sin guerra, no tendríamos que ir tan lejos en busca de medicamentos —dijo lentamente, abriendo su alma de par en par.

—Lo haré. Y rezaré también para que tengas un buen trabajo y puedas sacar adelante a tu familia, hijo —dije, emocionada.

—Ojalá tengas razón... Ni para cambiar la rueda tengo.

Su sinceridad me había conmovido tanto que me vi reflejada en él, años atrás, cuando intentaba por todos los medios conseguir cualquier herramienta que me ayudara a montar mi propio taller de reparación de bicicletas. Aquel taller fue una más de las iniciativas que tuve para sacar adelante a mi familia.

—Toma, hijo mío. Y no dejes de estudiar, es la única manera de encontrar un buen trabajo —le dije mientras le daba trescientos afganis, mucho más de lo que cualquiera le hubiera dado en esa situación.

—¡Muchas gracias, *khala*! ¡Ahora sí que podré comprarme una rueda nueva! —gritó eufórico mientras corría, dinero en mano, en busca de su amigo.

Pocas veces me sentí más en paz que en ese momento. Nunca me había hecho tan feliz desprenderme de unas pocas monedas.

Había llegado con diez minutos de antelación, así que me quedé junto a un muro de piedra, frente a la mezquita. Y entonces comprendí que mi mayor aliado hasta entonces, el *niqab*, se acababa de convertir en un inesperado inconveniente. Éste me ayudaba a mantener mi verdadera identidad oculta, pero mi madre tampoco podría reconocerme. «Madre, madre, ¿eres tú? Soy yo, Nadia», susurraba una y otra vez a todas las mujeres que se detenían cerca de la mezquita. Sin éxito.

Por fin la vi. Venía del brazo de mi hermana pequeña Arezo, y parecía muy envejecida. Ambas se tapaban con un simple pañuelo y miraban a un lado y a otro, inquietas. No me reconocían bajo el *niqab*. Esperé a estar lo suficientemente cerca de ellas, esforzándome en contener la emoción para no asustarlas.

—¡¡Mamá, Arezo, soy yo, Nadia!! —les susurré.

Se miraron una a la otra, extrañadas. No daban crédito.

—¿Zelmai? —preguntó mi hermana, perpleja.

—Zelmai, hijo mío, ¿eres tú? —inquirió mi madre, aún más estupefacta.

—¡Sí, claro que soy yo, Nadia! —insistí.

Me observaban totalmente desconcertadas, como si estuvieran ante una completa desconocida. Y sólo llevaba cuatro años fuera de casa. No me lo podía creer.

—Zelmai, hijo, ¿cómo se te ocurre ir así vestido? Kabul sigue siendo una ciudad peligrosa, y si te descubren vestido de mujer te matarán —soltó indignada mi madre mientras me abrazaba.

—Voy vestida de mujer porque soy una mujer, mamá, como tú y Arezo —me defendí, más indignada aún. Pero no podía permitirme discutir en mitad de la calle, lo más importante era llegar a casa lo antes posible.

Sentí un inmenso dolor. Aquél no era el reencuentro que

tanto había imaginado, pensé mientras las lágrimas se deslizaban sin cesar por mis mejillas, bajo la oscuridad del *niqab*. Para mamá, yo, Nadia, ya no existía. Me había cuidado durante meses, recostada junto a mi cama en el hospital, en el campo de refugiados, en casa. Me había salvado la vida, y yo decidí volver a arriesgarla para salvarles a ellos, convirtiéndome en Zelmai. Pero nunca dejé de ser Nadia. Y de pronto todo aquello había desaparecido de su memoria.

—Mamá, no pienso volver a vestirme como Zelmai. Soy Nadia, y ya deberías saberlo —balbuceé, sollozando, mientras ella asentía con tristeza.

De pronto mi dolor se convirtió en indignación y rabia, y me encaré a ella.

—¡¿Y se puede saber por qué no has venido a buscarme a Islamabad tal y como habíamos quedado?! ¡¡Por tu culpa han estado a punto de matarme!! —grité, furiosa, completamente fuera de mí.

—Lo siento, hijo mío. Fui hasta la frontera, pero cerca de Torkham me obligaron a volver. Decían que el viaje era demasiado peligroso para un hombre, y más aún para una mujer sola. No me permitieron seguir... —exclamó, llorando, consciente por primera vez de lo duro que habría sido el viaje para mí.

—¡Pero si he intentado hablar contigo un montón de veces! ¿Por qué no me has llamado? ¡¿Acaso no tenías mi teléfono?!

—No pude, hijo, lo siento mucho, de verdad. Perdí el teléfono hace días, y justamente hoy tu hermana Razia consiguió otro para mí.

—Está bien, está bien, no importa —dije ya algo más calmada. Ella seguía pegada a mí, abrazándome, y yo la apreté fuerte contra mi pecho, por primera vez en cuatro años.

El deber de toda mujer es casarse

Durante un cuarto de hora caminamos por Qala-cha, uno de los barrios más deprimidos de Kabul, formado por calles estrechas y laberínticas abarrotadas de modestas casitas de una sola planta, la mayoría de paredes de adobe. En él se veían pocos vehículos, muchos hombres barbudos con turbante y en bicicleta, y alguna que otra patrullera policial haciendo la ronda por uno de los barrios más populares de la capital y del que se decía que albergaba a muchos talibanes. Y probablemente era cierto, ya que en un vecindario como el de Qala-cha, formado en gran parte por gentes venidas del resto del país, cualquier talibán podría pasar desapercibido. Era, podría decirse, un típico pueblo del interior afgano en medio de la capital.

El trayecto se me hizo realmente largo, aunque apenas fueron unos minutos de paseo. Me sentía observada mirara donde mirase. El guardia de seguridad privado, vestido con un viejo uniforme verde desgastado y empuñando amenazante un Kaláshnikov. El grupo de hombres con turbante sentados ante la casa de té, o trabajando en el muro de alguna casa a medio construir. La anciana que se gira, curiosa, ante nuestra presencia.

Por fin, al llegar a una humilde casa de adobe, mi madre se detuvo y me invitó a entrar abriendo lentamente la oxidada verja de entrada. La mirada de mamá transmitía cansancio, sufrimiento, pero también esperanza.

—Pasa, hijo, ésta es tu casa.

Entre la casa y la calle había un camino de arena y piedras que cruzaba un pequeño patio interior y un discreto huerto. Me detuve, emocionada, ante la puerta de madera que daba acceso a la casa y me liberé del *niqab*. La puerta se abrió despacio con un quejumbroso chirriar. Tras ella apareció mi padre, Ghulam Dastgir.

Los recuerdos volvieron a mí cual relámpagos. Mi padre, soltando sonoras carcajadas, me lanza una y otra vez por los aires, agarrándome cuando estoy a punto de caer al suelo. «Éramos la envidia de medio Kabul, Nadia *jan*. Venían de todos los rincones de la capital a felicitarme, y todos sin excepción quedaban maravillados de tu belleza y de la alegría que desprendía tu rostro.» Me había explicado cientos de veces anécdotas de mi infancia, abrazándome. Hacía ya más de veinte años desde aquellos días y allí estaba de nuevo, ante mí, esbozando una lenta sonrisa.

Mi padre, vestido con un sencillo traje tradicional de color beis, me abrazó, temeroso. Sentí que su barba recortada me rascaba la mejilla. Probablemente no podía reconocerme, a pesar de que ya debía de estar al tanto de mi regreso.

—Papá, soy yo, tu hija mayor, Nadia. ¿Me recuerdas? —le dije cariñosamente.

—Zelmai... —susurró, mirándome con sus ojos cristalinos.

Me abrazó de nuevo antes de tumbarse en el colchón del salón, ante el ventanal que daba al patio. Tenía un nudo en la garganta, pero aun así me alegré de que me reconociera, aunque fuera como Zelmai y no como Nadia. De repente noté que mamá me acariciaba la mano derecha, a mi espalda.

—¿Y Razia, mamá? ¿Por qué no ha venido a verme? —pregunté, extrañada.

—Vendrá más tarde, hijo, no te preocupes —contestó restando importancia a su ausencia.

A mi alrededor todo me resultaba familiar. Mi pasado estaba frente a mí, más vivo y nítido que nunca ante aquel viejo brasero. El humo que desprendía ascendía lentamente, como antaño. Otra vez tenía ante mí aquella vida rústica, tradicional, antigua, simple.

Zelmai, Mersal y yo sacando la lengua al unísono, tras la barbacoa humeante de nuestra primera casa. Otra vez el «clan Bollywood», esta vez vestidos a la manera occidental, formales, junto a los tíos Sha Ghul y Jan Agha, en alguna celebración familiar que no conseguía recordar. Papá y mamá mostrando a Arezo ante la cámara, recién nacida, en la cama del hospital. Yo, vestida como Zelmai, estirada sobre la alfombra de casa, junto a tía Sha Ghul y mamá.

—Arezo, hija, ve a comprar unos dulces con los que acompañar el té, por favor —escuché decir a mamá.

—Sí, mamá. Hoy es un día muy especial.

Me sentía de nuevo en familia, así que no dudé en sentarme junto a papá, en la esquina de la sala. En mi país el día a día familiar transcurre siempre en una única habitación, y en ella se charla, se come y se duerme, aunque la casa tenga tres o cuatro habitaciones. Las otras se reservan siempre para los invitados.

Mamá volvió a mirarme desde el patio, a través de la ventana, junto al brasero en el que calentaba la tetera. La vivienda era más o menos como la anterior; la parte superior de la pared, desde la mitad hasta el techo, estaba pintada de blanco, y la parte inferior de azul celeste. El suelo estaba cubierto por la tradicional alfombra *Qalin*, que cubría toda la parte central de bellas tonalidades y preciosas figuras geométricas, mientras que a su alrededor estaban dispuestos los colchones que utilizábamos para dormir, y siempre orientados en dirección a La Meca. Los cojines de algodón estaban apoyados a lo largo de las paredes, como en cualquier casa afgana.

Papá había dispuesto ya de su cojín y observaba, con la mirada perdida, a través de la ventana. «Está siempre como ausente, absorto en su propio mundo», me comentó mamá en una de las últimas conversaciones que tuve desde Barcelona. Papá debía de tener unos sesenta y dos años, y mamá un par de años menos. Razia tendría unos veintidós y Arezo rondaría los dieciocho. En Afganistán pocas personas conocen su edad real, ya que la mayoría de los archivos han quedado destruidos tras años de guerra, y la mayoría de los ancianos apenas recuerdan el pasado. Ni siquiera sabíamos los años que llevábamos de guerra. Estrés postraumático, le llaman en Occidente.

—Toma un poco de té verde, hijo. Te hará bien —dijo mamá mientras se sentaba junto a mí y me ofrecía la tetera y una pequeña taza.

—Gracias, mamá. Siéntate y cuéntame, por favor.

—Hijo, qué puedo contarte, aquí el tiempo parece que no avanza. Es más de lo mismo un día, y el otro, y el otro... y tú... no quiero volver a perderte.

—Lo sé, mamá, pero allí, en el extranjero, me están ayudando mucho. Mira —dije mostrándole las cicatrices de mi última operación—, allí ya me han operado tres veces más por mis quemaduras, y aunque sigo bajo tratamiento médico estoy cada vez mejor.

Mamá me miró con una mezcla de amor y tristeza, dejó la taza en el suelo y, con infinita ternura, me levantó el mentón con un dedo. Por un instante pensé que por fin me reconocía como su hija mayor, Nadia.

—Zelmai, hijo mío, siento tantísimo que pasaras por todo aquello... La bomba, los talibanes, el trabajo de sol a sol... Ojalá Alá me hubiera permitido estar en tu lugar —dijo entre lágrimas.

—No te preocupes, mamá, ya pasó. ¿Cómo sigue papá?

—Ya lo ves, Zelmai *jan*. La mayoría de los días se los pasa observando el mundo tras los vidrios de la ventana. Otros simplemente está de un humor intratable y se pone muy agresivo. Es capaz de lanzarte el plato de comida a la cabeza...

En ese momento apareció Arezo con los dulces que le había encargado mamá. Los dejó junto a nosotras y se sentó a mi lado. Aproveché para cambiar de tema, ya que mi madre se entristecía cuando hablaba del estado de papá.

—Contadme qué le pasó a tía Sha Ghul, por favor. No me explico qué pudo ocurrir.

—Bueno, lo que pasó es que murió de pena, como muchas otras afganas, hijo —contestó mamá, melancólica.

—Murió sin esperanza, hermano. Cuando prima Shabnam volvió embarazada a casa de tía Sha Ghul, pensó que Bilal, su marido, llegaría algo más tarde. Pero se vino abajo cuando Shabnam le contó que Bilal había muerto semanas antes durante un ataque suicida, mientras trabajaba como agente de seguridad en un banco —explicó mi hermana.

—Fue en Kandahar, hijo, en un barrio rico, de esos en los que circula muchísima gente a todas las horas del día. En Kandahar, sí... —añadió mi madre.

—Lo sé, mamá. Pues eso, hermano, que tía pensó que había venido a dar a luz en Kabul porque deseaba estar con ella en esos momentos tan cruciales de la vida de toda madre, pero al enterarse de su desgracia se quedó muy afectada. Según cuentan, era incapaz de dar un paso, se quedó como petrificada ante el portal de su casa, mirando hacia el horizonte durante horas.

—Y al caer la noche seguía igual, hijo —continuó mamá—, tuvieron que alzarla entre algunos vecinos y llevarla hasta su cama.

—Vaya, qué duro... —murmuré.

—Según cuenta Shabnam —prosiguió Arezo—, tía se despertó al día siguiente como si nada, llena de energía. Le recordó que ella misma se había pasado años sin marido y que juntas lo superarían. Estaba decidida a ayudarla, a luchar por ella y por el bebé.

—Y a las pocas horas enfermó —añadió mamá.

—No lo entiendo —susurré.

—Ni nosotras, hermano, pero el caso es que a los pocos días amaneció helada, muerta. No llegó a conocer a su nieta.

—Dos días más tarde nacía la pequeña Mina, imagínate. Dos días más y habría conocido a su nieta, hijo —añadió mamá.

Tío Jan Agha había muerto años atrás, así que ahora sólo sobrevivían mi querida prima Mersal, sus hermanas menores Shabnam y Maboba, y el más pequeño de la familia, Shadob. Se me hacía muy difícil pensar en cómo podrían arreglárselas solos ahora, así que les pregunté por ellos.

—Pues Maboba está hecha toda una mujer, hijo mío. Ayuda muchísimo a su hermana menor, y su sobrino la ve como a su otra madre. A mí me habría gustado ayudarlas, pero desde que te marchaste estoy más débil, y tus hermanas no pueden hacerse cargo. Ya suficiente tienen conmigo y con tu padre... —dijo mamá con tristeza.

—Entonces... ¿no tienen a nadie? —pregunté, alarmada.

—Shadob fue a buscar a Omaira, y desde hace unas semanas vive con ellas, al menos hasta que consigan arreglárselas sin ella —replicó mamá.

Omaira era una prima de papá. Una mujer valiente como pocas, una luchadora siempre dispuesta a ayudar a los demás.

—Menos mal. Omaira vale un mundo. ¿Sabéis qué? Mañana mismo les haré una visita, y quizá encuentre la manera de ayudarlas. No es justo, la vida es dura para todos, pero a nosotras ya nos ha castigado demasiado.

Mamá fue entonces en busca de otra taza y nos sirvió el té caliente a Arezo y a mí. Papá seguía observando el exterior tras el ventanal, lacónico.

—¿Y Razia, madre? ¿Dónde está? ¿Ya debería haber llegado, no? —solté, preocupada.

—Estarán a punto de llegar, hijo. Su marido se habrá retrasado... —dijo tímidamente.

—¡¿Cómo, que está casada?! ¡¿Y por qué no me lo habías dicho?! —grité, indignadísima.

—Se casó con tu primo Shair, Zelmai *jan*. Ya no es tan joven, y aquí no es como por ahí, lo sabes bien. El deber de toda mujer... —respondió intentando justificarse.

—¡¿Qué deber?! ¡Ya sé que todas se casan, pero deberías habérmelo dicho! ¡Yo le estoy pagando los estudios y ahora me entero de que ha dejado de estudiar para casarse!

Estaba indignada. No podía creer que todo mi esfuerzo hubiera sido en vano. Durante años me había esforzado por enviar dinero a mamá para que mis hermanas tuvieran estudios y una vida mejor, y ahora, de repente, la habían casado a mis espaldas.

—Razia sólo tenía que preocuparse de estudiar, y de nada más, mamá —añadí, cada vez más enfadada.

—Hermano, tú no estás aquí, te marchaste dejándonos solos. ¿Qué esperabas que ocurriera? —intervino Arezo, defendiendo a mamá.

—¡¿Qué?! Durante estos cuatro años os he llamado día sí y día también, y cada mes os he enviado dinero, sin fallaros ni una sola vez.

—Lo sé, Zelmai *jan*, lo sé. Pero tu padre y yo ya somos mayores, y necesitábamos a un hombre que cuidara de la familia. Y tú nos abandonaste, Zelmai. ¿Qué más podíamos hacer?

Razia acababa de abrir la puerta de casa, y por la expresión de su rostro parecía que estaba aún más desconcertada que yo.

—¡¿Pero se puede saber en qué momento decidiste casarte, hermana?! ¡¿Acaso no te dije que debías estudiar?!

—Me alegro de verte, Zelmai —dijo con semblante frío, inexpresivo.

—¡Ya hablaremos tú y yo! O mejor... ¡Ya hablaré con tu marido! —grité, sabiendo que ahora Shair era el hombre de la familia.

Sin más, me levanté y salí al pequeño patio de la casa. Acababa de llegar y ya estaba furiosa con todas. Impotente, me bebí de un sorbo la taza de té, la dejé caer y le lancé un puntapié al vuelo. Instantes después estaba hecha añicos, exactamente igual que yo.

El matrimonio siempre fue mi punto débil, mi talón de Aquiles desde que Mersal me confesó que la iban a casar. Aún lo recuerdo como si hubiera ocurrido ayer mismo. Tras semanas sin vernos, nos juntamos en casa de nuestros tíos para celebrar una pequeña reunión familiar. El Gobierno había ofrecido un mes de tregua, y mamá y yo aprovechamos para ir al campo de refugiados de Jalalabad. Era la mejor opción para recibir asistencia médica. A nuestro regreso decidimos hacer un pequeño encuentro en casa de nuestros tíos, apurando así al máximo los pocos días que quedaban de tregua. Pero nada más ver la cara de Mersal comprendí que algo estaba pasando. Demacrada, blanca, profundamente triste, parecía un espectro de sí misma. A un descuido de nuestros padres nos escapamos a la habitación de invitados y allí me confesó que en los últimos días varios hombres habían ido a pedir su mano y, lo que era peor, que sus padres estaban decidiendo cuál de ellos era el más indicado.

Éramos aún dos inocentes crías, y hasta ese momento para nosotras el casarse era algo muy lejano, del mundo de los adultos, y debía ser motivo de júbilo y alegría para ambas familias. Antes de la guerra las bodas eran multitudinarias; familiares, amigos, conocidos, vecinos... la noticia solía propagarse pronto por el barrio, y todo aquel que tuviera una mínima relación con la pareja asistía al enlace, que se celebraba en el propio hogar familiar. Es cierto que no se ofrecían grandes banquetes, con un buen plato de arroz y albóndigas bastaba, pero aun así la familia del marido cargaba con los gastos y solía acabar con grandes deudas que arrastraba durante meses y, en el peor de los casos, incluso años.

Pero con la guerra todo cambió. De pronto, llevar a cabo grandes celebraciones se tornó algo muy peligroso, así que cuando una pareja se casaba simplemente se llevaba a la esposa al hogar del marido y su nueva familia se encargaba de darle protección. Y además, tal y como le había ocurrido a Mersal, las familias daban a sus hijas en matrimonio cada vez más jóvenes, por mera supervivencia: así conseguían una pequeña dote y tenían una boca menos que alimentar. Mersal y yo, en aquella pequeña habitación de invitados y entre lágrimas compartidas, acabábamos de descubrir cómo nuestra infancia ya formaba parte del pasado.

Los recuerdos se desdibujaron repentinamente. Sentí que alguien se acercaba a mí intentando no llamar mi atención. Era Arezo.

—¿Estás bien? —me preguntó, tímidamente.

Evocar a Mersal me había ablandado, estaba menos enfadada, así que intenté ser amable con ella.

—Sí, hermana, gracias, ya estoy mejor. Dame alguna alegría y explícame cómo van tus estudios, anda.

—Zelmai... hace tiempo que no voy al colegio —respondió agachando la cabeza.

—¡Qué bien! ¿Y eso por qué? —pregunté, cada vez más resignada.

—Shair no me lo permite. Dice que estoy perdiendo el tiempo y el dinero —contestó, visiblemente abatida.

—Entiendo... Volvamos dentro, hermanita.

Razia estaba en el salón conversando alegremente con mamá. Me acerqué a ellas con paso decidido y ambas me miraron, expectantes. Por lo que parecía, seguían teniéndome el mismo respeto que cuando era el hombre de la casa.

—Hermana, dile a Shair que deseo hablar con él. Y que cuanto antes, mejor.

—De acuerdo, Zelmai —respondió Razia.

Una maleta llena de dólares

Aquella primera noche en Kabul fue larga, muy larga. Los recuerdos iban y venían, como si la memoria no fuera más que un presente invisible que nos asedia cuando menos se la espera. A la deriva en un mar de silencio, perdida en la noche de los tiempos. Así me sentía.

Dos, tres, cuatro de la mañana. No conseguía conciliar el sueño. Arezo y papá dormían justo al lado, cada uno en su colchón, mientras que mamá lo hacía algo más alejada, en una esquina de la sala. Padecía fuertes dolores de espalda y de huesos, por lo que meses atrás decidimos comprarle una cama y un nuevo somier con la esperanza de que le ayudara a reposar algo más. Y por lo que parecía surtía efecto, ya que no se despertó ni una sola vez durante toda la noche.

Ante mis ojos estaban Maria, Josep, Marta, mi querida familia catalana. Sonreían y me tendían la mano, esperando a que volviera a cruzar la distancia que nos separaba. Sus rostros cálidos, apacibles, serenos, me reconfortaban. Quería hablarles pero el burka que vestía me asfixiaba, me impedía articular palabra. No podía. Al fin abrí los ojos, había sido un sueño. Me desperecé y miré a mi alrededor. Mamá seguía durmiendo plácidamente en su cama y Arezo se revolvía en su colchón. Al parecer tenía un sueño más ligero que el de mamá. Papá no estaba. Me extrañó mucho, quizá en mi ausencia había tomado otros hábitos y ahora le gustaba salir al patio nada más despertar. O quizá había ido a por el *naan* para ofrecérnoslo de desayuno o, incluso mejor, para celebrar mi vuelta a casa. Miré el reloj y ya eran las siete de la mañana. Habría dormido una hora, hora y media a lo sumo.

Debía darme prisa si quería hacer todo lo que había planeado, así que fui al baño y, tras lavarme la cara y arreglarme, me dispuse a preparar una humeante taza de té persa. Fue entonces cuando mamá se me acercó, risueña, y me besó en la frente. Estaba tan feliz... Parecía que mi presencia allí le había dado vida. Tras mirar a su alrededor se dirigió a mí, en voz baja, intentando no despertar a Arezo.

—¿Y tu padre, hijo? A estas horas... ¿no estará fuera, en el patio? ¡Qué raro...! —exclamó, extrañada.

—Pues no lo sé, mamá. Cuando me levanté ya no estaba.

—¡Dios mío! Tu padre está más enfermo de lo que te imaginas, Zelmai, y es muy capaz de meterse en líos. Deberías ir a buscarlo, no sea que se meta en problemas... —me contestó, preocupada.

—Vale. Iré a buscarlo, pero Arezo me acompañará. Si vamos juntas estaremos más seguras —respondí mientras me acercaba a mi hermana y la zarandeaba suavemente hasta despertarla.

Poco después ya estábamos recorriendo las callejuelas en busca de papá. Todo olía a tierra, a madera vieja y a polvo, como cuando abandoné Kabul cuatro años antes. Cuando nos estábamos acercando a una de las laderas más cercanas, en la que se apilaban las casas más humildes, vimos a papá. Estaba en una zona comercial, rodeado de vecinos y comerciantes, y gesticulaba enérgicamente. Advertí a Arezo de que podríamos tener problemas, así que avanzamos con sigilo hasta un bazar próximo, donde podíamos escuchar qué decía papá sin ser vistas.

—¡¡Sí, sí, lo que os digo, mi hijo Zelmai ha vuelto de Inglaterra!! Y ahora somos ricos. Ha traído una maleta llena de dólares, y es tan inteligente que para que nadie le reconozca va vestido de mujer. ¿Lo entienden? ¡¡Mi hijo es rico!!

Me estremecí.

Si aquellas pobres gentes creían la historia de papá y decidían comprobarla con sus propios ojos, estaba perdida. ¡Dios, papá había perdido la cabeza por completo! ¡A quién se le ocurriría...!

Rápidamente pedí a Arezo que agarrara a papá del brazo y se lo llevara de nuevo a casa, y que se ocupara de informar a los vecinos de que papá era un hombre muy mayor, que estaba gravemente enfermo y necesitaba descansar. Debía ser muy convincente, de lo contrario corríamos el riesgo de que creyeran su histora.

Parpadeé. Arezo ya se dirigía al grupo de hombres congregados en torno a papá. Ahora debía reaccionar yo, así que di media vuelta y salí lo más rápido que pude de allí, sin mirar atrás.

Cerré la puerta tras de mí y me dejé caer de espaldas. El corazón me latía tan fuerte que era incapaz de entender qué decía mamá, que por lo visto no cesaba de preguntarme sobre lo ocurrido. Diez minutos más tarde llegó Arezo con papá.

—Zelmai *jan*, no te preocupes, no han creído su historia. Todo les sonaba a película americana. Se reían de papá, eso es todo. ¿Me estás escuchando, Zelmai?

La ansiedad dio paso al alivio, y éste a la cólera.

—¡Papá, podrías haberme matado! ¡¿Cómo se te ocurre contarle a todo el mundo que he vuelto cargada de dólares?! —le grité.

—Zelmai *jan*, papá... —dijo tímidamente mamá.

—¡No, ni papá ni nada de nada! ¡Y encima les sueltas que voy travestida! ¡¿Para qué quiero talibanes si te tengo a ti?! ¡Mírame y respóndeme! —bramé.

Gritaba, incapaz de contener la rabia. Era mi válvula de escape a la tensión que había sufrido. Papá, avergonzado, buscó mi mirada, con profunda tristeza, y volvió, desconcertado, a su colchón frente a la ventana. Se pasó el resto del día mirando las nubes. Papá estaba tan cerca y a la vez tan lejos de todos nosotros... Su maldita enfermedad le otorgaba pocos momentos de lucidez, pero ése había sido uno y yo empecé a sentirme terriblemente culpable por haber sido tan dura con él.

Papá merecía una vida mejor. Me senté junto a él y le abracé con dulzura mientras apoyaba mi cabeza contra la suya.

—Papá, lo siento, te quiero muchísimo. Debemos ser muy cautos, eso es todo. Lo siento. Espero que puedas perdonarme... —le dije al oído mientras pasaba suavemente mis dedos sobre su barba.

—¿Hijo mío, eres tú? ¿Has vuelto a casa para quedarte? No volverás a abandonarme nunca más, ¿verdad, Zelmai *jan*? —preguntó, abatido.

—Papá, sí, soy yo, tu hijo, Zelmai. Siempre estaré a tu lado, nunca te abandonaré. Te quiero... —susurré con lágrimas en los ojos.

Me inundó una profunda desazón vital. Aún con lágrimas en los ojos, volví a abrazarle muy fuerte. Le necesitaba como cuando era pequeña y me abrazaba con todo su cuerpo, haciéndome sentir inmensamente querida y feliz. Papá seguía absorto, contemplando el horizonte tras el cristal, y en ese instante tuve la certeza de que los mejores momentos de mi vida habían quedado irremediablemente atrás y ya no volverían. Le besé en la frente. Los fantasmas del pasado seguían persiguiéndome.

Sigo siendo Nadia

Mamá había preparado un poco de té y *naan*, que nos sirvió con parsimonia, como solía hacer cada mañana desde hacía años. Podíamos vivir en la escasez más absoluta, pero un poco de té y de pan no había faltado nunca en nuestro humilde hogar. Mamá alzó la vista y me miró tras el vapor que emanaba de la tetera.

—Zelmai, necesitamos un poco de arroz, verdura y carne para preparar la comida. ¿Podrías acercarte a la tienda un momento? Arezo puede acompañarte —dijo, dirigiéndose también a mi hermana pequeña.

—Vale. Además me irá bien tomar un poco el aire —contesté.

—Gracias, hijo. Te prepararé un buen almuerzo, ya verás —exclamó risueña.

Realmente no me entusiasmaba salir de nuevo a la calle, y mucho menos después de lo que había contado mi padre sobre mí esa misma mañana, pero llevaba apenas dos días en casa y quedarme recluida entre aquellas cuatro paredes no era una opción.

Arezo y yo doblamos la esquina de casa, una junto a la otra. Durante años había actuado como el hombre de la familia, había sido el pilar en el que todas se apoyaban para seguir adelante, y ahora, caminando junto a Arezo, me sentía terriblemente incómoda. Al pasar bajo el taller de un sastre tropecé y estuve a punto de caer de bruces contra el suelo.

—Eso te pasa por vestir ropas de mujer, hermano. No estás acostumbrado —saltó mi hermana riéndose mientras me tendía la mano.

El hecho de que mi hermana demostrara mucha más seguridad que yo no me ayudaba en absoluto.

Como Zelmai, estaba acostumbrada a ir a mi propio ritmo, sin compañía de nadie, e incluso me desplazaba en bicicleta por las calles de Kabul, algo impensable para una mujer afgana, lo que me daba aún más sensación de libertad. En Afganistán, como mujer, ni siquiera podía regatear el precio de los productos ante los tenderos, algo que ahora sí podía hacer Arezo, ya que al ser tan joven los vendedores pasaban por alto su irrespetuosa osadía. ¡Cómo echaba de menos mi vida en Europa en esos momentos! Confundirme en el metro de Barcelona con el gentío, o bien escaparme en el coche de mis padres en busca de algún rincón solitario e inspirador en el que relajarme. Añoraba sentirme libre.

—Zelmai, deberías ponerte tu turbante y tu chaleco de siempre, aunque estén ya muy viejos y usados. El *niqab* no te queda nada bien. No entiendo por qué vas con él, pudiendo ir como antes...

A Arezo aún le costaba asumir que Nadia había vuelto para quedarse, que nunca más volvería a ser Zelmai. En ese momento supe que debía demostrarle a mi familia, a todos, que era capaz de hacer las mismas cosas que hacía como Zelmai, pero esta vez con mi identidad real, como mujer. Siendo yo misma, Nadia.

—Arezo, soy tu hermana Nadia, no Zelmai. Y lo sabes —reaccioné, por fin.

Cuando la bomba estalló en casa, la relación con mis hermanas se quebró. Desde ese día habían vivido con tía Amira, ya que mamá necesitaba todo el tiempo del mundo para cuidarme, ya fuera en el hospital, en el campo de refugiados... Y dos años después, cuando regresamos junto a Arezo y Razia, ellas aún eran muy pequeñas, y yo ya lo hice vestida como Zelmai.

—Es que no lo entiendo. Tú siempre fuiste un hombre. Quiero decir... siempre vestiste como Zelmai y te comportaste como el hombre de la familia —replicó confusa.

—Lo sé, pero lo hice porque necesitaba trabajar y debía cuidar de vosotras. La época en que me vestía como Zelmai no volverá. Ahora vuelvo a ser yo, vuestra hermana mayor. Nadia.

—Lo siento, perdóname. Lo sé... pero ¡es que me cuesta tanto verte así! —exclamó.

—No te preocupes, poco a poco. Y ahora que estamos solas, como hermanas... dime, ¿qué tal van las cosas en casa? —pregunté, intentando ganarme su confianza.

—Igual que siempre, supongo. No sé qué podría explicarte que no supieras, Zel... hermana.

—¿Mamá está bien?

—Ya la has visto. Desde que te marchaste a Europa siempre anda cansada y quejándose de mil y un dolores. Además, no para de hablar de ti, de las cosas importantes que haces... por lo visto lo que hacemos nosotras no tiene ninguna importancia —me recriminó.

—¿Y papá? ¿Qué podemos hacer por él? No le veo feliz...

—No podemos hacer nada, Nadia *jan* —dijo enfatizando mi nombre con cariño. Se notaba que estaba haciendo un gran esfuerzo para llamarme por mi verdadero nombre.

—Me duele en el alma verlo así. —Suspiré.

Se hizo un silencio que ninguna de las dos nos decidíamos a romper, dejándonos llevar por la nostálgica melancolía del momento. Ambas recordábamos a papá...

—Bueno... y sobre lo de tus estudios, ¿qué hay? —pregunté, rompiendo el hielo y volviendo a uno de los temas que más me preocupaban.

—Fue una decisión de Shair —dijo, temerosa—. Dice que las mujeres prometidas no necesitan estudiar...

—¡¿Que estás prometida, hermana?! ¿Y se puede saber qué más me habéis ocultado? ¡Estás loca! ¡Tú, mamá y Razia estáis locas! —grité, sin darme cuenta de que estaba en mitad de la calle.

—Cálmate, si alguien te escucha... —dijo rápidamente Arezo—. Fue idea de mamá. Aquí todos creen... creemos que no hay futuro, por lo que quizá casarme no sea tan mala idea. Esto no es Europa, Nadia. No todas tenemos tanta suerte... —susurró, sin acabar la frase. Estaba a punto de romper a llorar.

Yo estaba furiosa con mamá y conmigo misma, porque era evidente que todo el esfuerzo que había hecho durante estos últimos años había sido en vano. Pero Arezo no tenía la culpa, era sólo una víctima más de la cultura de mi país, de la cultura de la guerra.

—Ya veremos qué hacemos. Sólo quiero que sepas que no debes hacerlo si no estás de acuerdo —le dije mirándola fijamente a los ojos, con cariño pero con firmeza.

—Gracias, Zelmai. Perdona... hermana. Gracias —respondió.

—Y ahora, ¿qué te parece si vamos a por un helado? Creo recordar que había una heladería cerca de aquí. ¿Podrías llevarme? —le dije con una sonrisa que el *niqab* ocultaba.

La idea le encantó. Fuimos caminando hasta la heladería Bradaran, en Jade Nader Pastun, una de las avenidas principales de Kabul, y volvimos a casa saboreando un delicioso helado de nata. Siempre he pensado que los helados tienen algo de mágico. Poseen la maravillosa virtud de transportarnos a los días felices de nuestra infancia.

Mamá apenas podía moverse. Había estado un par de horas preparando la comida y estaba agotada. La acompañé hasta su colchón, se desprendió del *goig*, el pañuelo tradicional, y mientras se abanicaba me pidió un poco del té verde que habíamos hecho para acompañar el postre. Al acercarle la taza humeante me acordé de la Moleskine que me había regalado Josep. No la había usado en todo el viaje, y quizá ése fuera un buen momento para rescatarla, así que rebusqué en la maleta hasta dar con ella.

En infinidad de ocasiones mamá me había narrado pasajes de su vida. En nuestro país, y en todas las familias afganas, la tradición oral era importantísima. Al fin y al cabo era la única manera que teníamos de transmitir nuestros conocimientos y nuestra historia. Esos momentos de narración en familia se habían perdido en Europa, pero yo aún tenía la oportunidad de disfrutarlos. Y estaba ansiosa por volver a escuchar a mi madre; era la mejor manera de intimar con ella, de estrechar nuestros vínculos tras los cuatro años que había estado fuera. Sin pensármelo, agarré la Moleskine y un bolígrafo.

—Mamá, cuéntame... ¿cómo eras de pequeña?

—Ay, hijo mío, ya casi ni me acuerdo. Además, creo que ya no hay nada que no te haya contado alguna vez —dijo con una lenta sonrisa.

—No me importa, mamá. Estoy deseando volver a escuchar tus historias. Echo de menos escucharte hablar de los abuelos, de nuestra vida antes de que llegara la guerra, de tu infancia. Alguna vez llevaste minifalda, ¿a que sí? —exclamé curiosa.

Mamá siguió abanicándose durante unos segundos, dubitativa. Suspiró, como siempre hacía antes de empezar sus narraciones.

—Zelmai *jan*, pídele a tu hermana que nos sirva más té y que prepare más dulces.

Anhelante por escucharla de nuevo, yo misma acerqué la bandeja con los pocos dulces que quedaban y le pedí a Arezo que nos preparara más té. Estaba a punto de escuchar otra vez la historia de mi familia, de las mujeres de mi familia. Mamá posó suavemente su mano sobre la mía. Así empezaba todo. Siempre.

El adiós de Zulma

Mi madre era la mejor narradora de toda Asia. Sus historias me hacían soñar, viajar a países lejanos, donde cualquier hecho, por insólito que pareciera, tenía cabida. Sus narraciones eran la mejor manera de viajar al pasado de Afganistán, a un país moderno y en paz, feliz. Sus cuentos me enseñaban lecciones de vida y una inmensa cultura popular, sabiduría que en mi país, desde el inicio de los tiempos y hasta el día de hoy, se transmite oralmente. Pero es que además muchas de sus narraciones conectaban con mis raíces, con nuestra historia familiar. Eran nuestra historia; la de mis abuelos, la suya, incluso la historia de mi propia infancia.

—¿Me contarás la historia de la familia, mamá? —le rogué.

Me miró con sus insondables ojos oscuros, los mismos que escondían la sabiduría de generaciones y generaciones de mujeres de mi familia.

—Cuentos populares, el pasado de la familia... ¿acaso no es lo mismo, hijo?

—Quizá, mamá, pero llevo tantos años fuera que lo que más deseo es volver a oír, a sentir las historias de los abuelos, de tus hermanas y hermanos... Cuando añoro mi tierra pienso que estoy a tu lado, escuchándote narrar las historias que me contabas siempre. Las he oído centenares de veces, lo sé, pero escucharte de nuevo me da fuerzas, me da la ilusión que necesito para creer que aquel Afganistán del pasado, aquel país feliz y en paz, pueda volver a hacerse realidad algún día. Como aquel refrán que me repetías de pequeña... el que dice que en la tierra donde alguna vez corrió el agua, ésta renacerá. Cuando me siento sola, en Barcelona o en cualquier otra parte del mundo, simplemente recuerdo tus historias. No necesito nada más para sentirme mejor...

—Zelmai *jan*... —dijo mientras se le escapaba un suspiro de felicidad.

* * *

Durante los años previos a la ocupación soviética, Afganistán era un país libre y democrático que gozaba de paz y estabilidad política. Kabul era por aquel entonces una ciudad pequeña pero moderna, mientras que en el resto del país existían amplias zonas muy fértiles y aptas para vivir pero que estaban completamente despobladas.

Mohamed Zahir Shah, el último rey afgano y quizá el último gran estadista hasta la fecha, deseaba impulsar el desarrollo de todas aquellas zonas rurales abandonadas e improductivas, por lo que donó gratuitamente y a perpetuidad parte de aquellas tierras a todo aquel que se comprometiera a instalarse allí.

Las concesiones de Zahir Shah incluían una buena extensión de tierra, una caseta temporal en la que los repobladores pudieran vivir mientras construían su hogar y una donación en metálico para sufragar parte de los costes. Ahora aquellas antiguas concesiones forman parte de la provincia de Baghlon. Y una de las primeras familias que se lanzó a aquella aventura fue la mía, bajo el impulso y la determinación de mi abuelo Alí.

Mi abuelo, además de un hombre valiente, era un experimentado albañil que sabía hacer prácticamente de todo, así que tras escuchar en la radio el anuncio del rey no se lo pensó dos veces; hizo todas las gestiones necesarias, abandonó la casa de alquiler que ocupaba en Kabul y se trasladó a las tierras donadas por el rey en el interior del país, junto a su esposa y a sus hijos Zulma, Jan Agha, Amira y mi madre Zia, que aún era muy pequeña.

«Abandonamos Kabul, rumbo a un futuro incierto, en una fría y gris mañana de otoño», narraba mamá con pasión. Aquello era lo que durante años le había contado mi abuela Salia, y ella me lo transmitía a mí con brillante maestría.

Alí fue construyendo poco a poco una humilde vivienda de adobe y madera en su finca de Baghlon. Tardó meses en acabarla, pero para entonces ya cultivaban en sus campos algunas verduras y hortalizas e incluso habían plantado un prometedor campo de almendros. Todo parecía ir viento en popa hasta que una terrible noche de cielo encapotado que amenazaba tormenta, una de las primeras noches que pasaban en aquella casa recién inaugurada, la fatalidad fijó sobre ellos su tenebrosa mirada.

Mi tía Zulma era una mujer fuerte y trabajadora, humilde aunque de modales exquisitos, y extraordinariamente bella. Aquella noche, tras la cena, mi tía recogió los platos y se dirigió a la pequeña cocina, dispuesta a lavarlos. Pero por alguna extraña razón hizo algo que no era nada habitual en ella: lanzó todos los huesos y las sobras de la cena directamente al suelo, detrás de la tapia del patio. ¿Por qué lo había hecho, si tenían un pequeño cubo en el que depositaban todas las sobras? ¿Y por qué precisamente ella, que era la más educada de toda la familia? Esa misma noche empezó a sentir terribles dolores de barriga, que no cesaron en los días y las semanas siguientes.

En Afganistán todo el mundo cree en unos diminutos seres mágicos, los «genios», que pueblan el país y que, si se enfurecen, pueden llegar a ser muy peligrosos. Nadie ha podido ver jamás a esos seres espectrales, pero muchos afirman haber sufrido alguna vez de su incomprensible ira. Eso es precisamente lo que le ocurrió a mi familia aquella noche oscura, cargada de malos presagios.

Y mi abuela Salia se dio cuenta en el acto; su hija había lanzado las sobras directamente a alguno de aquellos genios, y éstos como venganza la habían hecho enfermar. Los días que siguieron a aquella noche fueron un continuo infierno; Zulma era incapaz de levantarse de su lecho, y los remedios tradicionales no hacían efecto contra aquella maldición. Necesitaban escapar de aquel lugar maldito y encontrar un médico, pensó Alí. Sólo así su hija tendría opciones de sobrevivir.

A los pocos días abandonaron Baghlon y se instalaron en una casa alquilada, cerca de la que habían salido meses atrás. Durante un mes diferentes médicos visitaron a Zulma, pero todo fue en vano. A los cuarenta días justos de caer enferma, mi tía Zulma falleció. Aquella muerte afectó intensamente a todos los que la vivieron.

—Mi hermana Zulma era diferente, no era como nosotras —continuó mamá. Según explicaba guardaba todas sus cosas con gran esmero, era extremadamente presumida y no permitía el más mínimo desorden. Y a pesar de que eran una familia humilde, Zulma no perdía la ocasión de pedirle a mi abuelo Alí que le comprara bellos vestidos tradicionales, bolsos y todo tipo de complementos de moda que en aquella época podían conseguirse fácilmente en los comercios de Kabul, entonces aún una ciudad libre y abierta a la influencia extranjera—. El caso es que tu tía Zulma, estando ya al borde de la muerte, seguía preocupada por todas sus pertenencias, sobre todo por las ropas y los complementos que tanto le había costado conseguir. No soportaba la idea de que alguna de sus hermanas se hiciera con ellos...

Fue entonces cuando mi abuela y algunas ancianas del barrio decidieron quemar toda su ropa en el patio de casa, ante ella y con su consentimiento. Si la angustia por el destino que tendrían sus pertenencias no la dejaba morir en paz, al menos conseguirían liberarla de aquel pesado lastre y salvar su doliente alma. Así lo hicieron. Esa misma noche murió.

Pocos días después de la muerte de Zulma mi abuela Salia cayó enferma. Mi madre aún era una niña y los recuerdos que guarda de ella siempre fueron vagos e imprecisos, pero era una mujer alta, fuerte, y lucía una larga melena negra que llevaba recogida en dos trenzas que eran la envidia de las demás mujeres, allá donde fuera. Tenía, además, una fuerza vital enorme que aquella extraña enfermedad fue minando con el paso de las semanas y los meses, y que ningún médico acertaba a diagnosticar.

—Mi madre, Salia, le hizo prometer a Alí que no regresarían jamás a Baghlon, no al menos mientras ella viviera. Así que mi padre no tuvo más remedio que comprar un terreno barato, a las afueras de Kabul, en el que construir otra casa de su propiedad. Siempre decía que prefería gastarse el dinero del alquiler en comprar materiales para hacer su propia casa en vez de regalarle ese dinero a otra persona. Y a eso se dedicó en cuerpo y alma durante los meses que siguieron. Mi abuelo cuidaba de su esposa, trabajaba y, en el poco tiempo que le quedaba, se dedicaba a levantar lo más rápido posible su nuevo hogar, con la esperanza de que su esposa llegara a disfrutar de él.

Cuando se le acabaron los recursos vendió parte del terreno que había adquirido, y con el dinero de la venta compró más materiales con los que acabar la casa. En unos meses había construido un par de espaciosas habitaciones, un cuarto de baño, una cocina y un patio con un pequeño huerto, y trasladó allí a su familia. No se rendían, a pesar de las adversidades.

Mi abuela murió pocas semanas después del traslado, en silencio y en paz. Llevaba días postrada en su lecho sin poder moverse, tal y como le había ocurrido a su hija Zulma. De hecho, el día que murió, Salia fue perfectamente consciente de que aquél sería su último día.

Aquella mañana mandó a Alí a comprar carne de ternera.

Quería prepararles su receta predilecta: un suculento plato de albóndigas con arroz. Amira ya se había casado, así que yo era la única que podía ayudarla, por lo que seguí al pie de la letra sus indicaciones: llevé a su habitación todo lo que necesitaba para poder cocinar allí mismo, y con las pocas fuerzas que le quedaban preparó el último plato de su vida. Cuando acabé me hizo prometer que no le diría a papá que había sido ella la que había cocinado. No entendí el porqué, pero así lo hice. Zia no sabía entonces la causa, pero años después la supo.

Y la razón era que mi abuela no quería que su marido y su hijo pensaran que aquella comida la había preparado una moribunda. Además, aquellas terribles criaturas que la habían enfermado de muerte a ella y a su hija aún podían rondar por allí, así que era mejor que todos pensaran que la comida había sido preparada por las manos puras de una niña: Zia, mi madre.

Alí y Jan Agha llegaron de trabajar poco después y la cena transcurrió con normalidad, hasta el anochecer. Fue entonces cuando mi abuelo se acercó al lecho de Salia y ésta le pidió el *Kafan*, una tela blanca de algodón de unos siete u ocho metros en la que se envuelve a los fallecidos. Como dicen los ancianos de mi país, el *Kafan* es lo único que acompaña a los afganos al otro mundo, junto con el cariño y el amor de sus seres queridos.

Alí así lo hizo, entre lágrimas. Sabía que su esposa estaba a punto de morir. Según mamá, mi abuelo lloró dos veces en toda su vida: a la muerte de su hija Zulma y a la muerte de su esposa. Mi abuela rezó, susurró un último «Alá es grande» y cerró los ojos. Murió en paz.

Mi abuelo agarró entonces el *Kafan*, la envolvió como marcaba la tradición y salió, temblando, a avisar a mi tío Jan Agha y a los vecinos. Mamá no fue del todo consciente de lo que ocurría hasta que vio cómo enterraban a su madre al día siguiente, envuelta en una inmaculada tela blanca.

* * *

—¿Fue entonces cuando el abuelo Alí te envió junto a tía Amira? —le pregunté, con el corazón aún pesaroso por la historia que acababa de escuchar.

—Sí, Zelmai *jan*. A partir de entonces viví en casa de los suegros de mi hermana. Tu abuelo Alí pensó que era lo mejor para mí. Y quizá tuviera razón... Amira llegó a tener diez hijos, así que yo le ayudaba a cuidarlos y me encargaba de las tareas de la casa. Aquélla era una buena familia, yo era feliz junto a mi hermana y mis sobrinos, y aprendí a narrar historias.

—¿Se las contabas a tus sobrinos? —le pregunté, intrigada por ese nuevo detalle que desconocía. Siempre estaba atenta a cualquier cosa, por pequeña que fuese, que pudiera ayudarme a conocer mejor a mamá.

—Me enseñó la mujer de la casa, la suegra de tía Amira. Era un auténtico pozo de sabiduría popular y una excelente narradora. Recuerdo cómo contaba con un tono mágico, propio de los mejores pasajes de *Las mil y una noches*, historias sobre los antiguos reyes y héroes de nuestro país... Ella lo había aprendido todo de su abuelo.

—¿De su abuelo? —pregunté, extrañada. Aquel tipo de historia oral solía pasar de madres a hijas...

—Sí, Zelmai *jan*, de su abuelo. Al parecer su abuela murió joven, por lo que fue su abuelo quien le enseñó a ella aquellas viejas historias. Siempre decía que su abuelo fue el hombre más cariñoso que había conocido en toda su vida. ¿Y sabes qué, hijo mío?

—¿Qué, mamá? —contesté.

—¡Que contando historias yo no soy tan buena como ellos, ni de lejos! —dijo riendo.

Me incorporé a ver qué estaba haciendo mi padre. Había salido hacía rato al patio, y temía que le hubiera ocurrido algo. Allí estaba, sentado junto a un montón de ladrillos viejos, contra el muro. Me senté a un par de pasos de él, pensando en lo que mamá me había contado sobre la historia de nuestra familia.

Una historia dura, incluso dramática, pero donde siempre subyacía un hilo de humanidad y de esperanza.

—¡¡A la noche le sigue siempre el día!! —exclamó papá, de repente.

—¿Has... has dicho algo, papá? —musité.

—¡A la noche le sigue siempre el día! —repitió.

—Sí, papá...

Papá tenía razón. Quizá jamás hubiera tenido tanta razón como en aquel instante.

La muerte de Alí

Aquella tarde lucía el sol y hacía calor. Permanecí unos minutos más en el patio, junto a papá, y luego volví al salón. Mamá descruzó lentamente las piernas, se revolvió sobre los *Qalins* buscando una posición más cómoda y se llevó a la boca una mano de crujientes *Mewa-e-khoshk*, los frutos secos con los que se suele acompañar el té en Afganistán.

Me senté de nuevo junto a ella y di un largo sorbo de té. Sentía los labios secos, irritados por el intenso calor, y aquel trago me reconfortó.

—¿No quieres un poco de *Mewa-e-khoshk*, hijo? Era el tentempié favorito de tu abuelo —dijo mamá.

—Nunca me lo habías dicho...

—¿Tampoco te dije que cada vez que me aupaba me hacía sentir la reina de Kabul? Trataba de venir a verme cada tarde, tras su trabajo, aunque no siempre podía. Era un albañil muy solicitado, y trabajaba tanto para sus humildes vecinos como para las familias más adineradas de la ciudad —exclamó orgullosa.

—Pero no vivíais juntos... Debió de ser duro para los dos.

—Bueno, como ya te dije, hijo, él pensó que yo estaría mejor atendida junto a la familia de mi hermana. Además, a veces se quedaba a dormir con nosotras. Ocurría a menudo, cuando se le hacía demasiado tarde para volver. Por aquel entonces nuestro barrio estaba a las afueras de Kabul y no llegaba aún la luz eléctrica... Esas noches eran auténticos regalos del cielo para mí. Me acurrucaba a su lado y me quedaba dormida sintiendo su olor. Adoraba dormirme así, hecha un ovillo, junto a mi padre...

—¡Qué suerte, mamá! Tuviste una infancia feliz, junto al abuelo Alí...

—Sí, Zelmai *jan*, sí. Tu abuelo fue un gran hombre. Recuerdo como tras cruzar el umbral de la puerta mostraba siempre sus respetos y su gratitud a la familia de su yerno, y después corría a abrazarme. En aquella época solía llevarme de paseo por la ciudad antigua, o bien al *chaman*, que era un extenso descampado de Kabul en el que había de todo.

Le brillaban los ojos de emoción recordando aquellos años de su infancia. Me hacía sentir muy bien verla así, tan animada. Siempre le ocurría cuando hablaba de mi abuelo Alí.

—¿El *chaman*... no era un campo de fútbol? ¿Y para qué te llevaba allí? —pregunté, tratando de animarla a que me contara más sobre aquellos días.

—Todos íbamos al *chaman*, hijo. Era donde los jóvenes jugaban partidos de fútbol, bailaban, cantaban en coros, e incluso familias enteras organizaban allí sus pícnics. Era el sitio de moda de la ciudad. Incluso podías ver a chicos occidentales, de esos rubios y melenudos que recorrían el país en sus furgonetas. Sobre todo las tardes de los jueves, que eran los días en que solían montarse allí conciertos improvisados que congregaban a multitudes.

—Cuánto daría por haber vivido aquello, mamá... —susurré.

—Me sentía la torre más alta de la gran mezquita de Kabul, con toda la ciudad a mis pies, allí, sobre los hombros de papá.

* * *

Mi abuelo Alí era un hombre de naturaleza alegre, de gran corazón y muy familiar. Adoraba a sus hijos, y siempre afirmaba que lo que le hacía más feliz era verles sonreír. La muerte de su esposa y de su hija le afectaron enormemente, pero sus demás hijas le hicieron ir recuperando la sonrisa perdida. «Trabajo para que tú puedas disfrutar de lo que yo no pude disfrutar a tu misma edad, hija», solía repetirle a mamá.

En los días de fiesta Kabul se llenaba de paseantes y de niños volando cometas por dondequiera que miraras, incluso desde las azoteas las hacían volar.

—Realmente era hermoso mirar al cielo y ver un tapiz de colores deslizándose entre el mar de nubes. O perseguir por las calles la sombra que proyectaban las cometas en los días más soleados y despejados. Pero sin duda lo que a mí más me gustaba era el *Doliga-ka*. Tu abuelo Alí siempre me dejaba subir.

El *Doliga-ka* es una especie de tiovivo rudimentario que se monta y se desmonta en cuestión de minutos en cualquier rincón de la ciudad, formado por un pilote central que aguanta la estructura y del que cuelgan diversos balancines. La mayoría tienen forma de caballo, y a los niños les encanta subirse y dejarse llevar, girando una y otra vez alrededor del pilote. Aún hoy es posible verlos instalados en los barrios más populares de Kabul.

Aquellos años duraron poco, lo sé, pero lo cierto es que mis primeros años de infancia los viví en una ciudad donde aún reinaba la paz, aunque otras zonas del país estuvieran en plena guerra. Por eso adoraba las historias de mamá. Como ella decía, el país nunca fue rico ni poderoso, pero vivían en paz y seguridad, y eso les bastaba para ser felices.

—Antes de que llegara la guerra, en el *chaman* y en otros parques de la ciudad instalaban grandes pantallas de cine en las que proyectaban películas de Bollywood y comedias afganas. Gratuitas, al aire libre, en verano... ¡Imagínate, hijo! Aquello era maravilloso.

Lo que era una delicia era escucharla, pensé. ¡Cómo había echado de menos esos momentos de intensa intimidad con ella!

Durante los tres años que siguieron a la muerte de Salia, Alí se entregó en cuerpo y alma a mantener a su familia, enseñar a Jan Agha su oficio y acabar definitivamente la casa en la que había fallecido su esposa. Se lo debía a ella, y se lo debía también a sí mismo. Fueron años de gran esfuerzo y dedicación, hasta que una extraña alergia le afectó a las manos. Al parecer el yeso y el adobe con el que trabajaba le llenaban las manos de pústulas que le impedían trabajar, por el dolor que le provocaban.

Mi abuelo, decidido a encontrar remedio a su mal, acudió a buena parte de los médicos y curanderos de la ciudad, pero ninguno dio con la cura y no le quedó más remedio que dejar de trabajar. Era eso o su vida; llevaba semanas en que a las ronchas le seguían una tos espasmódica y una gran hinchazón en brazos y manos. Además, Jan Agha ya dominaba el oficio y se había convertido en el pilar de la familia.

Fue entonces cuando se decidió a dar el último empujón a la construcción de su propia casa. El tejado era lo último que le faltaba, y perdía horas y horas allí. Solía seguir la misma rutina siempre: subía al tejado de buena mañana, y sólo bajaba para recoger materiales y para hacer una comida frugal. No era raro que le sorprendiera la noche allí arriba, bajo la luz de la frágil lámpara de aceite, a la espera de que el joven Jan Agha llegara de trabajar. Así ocurrió también aquella noche, la víspera de su muerte.

Esa noche cuando Jan Agha volvió a casa se encontró a Alí dormitando, completamente rendido tras una durísima y agotadora jornada de trabajo. A la mañana siguiente mi tío se despertó temprano, como siempre, pero Alí seguía durmiendo, algo muy raro en él. Siempre se levantaba junto a su hijo, para no desaprovechar el día. Pero decidió no despertarle. «Estará agotado, y necesita descansar. Ya es mayor», pensó.

Cuando mi abuelo se despertó, horas más tarde, apenas le quedaban fuerzas para tenerse en pie. Trató de levantarse, sin conseguirlo, hasta que pudo ayudarse de un bastón que guardaba siempre cerca de su *Qalin*, para defenderse si alguien les sorprendía en plena noche. Apoyándose en la vara consiguió dar un par de pasos, pero trastabilló y cayó de bruces al suelo. Murió casi en el acto. Cuando Jan Agha lo encontró, su cuerpo ya estaba frío. Llevaba horas muerto, en la más completa soledad.

—Tu tío no supo cómo reaccionar, hijo, y lo único que se le ocurrió fue pedir ayuda a los vecinos. Y ellos en vez de prestarle ayuda se alzaron en su contra, acusándole de haber sido el asesino de su propio padre. Aseguraban que los moratones de Alí no se podían deber a una simple caída, y que no podía ser otro sino él quien lo había asesinado y ocultado el cadáver durante horas. Le insultaron, le humillaron, le vejaron y le abandonaron a su suerte. Fue la peor noche de nuestras vidas. Esos últimos años de intensa felicidad se quebraron de repente. —La voz de mamá siempre se quebraba cada vez que el relato llegaba a ese punto. El tiempo no había sido aún capaz de aplacar sus heridas.

Aquella misma noche Jan Agha se presentó, desesperado, en casa de Amira. Estaba absolutamente destrozado por la muerte de Alí, no podía borrar de su cabeza la imagen del cuerpo inerte de su padre, sin vida, ni los momentos posteriores, con los vecinos acusándole de haberle matado.

—Su cuñado era un buen hombre y le creyó. Le veía incapaz de hacer algo así, como todos los que le conocíamos, y le acogió en casa. Él mismo se ocupó del entierro de tu abuelo —siguió recordando Zia. Tanto Jan Agha como mi madre nunca se repondrían de la pérdida de su padre.

Tras aquel duro golpe, el marido de Amira convenció a Jan Agha para que se enrolara en el ejército. Por aquel entonces la milicia tenía prestigio, y quien había servido en ella retornaba a la sociedad civil con conocimientos prácticos y disciplina, valores entonces muy apreciados por el pueblo afgano. Quizá así, con un poco de disciplina y un cambio de vida radical, conseguiría reponerse y volver a retomar las riendas de su vida. No sirvió de nada. Cumplió a rajatabla los duros años de servicio, pero a su vuelta la tristeza seguía empañando su rostro.

* * *

Zia hizo una pausa en su relato y respiró hondo, como si le faltara el aire. Una lágrima resbalaba por su mejilla.

—Otra persona no habría soportado todo aquello, hijo; a tu tío le seguían acusando de haber dado muerte a su propio padre, nadie confiaba en él excepto nosotros. Llegó a un punto en que ni siquiera comía, la tristeza le consumía más y más cada día que pasaba —continuó mamá.

—¿Y por qué no volvió al ejército? —le pregunté.

—Decía que no valía la pena seguir huyendo. Sólo deseaba dejarse morir... Por suerte parece que los genios que habían maldecido a nuestra familia por fin se olvidaron de nosotros, ya que gracias a Zainab la vida de Jan Agha empezó a tomar otro rumbo.

—¿Zainab? No recuerdo que me hayas hablado de ella antes.

—Sí, Zainab. Una amiga de la familia de nuestro cuñado. Ella fue la única capaz de ver lo que en realidad era: un joven bondadoso, humilde, trabajador y, lo más importante, inocente. Poco después le contrató para hacerse cargo del mantenimiento de su casa. Aquello dio un giro a su vida, era lo que necesitaba, que alguien que no fuera de su familia confiara en él.

—Debió de ser durísimo para Jan Agha. ¿Fue en esa época cuando conoció a Nafas? —le pregunté.

—Sí. Al poco tiempo tu tío intimó tanto con la familia de Zainab que decidieron invitarle a que viviera con ellos, alejado de aquel barrio en el que le habían condenado de por vida. Se volcaron con él, y a los pocos meses encontraron a una mujer diez años mayor pero que estaba dispuesta a casarse con él. Era Nafas.

—Y después conocería a Sha Ghul —repuse, con fina ironía.

—Aún faltaba mucho para eso, Zelmai *jan*. Pero lo cierto es que a los pocos meses de conocer a Nafas ya se había casado con ella, había encontrado un buen trabajo en una fábrica cercana y se habían mudado a otro barrio, lejos de las habladurías de los vecinos.

—La maldición había tocado a su fin, parece —le dije sonriendo—. ¿Sabes, mamá? Como un sabio me dijo hace no mucho... a la noche le sigue siempre el día.

—Nunca lo había escuchado, hijo, pero es verdad. Me gusta —dijo mientras se incorporaba.

Acompañé a mamá a la puerta de la calle. Con suerte coincidiría con alguna vecina y se entretendrían hablando un buen rato. Como ocurría cada día, a la misma hora. Rememoré la conversación que acababa de tener con mi madre, todos sus recuerdos, que ahora también eran míos. El cielo estaba envuelto en mil matices. Anochecía sobre Kabul.

Amira

Me levanté temprano aquella mañana. Con los ojos aún entrecerrados por el sueño llegué a vislumbrar cómo un frágil rayo de luz se colaba, indeciso, por la ventana enrejada de casa. Me desperté pensando en lo que había aprendido la noche anterior, historias sobre nuestro pasado que nunca antes había escuchado o que tenía olvidadas en el desván de la memoria. Recordé cómo, de pequeña, nada más despertarme me metía en la cama de mamá, y ella me correspondía siempre con un enorme abrazo, narrándome historias al oído hasta que el resto de la familia se despertaba.

Por un momento me pareció escuchar a mamá revolviéndose entre las sábanas, en la habitación de invitados que ocupaba. Siempre había dormido con nosotros, en el salón, pero desde hacía unos días parecía descansar mucho mejor allí. Me incorporé en silencio, tratando de no despertar ni a papá ni a mi hermana Arezo, atravesé el salón y me senté al lado de mamá, sobre su colchón. Estaba aún estirada, a duermevela, pero al escucharme ladeó la cabeza y pareció extrañada de verme allí.

—¿Qué haces despierto tan temprano, Zelmai *jan*? —me dijo con la voz aún ronca.

—Ya no podía dormir más. Además, el sol está empezando a salir...

Mi madre esbozó una tímida sonrisa mientras clavaba sus ojos en los míos, con una inmensa ternura. Parecíamos entendernos a la perfección, y eso era algo que se notaba en su mirada, llena de satisfacción y orgullo.

Las mujeres afganas aman narrar historias, cuentos, acontecimientos pasados. Son las transmisoras del conocimiento, de la memoria de nuestro pueblo. Y eso es lo que le ocurría también a mi madre; le encantaba y le hacía feliz contar y que la escucharan. A partir de ese momento de los labios de mi madre se volvieron a entretejer sin pausa palabras que creaban una nueva narración, como el agua que nace del glaciar y se acaba convirtiendo en río.

—Eres muy distinto a tus hermanas, hijo. No les interesa el pasado, sólo la moda y la televisión. Cuando atravesamos momentos realmente difíciles, en el hospital, en el campo de refugiados... siempre conversábamos, pasábamos el tiempo hablando juntos.

—Quizá por eso nos entendemos tanto, mamá.

—Seguramente, hijo. ¿Sabes? Amira era como ellas, como tus hermanas —dijo, pensativa.

—¿Como mis hermanas? —repuse, confusa.

—Sí, era callada, no tenía iniciativa, y era bastante patosa para muchas cosas, especialmente a la hora de cocinar. Supongo que porque no le gustaba hacerlo, igual que a tus hermanas...

—Bueno, cada una tenemos nuestras preferencias. A Amira se le darían mejor otras cosas —le dije.

—Eres demasiado comprensivo, Zelmai *jan*. Eso es lo que me decía siempre la suegra de Amira. Me decía: «Tú eres comprensiva, trabajadora, dinámica. En cambio, tu hermana...» —dijo riendo—. ¿Nunca te he explicado lo que pasó con el *Halwa Sooji*?

—Creo que no, mamá. ¿Qué ocurrió? —pregunté, intrigada.

El *Halwa Sooji* es un dulce hecho a base de harina de arroz, frutos secos y aceite, y cuya elaboración tradicional seguía unas pautas muy concretas; se hacía al calor de un fogón, para lo cual se colocaba dentro de un pequeño cazo que se cubría con una tapa, encima de la cual se echaba un poco de carbón para que mantuviera algo más el calor del interior. Mamá rememoró de nuevo aquellos días con un larguísimo suspiro.

—Pues que a tu tía, en lugar de poner el carbón sobre la tapa para gratinar el dulce, no se le ocurrió otra cosa que echar el carbón dentro del cazo. ¡Dentro, eh! ¡A quién se le ocurre! El carbón se pone sobre la tapa para que se tueste mejor... Aquel dulce fue directamente a los perros, y ni siquiera ellos se lo comieron. ¡Eran *Halwa Sooji* de carbón...! Aquel día su suegra le arrebató el cucharón de madera y le dio un golpe tan fuerte en la cabeza que le abrió una buena brecha, y bien merecido que se lo tenía.

—¡Pero mamá! —dije riendo—, la pobre se había esforzado. Además, ella no tenía la culpa de ser tan mala cocinera... No le tocó una suegra muy amable, diría yo.

—¡Lo que no tenía era el más mínimo sentido común, hijo! ¿A quién se le puede ocurrir echar carbón a la comida? Su suegra era un encanto de mujer, pero a cualquiera se le acababa la paciencia con tu tía.

—Pero madre...

—No, hijo, no. Todos queríamos mucho a tu tía, pero la verdad es que no valía para nada. ¿Quién sería capaz de hacer una olla de caldo caliente y dejarla al lado de sus hijos pequeños? ¿Quién podría tardar dos horas en preparar un caldo de verduras? Nadie en el mundo... ¡excepto tu tía Amira! Su suegra era dura con ella, pero tenía toda la razón para tratarla así. Era justa. Amira siempre estaba ocupada con tal de no cocinar, y cuando la obligaban se pasaba horas y horas para preparar un plato de lo más sencillo, por lo que su suegra se desesperaba, cómo no, y acababa ella misma el trabajo.

Mi madre se moría de risa evocando las mil y una anécdotas que recordaba de tía Amira. Fue encadenando momentos divertidos hasta que al final se le hizo difícil seguir explicándome historias de Amira sin acabar ahogada entre carcajadas.

* * *

Tras el estrepitoso fracaso del *Halwa Sooji*, mamá tomó las riendas de la cocina de aquella familia. Tenía mucha más voluntad que su hermana mayor, y sin duda se le daba mucho mejor, por lo que pronto se ganó el cariño de la suegra de Amira. Hasta el punto de que, cuando tenían invitados, se encargaba ella misma de hacer las comidas. Al fin y al cabo ella era la que mejor cocinaba, según todos los miembros de la familia. Mi tía Amira acabó sólo encargándose del cuidado de sus hijos, porque según mi madre ninguna otra tarea del hogar se le daba bien.

Los años fueron pasando para mamá y Amira. Zia dedicaba muchas horas a cuidar de sus sobrinos, a los que adoraba, al calor de aquella familia que les había acogido con tanta calidez y respeto. Hasta que un apacible día de primavera decidió acompañar a Amira y a sus sobrinos al médico, sin saber que aquella decisión le cambiaría la vida.

Mi padre, Ghulam Dastgir, trabajaba por aquel entonces para el Ministerio de Sanidad de Afganistán. Era el responsable de distribuir los medicamentos por todos los hospitales del país, y una de sus oficinas estaba situada precisamente en el Hospital General de Kabul, justo al lado de la del doctor que debía visitar a Amira. Fue allí donde se cruzaron sus caminos.

Mi padre se quedó prendado al instante; Zia era bella, y al intercambiar unas pocas palabras con ella, tras el saludo de rigor, le pareció una mujer inteligente, responsable y educada. Al despedirse Zia le regaló una mirada entre pícara y coqueta que él no olvidó. Y papá, que era un hombre de primeras impresiones, no necesitó más; ese mismo día le pidió su dirección al doctor que las había atendido. Así surgían las historias de amor en la Kabul de entonces.

Mi padre no lo tuvo fácil; fue el único de su familia que abandonó su aldea para tratar de prosperar. Al hacer el servicio militar obligatorio le destinaron a Kabul, y pronto consiguió que le asignaran a la sección de farmacia del ejército. El siguiente paso fue invertir parte de su sueldo como militar en pagarse la carrera de farmacéutico y, tras licenciarse, abandonó el ejército y pasó al Ministerio de Sanidad. Una carrera profesional fulgurante, sí, pero en contrapartida estaba solo en Kabul, muy alejado de su familia.

Por lo que cuando decidió pedir la mano de Zia, paso indispensable para una mujer tradicional como era ella, tuvo que recurrir a la esposa de un amigo. La tradición indicaba que quien acudiera a pedir la mano de la chica debía ser un familiar o alguien muy allegado, pero nunca el pretendiente.

El protocolo era inalterable. Primero la mujer enviada por el pretendiente hacía acto de presencia en casa de la joven. Tras ello la familia de la pretendida la obsequiaba con té y dulces, momento que la emisaria aprovechaba para anunciar que deseaba pedir la mano de la chica en representación del hombre que la enviaba.

Cuando la familia no estaba interesada, fuera por la razón que fuese, todo se acababa tras un abrupto «Gracias por venir, pero no es posible» del hombre de familia. En cambio, cuando la opinión de la familia era favorable al enlace, la enviada solía escuchar un protocolario «Le agradecemos la visita, y nos pensaremos su ofrecimiento. Nuestras puertas están abiertas». A esa primera visita le seguía otra en la que se volvía a pedir formalmente la mano, y en la que la respuesta de la familia debía ser la definitiva. A partir de ese momento se realizaba otro encuentro más, pero esta vez sólo participaban los hombres de la familia, que eran los que en última instancia decidían las condiciones y los detalles de la boda.

En esa última visita la familia de la novia entregaba un plato con dulces, todo bien envuelto en un pañuelo, y el pretendiente debía aceptar los dulces y depositar en el plato una pequeña y simbólica cantidad de dinero como dote. Tras la guerra, en cambio, la dote se convirtió en un aspecto importantísimo del enlace, pudiendo alcanzar los cien mil afganis, unos dos mil euros al cambio, que es una cantidad muy importante para una sociedad tan empobrecida como la afgana. En todo caso, después se celebraba una «fiesta de prometidos» a la que se invitaba a familia, amigos, vecinos, conocidos... Todos debían acudir con sus mejores galas, y el momento álgido llegaba cuando los novios se entregaban el anillo de compromiso.

A partir de la fiesta de prometidos la tradición marcaba que el futuro esposo debía visitar a la novia cada jueves por la tardenoche, acompañado siempre de algún obsequio para la familia, ya fueran frutas o dulces. A la mañana siguiente, la del viernes, día festivo en Afganistán, se les permitía salir a pasear solos. Lo normal era que esa etapa de prometidos previa a la boda durara entre seis meses y un año.

* * *

—Aunque lo cierto es que tu padre y yo nos saltamos varias etapas, hijo. Todo fue más rápido en nuestro caso —me confesó Zia.

—¿Tan rápido os casasteis, mamá? —pregunté, absolutamente absorta en la historia.

Me sentía feliz desgranando, lentamente, el pasado de mi familia.

—Al ser huérfana, los suegros de Amira aceptaron en el acto el enlace. Imagínate si estuvieron de acuerdo con mi boda, que sólo recibieron de tu padre una dote... ¡¡de cincuenta afganis!! —exclamó, divertida.

—Cincuenta afganis, apenas un euro... ¡Está claro que a papá le salió rentable la boda! —exclamé a carcajadas, entre divertida y sorprendida por la enorme diferencia entre la cuantía de las dotes de antes y las de ahora.

—Y tanto, Zelmai *jan*, y tanto. Y a las pocas semanas ya estábamos viviendo juntos en la antigua casa de Wasel Abad, la que construyó tu abuelo Alí hasta que le sorprendió en ella la muerte. Una casa que no había vuelto a pisar desde entonces...

Oímos ruidos en el salón y ambas guardamos silencio por unos instantes. Al momento apareció Arezo, con cara de dormida. La habíamos despertado con nuestras risas.

—¿A estas horas y ya estáis con vuestros cuentos de siempre? —protestó, molesta.

—Querida hermana, los cuentos nos enseñan a ser valientes, a tratar de superarnos, a conocer nuestro pasado. No es poco —repliqué, con un tono entre irónico y burlón.

—Perfecto, muy bonito, Zelmai *jan*. Pero, con vuestro permiso, me vuelvo a dormir hasta que acabe de salir el sol...

Mamá tenía razón. Éramos muy distintas.

Aquellos tiempos felices

Arezo se levantó a media mañana, desayunó y se sentó en el patio a jugar con su móvil. Al verla así no pude evitar recordar las historias que mamá me había contado acerca de tía Amira.

Una de sus historias más hilarantes fue la de cuando su suegra la envió a comprar patatas y, durante el regateo, acabó pagando más de lo que inicialmente le había pedido el comerciante, para desesperación de mamá. «Hermana, el vendedor te pedía ochenta y cinco afganis por el saco de patatas, tú le dijiste que era demasiado, y cuando te pregunta que cuánto estarías dispuesta a pagar le ofreces ciento cincuenta afganis y cierras el trato. ¡Es absurdo! A veces pienso que tu suegra tiene razón y que ni siquiera sirves para ir a comprar...», le soltó Zia a su hermana sin miramientos.

—Dios, mamá, no me puedo creer que Amira fuera tan... ¡tan así! —dije, desternillándome.

Mamá y yo seguimos sentadas sobre el colchón, y apenas nos levantamos para ir a por un poco de dulce y el té del desayuno.

—Sí, hijo. En casa también pasamos por momentos divertidos... ¡no todo fueron problemas y dificultades! Ahí donde lo ves, papá era un gran anfitrión, y cada dos por tres nuestra casa estaba llena de invitados. Tú eras pequeña... ¿Aún te acuerdas de aquellas fiestas, hijo?

—¡Claro que me acuerdo, mamá, cómo iba a olvidarme! Recuerdo que los amigos y compañeros de papá se pasaban horas y horas en casa, comiendo y festejando mil historias, semana tras semana. La casa estaba siempre llena de gente...

Contesté con un punto de melancolía, mientras pensaba en el estado actual de papá, en su enfermedad, en cómo había cambiado todo desde entonces... pensé en aquellos tiempos felices de mi infancia, antes de que los talibanes tomaran el control de la ciudad, antes de que mi hermano Zelmai muriera asesinado, antes de que aquella maldita bomba destruyera mi casa y parte de mí.

—Tú eras muy pequeña, pero las fiestas empezaban cada viernes al mediodía y nuestra casa parecía el restaurante de moda de la ciudad. Todas nuestras amistades hacían acto de presencia semana tras semana.

—Todos disfrutábamos mucho aquellos días... —rememoré en voz alta.

—Bueno, hijo, tus hermanas eran muy pequeñas entonces, pero tú, tu hermano y tus primas disfrutabais, porque lo que era yo... me pasaba el día en la cocina, y tras la fiesta me tocaba recoger. Lo hacía por satisfacer a tu padre, y encima todo el mundo me agradecía lo delicioso que estaba todo, pero era demasiado trabajo.

—Sha Ghul te ayudaba muchas veces... —repuse.

—Sólo cuando venían, que no era cada semana. Además, debía encargarme también de vosotros, ya que tu padre se dedicaba a sus invitados, así que yo debía estar pendiente de mil cosas a la vez... ¡acababa exhausta!

Tal y como me había contado en más de una ocasión, a mi madre no sólo le molestaba el trabajo que le suponían aquellos festines, sino el gran gasto que conllevaban. Siempre había tratado de persuadir a papá, ya que aunque había conseguido un buen cargo en el ministerio y no les faltaba dinero, lo cierto es que todo se iba en aquellas fiestas y mamá consideraba que debían ahorrar algo por si venían malos tiempos. Al fin y al cabo, aquellos festines semanales empezaron en plena ocupación soviética y siguieron hasta bien entrada la guerra civil, cuando los combates llegaron a la capital.

—Y eso no era todo... cada vez que algún vecino de su aldea viajaba a Kabul para hacer cualquier gestión, todos acababan haciendo noche en casa —continuó mamá—. Y la mayoría no me tenían el más mínimo respeto, por ser una mujer. Encima de darles cobijo debía prepararles la comida cuando querían, ¡como si fuera una simple criada!

—¡Pues nosotros nos reíamos mucho con aquellos campesinos, mamá! —dije sonriendo—, Zelmai siempre se reía de ellos, y les tomaba el pelo con la televisión...

—Claro, nosotros fuimos de los primeros del barrio en tener un televisor, y aquella gente no había visto nunca nada parecido. ¡No tenían ni idea de qué tenían delante! —soltó mamá, divertida.

—¿Recuerdas cómo papá y Zelmai les decían que las personas que aparecían en la televisión podían verles, e incluso salir de aquella caja y pegarles? —repliqué, sin poder contener más las carcajadas.

—Yo le decía a tu padre que no les engañara, pero él les tomaba aún más el pelo.

—Al final, siempre se iban al cuarto de invitados, recelosos y asustados —exclamé, divertida—. ¡Tenían muchísimo miedo de los presentadores y los actores que aparecían en la pantalla, como si realmente estuvieran con nosotros en la habitación!

A Zelmai, que era cinco años mayor que yo, le encantaba reírse de aquellos campesinos, y siempre se sumaba a las bromas de mi padre. Yo le adoraba, aunque fuera el hijo predilecto de papá, por encima de todas sus hijas. Algo normal, supongo, entre los hombres afganos. Todos deseaban tener un hijo varón, y Zelmai lo era, y encima fue el primero, el mayor de sus hijos.

Mi madre era consciente de la diferencia de trato que nos daba papá a mí y a mi hermano; simplemente le valoraba más que a nosotras. En una de aquellas ocasiones fue cuando Zelmai, tras días de insistencia, convenció a papá para que construyera un palomar en la azotea, bajo la condición de que no usaría las palomas para hacer combates, como era tan común entonces en Kabul, sino que solamente las criaría.

Mi hermano debía transportar los ladrillos y demás materiales desde el patio hasta la azotea, y yo no tardé en imitarle, pero mientras papá felicitaba una y otra vez a mi hermano mayor por su esfuerzo, a mí me lanzaba un frío «déjalo, hija, ve con mamá». Hasta que mamá, tras observar mis esfuerzos por ganarme a papá, exclamó lo suficientemente alto para que mi padre lo oyera: «¿Has traído tú sola todo esto, Nadia?». Yo asentí con la cabeza, tímida, y ella continuó: «Pues si tu padre se fijara, vería que para la edad que tienes es muchísimo. Ahora está concentradísimo en su trabajo, pero cuando se dé cuenta seguro que te agradecerá todo tu esfuerzo, tal y como hace con tu hermano mayor».

Ghulam era un padre bueno y atento, a pesar de todo, y no tardó en percatarse de su error. Se acercó a abrazarme, y acompañó el gesto de cariño con un «¡hija, es verdad, cuántas cosas has traído! ¡Lo estás haciendo de maravilla, Nadia *jan*!». Le devolví aquel momento con una sonrisa de felicidad, y cuando papá volvió al palomar le di a mamá un sonoro beso en la mejilla.

—Papá era un hombre muy divertido, hijo. ¡Nunca olvidaré una de sus primeras bromas! —continuó mamá de repente.

—¿De vuestra primera semana de casados? Algo recuerdo, sobre los sunitas y los chiitas, o algo así, ¿verdad? —respondí, pensativa.

—Sí, hijo. Vino a visitarnos un buen amigo de tu padre que creía que yo era chií y no suní, como él. Vamos, que formábamos algo así como un matrimonio mixto. Y tu padre, en vez de desmentirle, le tomó aún más el pelo. ¿Te lo puedes creer?

—Claro que sí. Conociéndole... —le dije.

Aquélla era una época en la que aún había muy buena convivencia entre etnias y religiones. Los conflictos que explotaron tras años de guerra todavía no existían, y todas las comunidades, como la hindú, la sunita o la chií, convivían en perfecta paz y armonía.

A mi madre le brillaban los ojos al evocar aquellos recuerdos del pasado. Ella se había criado en Kabul, pero papá era un pastún de una pequeña aldea cercana a Balkh, una de las ciudades más antiguas de Afganistán. Y aunque ambos eran sunitas, la rama más importante del islam, papá era un musulmán no practicante, al contrario que mamá.

—¿Sabes lo que le dijo tu padre al verle, tras haberle advertido diciéndole que yo era una creyente acérrima? Abrió los ojos de par en par, se llevó las manos a la cabeza y exclamó a voz en grito: «¡Dios mío, he metido la pata con mi mujer, y mucho!», a sabiendas de que yo escucharía toda la conversación desde donde me encontraba.

—Pero ¿qué es lo que hizo? —pregunté cada vez más intrigada—. Ya no lo recuerdo...

—Pues su amigo, creyendo que tu padre era capaz de todo y no tenía escrúpulo alguno en lo que a religión se trataba, le soltó: «¿Se puede saber qué has hecho esta vez, insensato? ¡Debes andar con cuidado y dejar que rece y siga sus costumbres! ¡Si no, no haberte casado con una chiita! No quiero saber qué habrás hecho...».

Los chiitas siguen una rama del islam que se remonta a siglos atrás, hasta poco después de la muerte del profeta Mahoma. Sus partidarios se enfrentaron en la batalla de Kerbala, que tuvo lugar en el año 680 del calendario occidental, a un ejército omeya que quería imponer la corriente sunita. Los chiitas estaban liderados por Hussein, uno de los nietos de Mahoma. La batalla acabó en derrota para los chiitas y con la muerte de Hussein. Desde entonces Kerbala, ciudad del actual Irak, es un lugar santo para todos los chiitas, hasta el punto de que todos ellos llevan consigo siempre una pequeña piedra de Kerbala, ante la que hacen sus oraciones.

—Lo que hizo tu padre, hijo, fue decirle a su amigo que me había robado esa pequeña piedra que siempre llevaba conmigo. Y claro, el hombre se enfadó y se indignó tanto que salió como un rayo de la habitación, fue hasta la cocina y me dijo, enrojecido por la excitación y la rabia: «¡Hermana, tu marido es un auténtico animal, un inconsciente que no respeta nada! Te ha robado tu piedra de la oración, pero no sufras, que arreglaremos esto. ¡Es intolerable!». No pude aguantarme la risa, le confesé que era otra broma más de Ghulam y los tres acabamos riendo a mandíbula batiente.

—Eran buenos tiempos, mamá.

—Sí, nos estábamos conociendo aún —afirmó.

Papá siempre fue bondadoso con todo el mundo, aunque sus continuas bromas desesperaran muchas veces a más de uno. Era alguien reconocido y respetado entre sus vecinos, y no sólo por su posición como alto funcionario del ministerio, o porque fuera de los pocos que iba siempre vestido a la manera occidental, sino porque todos sabían que podían confiar y contar con él. Cuando algún amigo o conocido necesitaba ayuda económica o sufría alguna dolencia siempre acudía a él, y papá intervenía haciendo valer sus contactos o prestándole lo que necesitara.

Ghulam, además, tenía un paladar de lo más exquisito, y su fama le precedía en todo el barrio, sobre todo entre los tenderos de comida. «Acaba de llegarme un corderito tierno con el que te chuparás los dedos», le decía el carnicero cuando papá pasaba ante su puerta; «tengo dos sacos del mejor arroz de Mazar-e-Sharif», le gritaba el de más adelante. «Llevadme dos sacos de arroz y la mitad de ese delicioso cordero a casa, y pronto, ¿eh?», solía contestar, amable pero con su particular tono burlón. En casa siempre teníamos los mejores productos, aunque no pocas veces la calidad que le prometían no era tal, aunque papá no le daba mayor importancia. «La picaresca de los tenderos», decía entre risas. Era un hombre feliz.

Era tan exquisito con la comida que a veces bromeaba con mamá sobre su manera de cocinar o de preparar los platos. Siempre encontraba algún pretexto para meterse con ella. «Con un poco más de sal te habría quedado perfecto», o «con treinta segundos más de cocción habrías hecho el *qabli* más sabroso de los últimos doscientos años». La ironía de papá desesperaba a Zia, pero él compensaba esas bromas adulándola cada vez que salíamos a comer o a cenar, fuera en algún restaurante o como invitados en casa de algún amigo. Le bastaba susurrarle al oído: «La comida está realmente buena, pero nada que ver con la que tú preparas. Ni el mejor restaurante de Kabul podría pagar lo que vales... ¡eres la mejor cocinera del país!». Sabía cómo robarle el corazón a mamá. Entonces mamá se olvidaba de todo, incluso de los festejos de los viernes y de las molestas visitas de los campesinos de Balkh. Mamá también era una mujer feliz.

¡Tenía tantas razones por las que quererla! Por todas las noches que se había sentado junto a mí, en la azotea, para mostrarme la posición y el nombre de las constelaciones. Por tantas y tantas tardes en que había tratado de ayudarme con los deberes, a pesar de que no sabía leer ni escribir. Si no me había dado tiempo a completar los deberes, y para que papá no se enfadara conmigo, agarraba el lápiz y trataba de imitar los signos que veía en la hoja. Y, claro, los acababa haciendo al revés o copiando otra vez el enunciado cuando lo que en realidad debía hacer era responder a una sencilla pregunta. Papá lo descubría al instante y la regañina se la llevaba ella, y no yo. Y por eso la quería. Por contarme cuentos que me ayudaban a no tener miedo. Cuentos e historias que me enseñaban que no hay montañas demasiado altas ni ríos demasiado bravos para quien está decidido a superar cualquier obstáculo que se interponga en su camino.

La vieja cometa

—¡Zelmai, Zelmai, ven, corre! —Era la voz de Arezo, que me reclamaba desde la azotea.

Dejé a mamá en su habitación y me acerqué a ver por qué me llamaba con tanta insistencia. En el interior de la casa aún no habíamos descorrido las cortinas y al atravesar el umbral que daba acceso al patio la claridad me cegó. Entorné los ojos y llamé a Arezo.

—¡Sube, mira lo que he encontrado!

Antes de que hubiera acabado de subir los últimos peldaños que daban acceso a la azotea escuché de nuevo la voz de mi hermana. Estaba entusiasmada, escondiendo algo tras su espalda.

—¡Vamos, Zelmai *jan*! ¿Por qué has tardado tanto? ¡Tengo una sorpresa para ti! —exclamó cada vez más animada.

—¿Una sorpresa para mí? —le dije. No recordaba la última vez que mi hermana pequeña me había obsequiado con algún regalo.

—¡Sí! ¿No imaginas qué puede ser? Venga, te doy una pista: es algo perfecto para un día como hoy.

Miré a mi alrededor. El cielo estaba despejado, el sol brillaba como sólo sabe hacerlo en Afganistán y el calor era asfixiante. Nada había de especial.

—Es un día como tantos otros, hermana. Dime, ¿qué tienes ahí detrás? —Traté de averiguar qué ocultaba, pero sólo alcancé a ver un hilito que se mecía al viento tras ella—. ¿Una cometa?

—Tu cometa —dijo desvelando su secreto.

Aquélla era la última cometa que tuve, la única que conseguí salvar de tantos traslados y cambios de domicilio. Era pequeña, de unos treinta centímetros de ancho, de color verde claro y estaba ya muy desgastada. Estaba sucia, le faltaban un par de tiras de colores y los bordes estaban deshilachados, pero era fantástico volver a verla. Había aprendido a usarla durante mi vida como Zelmai, aunque ya antes mi hermano me había enseñado lo más básico. «Algún día llegarás a volar cometas incluso mejor que yo, Nadia *jan*», me dijo una vez.

—¿Dónde estaba? —pregunté, animada por el descubrimiento.

—Bueno, la cogí en el último traslado y me la traje, pero no recordaba dónde estaba, y hoy por fin la he encontrado —dijo señalando hacia un montículo de escombros al fondo de la azotea—. ¿No es genial?

Arezo sonrió y me la ofreció. Habíamos hecho volar aquella cometa muchas veces tras la caída de los talibanes. Las cometas dejaron de estar prohibidas tras la invasión occidental, pero seguía estando mal visto que una mujer lo hiciera, era poco femenino. Por eso me llevaba a mi hermana pequeña, así yo podía hacerla volar con el pretexto de que estaba enseñando a Arezo ese arte tan antiguo, tan popular y tan afgano, y ella, de paso, aprendía. Ambas ganábamos.

Cogí la cometa por la vara central, le sacudí el polvo delicadamente y eché una rápida mirada de complicidad a mi hermana, que me la devolvió al instante. Y me lancé a correr con la cometa en la mano hasta el final de la azotea mientras la sostenía sobre mi cabeza, lo más alto que podía.

—¿Ya, hermana? —exclamé.

—¡Cuando quieras, Zelmai *jan*! —contestó Arezo.

Lancé la cometa al aire y, tras un par de piruetas y revuelos sobre sí misma, ascendió rápidamente mientras Arezo dejaba correr el hilo.

—¿Ves como es un día perfecto para volar cometas? —gritó emocionada mi hermana.

Le regalé una enorme sonrisa y asentí con la cabeza mientras contemplaba cómo la cometa se balanceaba grácil, mecida por las ráfagas de viento.

La imagen de Arezo en la azotea tratando de gobernar la cometa, exactamente igual que años atrás, hizo que mi memoria se inundara de recuerdos. Otra vez.

* * *

Recuerdo que papá siempre acogía a Jan Agha en casa con los brazos abiertos. Casi todos los viernes venía de visita y ambos encontraban algún momento de la noche para cenar juntos y jugar una partida a las cartas. Según mamá, los dos congeniaron desde el primer momento.

Jan Agha también tenía una relación muy estrecha con la familia del marido de Amira, con la que convivió durante años. De hecho, sentía especial predilección por los hijos de su hermana mayor, ya que los había visto crecer a su lado.

De lo que estaban más orgullosos papá y mamá era del cariño y el aprecio que nos teníamos todos, las tres familias. Y por si fuera poco, parecía que cada día que pasaba mi padre estaba más feliz con su matrimonio. Repetía siempre que era la mejor decisión que había tomado: «Zia es la esposa y la madre perfecta, y aunque no sepa leer ni escribir, es sin duda la mujer más sabia que conozco».

Pero esa época de placidez empezó a cambiar durante la invasión soviética, y llegaría a su punto culminante con la guerra civil y el posterior gobierno talibán.

En 1979 el asesinato del presidente prorruso Mohammad

Taraki tras el golpe de Estado del vicepresidente Amín desencadenó la invasión soviética del país, a la que siguieron diez años de guerra entre los invasores extranjeros y los rebeldes financiados por Estados Unidos, también llamados muyahidines.

A finales de 1989, las tropas soviéticas abandonan el país, dejando a Afganistán sumido en una cruenta guerra civil entre diversas facciones rebeldes que se disputaban el poder, entre ellas los llamados talibanes, cuyo nombre en pastún significa «los que estudian», rebeldes de ideología integrista islámica que en septiembre de 1996 conseguirán hacerse con el control de la capital y proclamar el Emirato Islámico de Afganistán.

Para nosotros, los kabulíes, los últimos años de guerra civil fueron sin duda los más duros. Las diferentes facciones muyahidines, lideradas por crueles y despiadados señores de la guerra, tomaron posiciones en las zonas altas de Kabul y en las montañas que envuelven a la capital y no dudaron en atacar sin tregua los barrios de la ciudad controlados por las facciones rivales, por lo que todos los que vivíamos en Kabul no sólo nos vimos en medio de una guerra que hasta entonces se había desarrollado lejos de la capital, sino que nos convertimos en el objetivo de las hordas rebeldes que combatían calle a calle y barrio a barrio, destruyendo todo lo que encontraban a su paso.

Una de las consecuencias más visibles de la guerra fue que todos los kabulíes se convirtieron en nómadas. Los ciudadanos huían de los combates trasladándose de barrio cuando el suyo era atacado, ocupando casas abandonadas en zonas más alejadas.

Mi familia tuvo suerte al principio; mi padre se había ganado la estima y el respeto de muchísima gente, y durante las primeras semanas de guerra fuimos viviendo con amigos que nos cedían un sitio seguro en sus casas, pero los bombardeos siempre acababan llegando allí donde estábamos, y nos tocaba volver a huir. Hasta que ya no quedaron amigos ni conocidos a los que acudir, y acabamos ocupando casas abandonadas, como la mayoría de los kabulíes.

Realmente todo ocurrió muy rápido, sin que lo viéramos venir. «Parecía que la guerra era algo del interior del país, ajeno por completo a nuestras vidas, pero sin darnos cuenta la guerra se plantó ante nosotros, sin previo aviso», como contaba mi madre a menudo.

Pronto todos los productos fueron agotándose, hasta los más básicos como el té, el arroz o el pan. Pero Ghulam y Zia consiguieron hacernos algo más fácil aquellos primeros tiempos de escasez gracias a la amistad que tenían con un cocinero que abastecía de alimentos, sobre todo de arroz, a la élite de la ciudad. Mis padres le compraban las sobras de arroz y todo aquello que no se podía aprovechar para la venta. «Por favor, hermano, consígueme cualquier cosa, lo que puedas. ¡Es para alimentar a mis hijos!», le suplicaba papá. Durante un tiempo nos consiguió lo que podía para nosotros y para Jan Agha y Sha Ghul, aunque aquel pequeño privilegio no duró mucho.

A las pocas semanas el amigo de papá desapareció. Quizá consiguió huir a algún campo de refugiados o a cualquier otro lugar lejos de la capital. O quizá murió. Lo único cierto es que teníamos tan poco para alimentarnos que nos comíamos hasta el arroz quemado del fondo de las ollas.

Recuerdo como si fuera ayer cómo mamá, triste y abatida, removía el poco arroz que habíamos podido conseguir mientras evocaba tiempos algo mejores, cuando la guerra aún no había llegado a Kabul y todas las familias teníamos una cartilla de racionamiento del gobierno con la que conseguir lo indispensable. Por aquel entonces, mientras el gobierno central aún resistía la ofensiva de los señores de la guerra, la cartilla daba derecho a recoger mensualmente una bolsa de productos básicos, como aceite, arroz, té, cerillas, jabón y azúcar.

En la época del racionamiento nunca íbamos a las oficinas del gobierno a retirar nuestro lote de productos. Por el renombre que tenía y por las profundas amistades que había hecho a lo largo de los años, mi padre siempre conseguía que nos trajeran el lote hasta la puerta de casa, sin necesidad de que nos desplazáramos. Ghulam incluso llegó a conseguir que los productos de algunos vecinos y amigos los dejaran también en casa, por lo que una vez al mes nuestro hogar se convertía en una pequeña oficina de reparto de lotes de racionamiento. Mamá a veces le reprochaba que fuera tan generoso con los demás y que no pensara en ella, ya que era a ella a quien le tocaba después repartir los lotes a los vecinos y los amigos. En el fondo lo amaba tal y como era, y muy especialmente por esa enorme generosidad de la que siempre hacía gala Ghulam.

La que mejor aprovechó aquellos meses de racionamiento fue Sha Ghul. Como venía de un pequeño pueblo del interior, había visto con sus propios ojos las consecuencias de la guerra, ya que en el resto del país los combates habían sido continuos desde la invasión soviética. La tranquilidad de la capital era una especie de espejismo dentro de un país en guerra y precisamente por eso Sha Ghul, al contrario que Zia y que la mayoría de kabulíes, intuyó que aquella situación podía empeorar en cualquier momento y trató de guardar parte de los productos que conseguía mensualmente con la cartilla de racionamiento. Las reservas que consiguió les ayudaron a pasar con menos penurias las primeras semanas de combates en la ciudad.

Y tras el racionamiento vino la guerra, el hambre, las huidas, los combates. La bomba. Esa maldita bomba que cayó sobre nuestra casa y la redujo a un montón de escombros. Esa maldita bomba que me destrozó la cara, la cabeza, las piernas, las manos, los brazos, la oreja. Esa maldita bomba que me provocó quemaduras gravísimas, que me condenó durante años y que aún me sigue condenando a ir de hospital en hospital y de operación en operación. Esa maldita bomba que me dejó seis meses en coma.

* * *

—¡Zelmai, Zelmai *jan*, ve a por ella, por favor! —gritó Arezo.

La voz de Arezo me había hecho volver, de repente, a la realidad.

—¿Qué? —exclamé, aún confundida.

—¡Ve a por la cometa, por favor! Ha caído al patio.

—¿Has perdido la cometa? Ése es un error de principiante, Arezo *jan* —exclamé con una sonrisa impostada.

—Ya voy yo, hermano. ¡Parece que aún estás con la mente en Europa...! —soltó al pasar junto a mí mientras corría hacia las escaleras de la azotea.

Seguía con la mente atrapada entre recuerdos del pasado. Las gravísimas quemaduras que me había provocado la bomba y los meses en coma habían hecho abandonar toda esperanza a los médicos; pero mamá, sólo mamá, fue la que nunca perdió la fe, la que me mantuvo con vida.

Durante los siguientes dos años Zia hizo el mayor sacrificio que puede hacer una madre por una hija: lo abandonó todo para dedicarse en cuerpo y alma a luchar por mí. Dejó a mis hermanas Arezo y Razia con mi tía Amira, mientras mi padre y Zelmai trataban de sobrevivir como podían, a veces junto a mis hermanas, a veces junto a Jan Agha y Sha Ghul.

Mamá fue capaz de transmitirme la fuerza, la fe que tenía en que yo viviera. Y lo consiguió. Aquellos terribles dos años los pasamos viviendo entre hospitales, casas de familiares, campos de refugiados y casas abandonadas.

—Pero ¿se puede saber en qué piensas, hermano?

Arezo estaba de nuevo en la azotea, con la cometa en la mano, mirándome con curiosidad. Me pareció bellísima, con sus enormes ojos negros brillando bajo la luz de ese precioso día de verano.

—Seguía pensando en el día tan bonito que está haciendo hoy, hermana.

La noche sin luna

El resto del día lo pasé plácidamente junto a Arezo y mamá. De hecho, tras la sorpresa de la cometa mi hermana y yo estuvimos casi todo el día juntas. Aquel detalle aparentemente trivial me unió más a ella; para mí era muy importante saber que guardaba buenos recuerdos de su infancia junto a mí, a pesar de que yo llegué a ser muy dura con ella.

A lo largo de la tarde el cielo se fue cubriendo de nubes, por lo que al llegar el atardecer no se veía una sola estrella en el firmamento. Cenamos con papá, que parecía haber recuperado algo de cordura, ya que mientras conversábamos con mamá nos escuchaba atentamente, sonreía cuando reíamos e incluso asentía con la cabeza cuando explicábamos algo que él había vivido de primera mano. Era como si, de alguna manera, estuviera siendo partícipe con nosotras de aquellos momentos de paz y cercanía familiar.

Nos fuimos a descansar temprano, tras la cena y un buen té caliente. Quizá fuera por la gratificante tranquilidad interior que había sentido a lo largo de aquel día, o por ver a papá algo más cercano, pero fuera por lo que fuese no acababa de conciliar el sueño. Trataba de acompasar mi respiración con la de Arezo, que dormía a mi lado, esperando que así me venciera el sueño. Pero seguía despierta y con los ojos bien abiertos, atisbando las sombras que se dibujaban en la oscuridad de la sala.

Y fue allí, en la paz de la noche y la soledad kabulí, cuando rememoré los momentos que tenía grabados a fuego en mis recuerdos, y todos ellos con un nombre propio: Zelmai.

El campo de refugiados de Jalalabad estaba levantado en pleno desierto, alejado de todo rastro de civilización. Un lugar que, como decía mamá, «vivía de espaldas al tiempo». Y cuánta razón tenía. Los días eran interminables y las noches frías, ventosas, inclementes. Tenebrosas. Fue una época muy dura para mí, pero también para mamá. El campamento estaba levantado sobre tierra arenisca, lo que provocaba que a la mínima que soplaba el viento la tienda de campaña se llenara de una gruesa capa de polvo.

Zia se pasaba las horas cuidándome, curándome las heridas y limpiando la tienda para que no quedara ni rastro de polvo. Y dado que estábamos en mitad de la nada y rodeados de arena y viento, su esfuerzo era titánico. Ambas sabíamos que a los cinco minutos aquello volvería a estar igual, pero nunca se resignó a vivir así. Simplemente trataba de hacerme algo más fácil mi estancia allí.

Recuerdo cómo mi madre cantaba canciones nostálgicas sobre Kabul, y lloraba. Lo hacía de noche, cuando creía que yo dormía. Entonces la escuchaba entonando viejas canciones melancólicas y no entendía por qué echaba de menos una ciudad que vivía bajo el horror de las bombas. ¿Por qué derramar ni tan siquiera una lágrima por una ciudad en guerra? Al menos allí, en medio del desierto, no vivíamos bajo la amenaza de una muerte inminente, aunque estuviéramos expuestas a otros peligros, como serpientes venenosas, escorpiones o arañas.

Ahora, en cambio, la comprendo a la perfección. Desde que vivo en el extranjero he pasado por las mismas emociones, por esa profunda añoranza de la ciudad que me vio nacer y crecer. No hay nada comparable a tus raíces; ni siquiera los edificios más bellos e impresionantes de Europa compensan las modestas calles de Kabul, ni la imagen de las casas de barro kabulíes que me acompañaron desde pequeña. Sólo cuando salí de mi país comprendí que la verdadera patria es la patria perdida.

Fue durante aquellos días cuando Zia consiguió que me atendieran en el hospital de Jalalabad. Salíamos del campo de refugiados sólo para las visitas al médico y las operaciones, aunque no estábamos mucho tiempo en el hospital, ya que el centro estaba saturado y había una altísima demanda de camas. Fue en esa época cuando consiguieron reconstruirme la mejilla y la oreja izquierda y separar los dos dedos de la mano que tenía pegados a causa de mis graves quemaduras.

Recuerdo que mamá, en nuestras estancias en el hospital, se dedicaba a lavar y desinfectar las gasas para que las enfermeras, ante la escasez de medios, pudieran reutilizarlas y cubrir mis heridas. Nunca podré olvidar todo lo que hizo por mí. Su valentía era la viva imagen de la fuerza de las mujeres afganas.

Durante los primeros meses papá venía a visitarnos cada pocas semanas pero ni siquiera entonces, estando todos en el desierto de Jalalabad, incluidos Amira y mis hermanas, supimos nada de Zelmai. Cada vez que preguntábamos por él, papá se ponía nervioso, se exaltaba y acababa jurando y perjurando que se había quedado en Kabul tratando de reconstruir nuestra casa, o intentando conseguir tal o cual cosa. «¡Ya os lo explicará él mismo cuando venga!», nos decía.

Volvimos a Kabul tras pasar más de un año en el campo de refugiados. Mi madre estaba harta de ver que mis heridas se infectaban una y otra vez a causa del polvo y la suciedad, y además su angustia por saber de Zelmai era cada vez más insoportable. Así que una mañana se levantó y dijo basta. Decidió llevarme al hospital de Kabul, y así podría reencontrarse con su hijo. Esa decisión implicaba volver a separarse de Arezo y de Razia, que se quedarían de nuevo junto a Amira. Y así lo hicimos. Habíamos huido de una Kabul en guerra, y ahora volvíamos a una Kabul en poder de los talibanes.

El secreto de Ghulam no resistió mucho, apenas unos días. Mamá no paraba de preguntarle sobre el paradero de Zelmai, y al final confesó: mi hermano había muerto. Hasta entonces nos lo había ocultado para protegernos. Habría sido un golpe demasiado duro para mí y para mi madre, nos dijo. Al parecer mi hermano salió una tarde a comprar comida y ya no volvió. Papá pasó aquella noche en vela, con una angustia y una inquietud que le carcomían el alma. A la mañana siguiente salió a buscar a su hijo por todo el barrio, hasta que un vecino se le acercó, con el rostro compungido, y escuchó lo que más temía: «Ghulam, hermano, lo siento. Tu hijo ha muerto...».

Aquel hombre había reconocido su cadáver, no muy lejos de casa. Al parecer le habían acribillado a balazos para robarle la poca comida y el resto de dinero que le quedaba. Ghulam creyó y deseó morir. Zelmai seguía allí, abatido, ensangrentado y frío, en la calle. Nadie se había molestado en moverlo de allí ni en buscar a su familia. Papá se ocupó de enterrarlo en el cementerio, en completa intimidad. Ocultó su muerte para protegernos, y ése fue el detonante de su locura; a partir de entonces empezó a mostrar síntomas de un trastorno mental grave.

Mamá lloró por su hijo, como lo había hecho papá meses atrás. Se desahogó, pero seguía decidida a sacarnos adelante. Papá, en cambio, simplemente se encerró en sí mismo.

Cada uno de nosotros nos adaptamos a la nueva realidad como pudimos, aunque nunca superamos la muerte de Zelmai. Mamá se volcó en ayudar a los demás. Durante aquellos últimos dos años había aprendido a hacerme curas de todo tipo, así que pronto se convirtió en una auténtica experta, y decidió que curaría a todo aquel que se lo pidiera. Venían a casa para que les inyectara la dosis de medicina que necesitaban, ya que todos aseguraban que les pinchaba con suma delicadeza, mejor que cualquier enfermera de los hospitales que habían conocido.

El caso que más le marcó fue el de un bebé de apenas un año, desnutrido hasta el punto de que mi madre no atinaba a encontrarle algo de carne en la que inyectarle la dosis de medicamento, de tan escuálido que estaba. No sabía cómo hacerlo sin lastimarle, hasta que al final decidió pincharle en la nalga, con la mayor delicadeza y ternura que sus padres habían visto hasta entonces.

Yo, en cambio, tomé la decisión más trascendental de mi vida. Los talibanes habían prohibido a las mujeres trabajar, bajo pena de muerte, y mi padre estaba fuera de sí. O alguien de la familia trabajaba, o moriríamos de hambre. Sólo tenía una alternativa si no quería ver morir a mi familia: vestirme de hombre y salir a trabajar. A mamá le costó muchísimo aceptar aquella decisión, pero en el fondo sabía que era nuestra única esperanza. Al fin y al cabo yo aún seguía con el rostro desfigurado por las quemaduras, así que ningún hombre habría aceptado casarse conmigo, y además si me vestía con las ropas adecuadas podría pasar por un hombre. Acababa de cumplir once años. Desde aquel momento dejé de ser Nadia y pasé a ser Zelmai.

Recaía tal responsabilidad sobre mí que me tomé muy en serio mi nueva identidad; si no quería que me mataran debía comportarme como un hombre, y eso hice. Pasé a ser muy dura con ellos, como la mayoría de hombres afganos, y pronto todas asimilaron que yo, Zelmai, era el nuevo cabeza de familia. Hasta el punto de que mamá acabó creyendo que yo era su verdadero hijo. De algún modo, enterró a Nadia y recuperó a Zelmai.

De repente, en medio de la oscuridad, noté que Arezo se removía en su colchón.

—Zelmai, ¿duermes? ¿Sigues despierto? —susurró.

No contesté. Había sido Zelmai, pero ya no lo era, y necesitaba que me volviera a ver como lo que realmente era, su hermana Nadia. «Poco a poco», pensé. Me restregué los ojos con la manga del vestido y traté de dormir.

Khatem e quran

No habían aparecido aún las primeras luces del alba cuando me despertó el rugir de un helicóptero. Durante la guerra civil no había helicópteros, tan sólo camionetas reconvertidas en vehículos militares, milicianos con fusiles y bombas, muchas bombas, así que el sonido de la guerra estaba asociado a las descargas de artillería y al silbar de las balas. Pero tras la llegada de los americanos en 2001, el ruido de las hélices de los helicópteros sobrevolando el cielo se había convertido en otro sonido más de la guerra. Con una diferencia: cuando escuchabas ese rugir al menos sabías de qué bando eran.

Estaba inquieta y hambrienta. La habitación estaba casi completamente a oscuras, así que esperé hasta que mis pupilas se acostumbraron a la oscuridad y caminé de puntillas hasta la cocina. Por suerte aún quedaba un poco de *naan* del día anterior; me lo llevé a la boca y pestañeé. Por la ventana se colaba un hilo de luz y acerqué mi cabeza al cristal. Allá, en el firmamento, brillaba nuestra estrella, la primera estrella de la noche. En las tardes de verano, cuando empezaba a anochecer, Mersal y yo deteníamos nuestros juegos y esperábamos a que apareciera. Mersal decía que tras la cara oculta de esa primera estrella se escondía el paraíso. Pero no un paraíso cualquiera, ni siquiera el paraíso anunciado por el profeta Mahoma, sino nuestro propio paraíso. Solamente suyo y mío.

La primera estrella de la noche me había salvado en infinidad de ocasiones. Cuando sufría, tenía miedo o simplemente me entraban ganas de rendirme, sólo debía esperar a que anocheciera y contemplar su brillo allá en lo alto. Podía sentirme completamente desamparada en el campo de refugiados de Jalalabad, o en alguna de las decenas de habitaciones de hospital por las que pasé, pero bastaba una simple mirada al firmamento para que todo volviera a estar bien. Parpadeé de nuevo y sonreí en la oscuridad. Había un millón de estrellas en el cielo, pero una me pertenecía, nos pertenecía a Mersal y a mí. Pensé que quizá en ese preciso instante mi prima también podía estar contemplando nuestra estrella, allí donde estuviera. Y, quién sabe, puede que tía Sha Ghul nos esperara en su cara oculta. Fue entonces cuando pensé que sería una buena idea celebrar un *khatem e quran* en honor a tía Sha Ghul. De pronto otro helicóptero rasgó el cielo de Kabul.

El *khatem* es una ceremonia religiosa en la que, para celebrar o recordar algún acontecimiento o a alguna persona querida, los asistentes leen el Corán junto al imam. Tras la lectura conjunta del libro sagrado los invitados finalizan la ceremonia con un refrigerio o comida especialmente preparada para la ocasión. De hecho, en caso de defunción, se pueden celebrar en su honor tantas ceremonias como se quieran. Así, por ejemplo, podía darse el caso de que cada hijo o nieto decidiera celebrar su propio *khatem* en honor al fallecido.

Volví a estirarme en mi colchón, pero estaba desvelada. No dejaba de pensar en lo injusto que era que tía Sha Ghul no hubiera tenido ni siquiera un sólo *khatem*. Arezo fue la primera en desperezarse, y enseguida se dirigió a la cocina a calentar la tetera. Mamá se despertó poco después, y juntas preparamos las tazas, el azúcar y el *naan* recién horneado que acababa de traer Arezo del bazar y nos sentamos alrededor de la tetera humeante. Papá seguía echado en el colchón, medio adormilado.

—Voy a organizar un *khatem e quran* en honor a tía Sha Ghul —dije clavando los ojos en mamá.

Ambas me miraron, pasmadas. Hasta que mamá se decidió a romper el silencio.

—Zelmai, ¿y cómo vas a pagarlo? Cuesta mucho dinero, hijo... —respondió algo inquieta.

—Lo sé, pero es un acto misericordioso, así que Alá nos ayudará. Y tenemos que hacer que se corra la voz para que venga todo aquel que quiera... ¿me ayudarás en eso, mamá?

—Sí, claro que sí, hijo mío. Avisaremos a la familia de Salman, y a la de Khaled, y a la de Fawad, y a la de Yamila...

—Gracias por apoyarme siempre, mamá —la interrumpí—. Esta tarde aprovecharé para ir a visitar a nuestros primos, a casa de tía...

—Será lo mejor, hijo. Se alegrarán de verte y de saber lo que piensas hacer por su madre. Me hace feliz ver que, a pesar de que ahora vives muy lejos de mí, no has perdido los valores que te inculqué: piensas antes en los demás que en ti mismo, Zelmai *jan*... —dijo mi madre con un atisbo de preocupación. Intuía lo difícil que sería organizar el *khatem*.

Tía Sha Ghul siempre me había tratado con afecto, cariño y respeto, y aunque muchos la odiaban, yo estaba dispuesta a honrarla, costara lo que costase. Se lo merecía, y dado que sus hijas no podían permitirse la ceremonia, yo lo haría por ellas. Además, organizar y costear el *khatem* era una manera de mostrar el profundo amor y el agradecimiento que sentía por ella y por mis primas. Mi tía fue una gran mujer a quien, como a muchas afganas, la vida puso a prueba.

Mientras Arezo y papá apuraban el desayuno anoté en mi libreta mis próximos pasos: visitar a nuestros primos, hablar con el imam, adecentar la casa, comprar la comida para la ceremonia y hacer saber entre los más allegados que se iba a celebrar un *khatem* en honor de Sha Ghul. Temía que algo se me pasara por alto, así que toda previsión era poca.

Tras acabarse el último panecillo de *naan*, Arezo accedió a acompañarme a casa de nuestras primas. Tío Jan Agha y tía Sha Ghul habían tenido tres hijas, Mersal, Maboba y Shabnam; y un hijo, Shadob. Todos ellos, excepto Mersal, continuaban viviendo en la casa familiar de Wasel Abad, un barrio que, a pesar de no estar muy lejos del centro, resulta de difícil acceso debido a la abrupta orografía del terreno; está bajo las faldas de dos importantes cerros que rodean la ciudad.

Arezo y yo nos dirigimos primero a la mezquita. Al ser el centro neurálgico del barrio era el mejor sitio para conseguir un transporte hasta Wasel Abad y, si teníamos un poco de suerte, quizá pudiera hablar con el imam. Así que desandamos el recorrido que habíamos hecho unos días antes, a mi llegada.

Mi hermana pequeña vestía un elegante *hiyab* azul que dejaba al descubierto sus bonitas facciones. Aquello habría sido impensable pocos años atrás, cuando Afganistán languidecía bajo la sombra de los talibanes. Yo, en cambio, avanzaba a su lado oculta tras el *niqab* y las gafas de sol. Mi hermana había tenido suerte, pensé. Para ella el pasado era tan sólo un lejano recuerdo, pero para mí el pasado podía tornarse presente en cualquier momento.

Wahab, el nuevo imam del barrio, me observaba con sus profundos ojos color negro azabache. Tenía la sensación de que podía ver hasta lo más profundo de mi alma, y por un momento me embargó el pánico. Tuve miedo de que me reconociera. Había decidido arriesgarme e ir a verle yo misma ya que sabía que era un recién llegado al barrio, pero nunca lo habría hecho estando el anterior mulá; me habría reconocido al instante dado que había sido su ayudante. Y ya no era Zelmai, sino Nadia... Tal descubrimiento, ante el mulá, me habría puesto en grave peligro. No habría entendido que me hiciera pasar por hombre durante años, siendo una mujer.

Vestía con el traje tradicional, de color blanco, y su profusa barba le dotaba de un evidente aire de autoridad. Me tendió la mano con firmeza, frunciendo el ceño en silencio. Había ignorado a Arezo desde el primer momento, sin duda algo le decía que era a mí, y no a mi hermana, a quien debía dirigirse. Por fin sonrió, dejando al descubierto un par de huecos en su dentadura.

—¿Qué puedo hacer por vosotras? —nos preguntó plácidamente.

—Disculpe las molestias, mulá *saheb*. Querría celebrar un *khatem* en honor de mi tía, y desearía que lo oficiara usted —musité.

—Claro, hija. Recemos un momento y luego me cuentas todos los detalles. Como dejó escrito el profeta: Tomad delantera hacia un perdón de vuestro Señor y un Jardín —el Paraíso— cuya anchura son los cielos y la tierra, que ha sido preparado para los que crean en Dios y en sus mensajeros.

Conocía ese fragmento; sura cincuenta y siete, versículo vigésimo primero del Corán. Lo había recitado decenas de veces cuando era ayudante del mulá de mi barrio. Obedecí, y tras el rezo concretamos todos los detalles. Tía Sha Ghul finalmente tendría su *khatem e quran* tres días más tarde, en casa de mis primas.

Tardamos apenas veinticinco minutos más en llegar a nuestro destino, la antigua casa de tía. Durante unos segundos no supe cómo reaccionar, estaba paralizada por la emoción, y los recuerdos iban y venían por mi mente una y otra vez. Allí estaba de nuevo, ante la verja de entrada de lo que siempre había considerado mi segundo hogar. Maboba, de espaldas, tendía una sábana en la improvisada cuerda que unía los dos escuálidos árboles del zaguán.

—¡*Sallam*, Maboba! —gritó Arezo.

—Buenos días —respondió Maboba girándose hacia nosotras—. ¡Qué sorpresa, Arezo! ¿Qué haces por aquí?

Estaba impaciente por ver su reacción, así que me acerqué al envejecido portón de entrada y me quité las gafas de sol.

—¿No me reconoces, Maboba? —exclamé.

—Pues lo siento, pero no... —susurró tras unos segundos de desconcierto—. ¡Espera, no puede ser! ¡¿Eres tú, Zelmai?!

—Sí, soy yo, Nadia. ¿Acaso ya no reconoces a tu prima? —dije, entusiasmada.

—¿Y cómo vienes así vestida? ¡No hay quien te reconozca! —soltó mientras se abalanzaba sobre mí para abrazarme.

—Pues porque ya no necesito vestirme de hombre, Maboba.

—¡Claro, claro! Entrad, entrad, Nadia *jan*. ¡Ya verás qué contentos se ponen mis hermanos al verte! —decía empujándome hacia el pasillo de entrada.

Mis primos Shabnam y Shadob se quedaron pasmados cuando descubrieron quién se ocultaba bajo el *niqab*. Aún eran más jóvenes que Maboba, por lo que les costaba dejar de identificarme como Zelmai. Al fin y al cabo, desde su más tierna infancia me habían visto como un hombre. Aunque, curiosamente, se mostraron mucho más comprensivos que mi propia familia.

Me sentía como en casa junto a mis primas, tal y como había sido siempre. Maboba se apresuró a prepararnos un delicioso té, que es la manera en que los afganos demostramos hospitalidad al visitante, mientras yo saciaba la curiosidad de Shabnam y Shadob sobre Europa. Querían saberlo todo de nuestras costumbres, hasta el más mínimo detalle. Mina, la hija de Shabnam, se removía en la cuna. Tenía apenas unos meses, era la princesa de la familia. Tenía un cabello precioso, negro y rizado como su abuela, que sujetaba con una pequeña diadema blanca. Sonreía ante cada mirada. Era feliz. Su inocencia me recordaba a Mersal, a mi infancia.

Mientras la tetera silbaba recordé que tío Jan Agha cerraba la casa a cal y canto cuando preparábamos té. Siempre decía que el humo de la tetera o del brasero podía delatar nuestra posición a los francotiradores que se apostaban en la ladera del cerro y en las azoteas de las casas más altas. Mersal y yo nos reíamos a carcajadas de sus temores, pero por si acaso soplábamos incansablemente las llamas del brasero, tratando de no provocar más que un finísimo hilo de humo.

Esperé a que Maboba se acomodara junto a nosotras y entonces les lancé mi propuesta.

—Maboba, Shabnam, Shadob, no pude estar presente en el entierro de tía, pero si me lo permitís, querría celebrar un *khatem* en su honor.

—¿De verdad quieres hacer eso por nuestra madre, Nadia? —dijo Shabnam, visiblemente emocionada.

—Sí, y si me dejáis podríamos celebrarlo aquí mismo, en vuestra casa, el hogar de tía. Ya he hablado con Wahab, el imam del barrio...

—No se hable más, Nadia *jan*, así se hará. ¡Y te ayudaremos en todo lo que necesites! —terció Maboba, contentísima.

Para ellas, dada su situación económica, aquella propuesta era comparable a como si en Occidente un primo se presentase en casa de sus tíos y les dijera que iba a costear la educación de todos sus hijos durante varios años.

—Nadia, querida, gracias... —susurró el menor de todos ellos, Shadob. Aún no acababa de asimilar la noticia.

—No me des las gracias, Shadob *jan*. El sábado celebraremos el *khatem*, y yo me encargaré de decírselo a cuanta más gente mejor. Pero... ¿creéis que podríamos contactar con Mersal? A tía le habría gustado que estuviera... —dije de improviso.

—No, Nadia, es imposible —respondió Maboba—. Desde que se casó no sabemos nada de ella. Bueno, excepto que vive en un pueblo del sudeste...

—¿Tía Sha Ghul no os hablaba de ella?

—No, prima. Apenas hablaba de ella... —musitó Shadob mirándome con los ojos vidriosos.

Me quedé helada. Mersal aún no sabía que su madre había muerto.

La generosidad de Mersal

Mis primas seguían charlando alegremente, reían, preguntaban a Arezo por nuestros padres, se servían té. Fue entonces cuando volví a retrotraerme al pasado, bajo la calidez y la protección de aquellos cuatro muros que tanto significaban para mí, del verdadero hogar.

«La dureza del camino purifica», había escuchado alguna vez a mi llegada a Europa a propósito de las enormes dificultades que somos capaces de superar, creciéndonos ante ellas. Era una frase tan occidental... no tenía el más mínimo sentido para mí. Nadie en su sano juicio creería que sufrir una guerra civil, la violencia talibán y después una invasión tendría algo de positivo. En mi país, en cambio, decimos que el ser humano puede llegar a ser duro como una roca y frágil como una flor. Así somos. Capaces de superar mil y un obstáculos y, en el momento menos pensado, hundirnos por algo de lo más sencillo.

Hubo una época, durante los años de la guerra civil, en que deseaba rendirme y morir. Mis entradas y salidas del hospital eran constantes, y las quemaduras del cuello y de la cara eran tan graves y me provocaban tanto dolor que era incapaz de masticar. Apenas me quedaba un hilo de esperanza, de vida. Pero nunca estuve sola. Mi madre me cuidaba día y noche, no se alejaba más de dos pasos de mi camilla, y pronto Mersal se armó de valor para apoyarme, a pesar de que no le debía resultar fácil verme así, en tan mal estado.

Tuve consciencia de que no estaba luchando sola cuando me negué a comer. Cada vez que tragaba el dolor era horrible. Y mamá, tras días de insistente lucha, se plantó.

—¡¡No puedo más, hija, estoy harta!! ¡Si no comes, jamás vas a recuperarte! —gritó, enfadadísima.

Seguía rechazando la comida, y mamá estaba ya al límite de la desesperación. Mersal, que había estado todo el rato apoyada en el marco de la puerta observándome, decidió intervenir. Se acercó silenciosamente a mamá y le cogió de la mano.

—Tía, déjame probar a mí, por favor. Estoy segura de que querrá comer —le dijo con una inocente sonrisa en los labios.

—Nadia, por favor, hazlo por mí. ¿Lo haremos juntas, sí? Venga, di «aaaaaa» —me susurraba mientras me acercaba la cuchara a la boca.

La miré y volví a negarme con un enérgico movimiento de cabeza.

—¿Ves, Mersal *jan*? No hay manera... —murmuró desesperada mamá, al borde del llanto.

—Nadia, te he pedido que lo hagas por mí, no por ti. Sabes que te quiero, y necesito que te recuperes —me dijo, emocionada.

Estaba, como mamá, a punto de deshacerse en lágrimas. Nunca la había visto tan triste, y reaccioné. Abrí lentamente la boca, entre terribles dolores, y repetí su «aaaaa». Mersal me dio la cuchara con ternura, suspiró y sonrió.

—¿Lo has visto, tía? Lo ha hecho por mí, es que Nadia me adora... ¡como yo a ella!

Mamá, orgullosa, la abrazó y me miró, eufórica. Contenta, feliz como hacía meses que no la veía.

Después de aquel episodio Mersal se tomó muy en serio todo lo que tuviera que ver con mi alimentación, hasta el punto de que muchas veces pasaba hambre con tal de que yo comiera mejor. Y es que mi familia lo había perdido todo cuando la bomba destrozó nuestra casa y apenas teníamos dinero con el que comprar comida, y tía ya nos había dado cobijo, pero no podía ocuparse también de nuestra alimentación. Así que cuando mi tía cocinaba platos reblandecidos o cremosos, que yo pudiera tragar bien, Mersal siempre compartía su ración conmigo, o se las ingeniaba para robar algo de comida de la despensa y me la ofrecía más tarde, cuando nadie nos vigilaba.

La simple idea de acudir de nuevo al hospital me aterraba, pero siempre estaba ahí Mersal para animarme e infundirme valor. Ninguna niña debería sufrir tanto como yo sufrí, como los cientos de miles de niños y niñas que padecen a lo largo del mundo a causa de la guerra y la pobreza.

—Nadia, deberías ir al hospital. Sé que duele, pero es por tu bien... Si lo haces, estoy segura de que dentro de un tiempo te sentirás mucho mejor.

—¡Claro, qué fácil parece! Si tú ya te quejas de una simple inyección, imagínate yo... ¡El dolor es insoportable, Mersal! No es a ti a quien te cortan la piel de un lado para ponértela encima de la piel quemada.

—Lo entiendo, pero deberías ir... creo que deberías hacerlo.

Esas pequeñas discusiones se repetían cada pocas semanas y siempre acababan igual: me dejaba sola para que pensara en lo que me acababa de decir, y yo al final acababa accediendo a ir de nuevo al hospital.

Sentí súbitas punzadas en el corazón, y oí una voz aterciopelada que me llamaba de nuevo, devolviéndome a la realidad. Me había quedado ensimismada rememorando el pasado.

—¡Nadia, Nadia! Estás tan pensativa... decíamos que podríais quedaros también a cenar, ¿verdad? —preguntaba Shabnam, mirándome.

—Lo siento, prima, estaba en mi mundo. Esta casa me trae muchos recuerdos...

—Entonces ¿nos quedamos a cenar? —me preguntó Arezo.

—Será mejor que no, aún tengo que organizar un par de cosas antes del *khatem*, y me gustaría aprovechar el día. Pero os acompañaremos a almorzar —me excusé, dirigiéndome a Maboba.

El almuerzo se alargó más de tres horas, así que cuando nos despedíamos de nuestras primas estaba ya anocheciendo. Por suerte, no nos costó mucho encontrar un taxi que nos llevara de nuevo hasta casa.

Tenía muchas ganas de recuperar el tiempo perdido, así que tras deleitarme con el delicioso caldo de pollo con arroz basmati que nos había preparado mamá para la cena, la acompañamos a la habitación contigua. Allí dormiría de ahora en adelante, ya que según decía descansaba algo mejor. Mi madre seguía resistiéndose a dejar de verme como Zelmai, pero intenté restarle importancia y volví a preguntarles por el estado de papá.

Lo que me confesaron desveló un panorama mucho más perturbador del que me imaginaba. Por lo visto, en aquellos cuatro años en que había estado alejada de casa, la enfermedad mental de papá, lejos de aliviarse, había empeorado. Los insultos y las agresiones físicas eran muy habituales y lo peor era que, tras perder los papeles, papá no recordaba absolutamente nada, por lo que no cabía ninguna esperanza de mejora.

—Tu padre no es ya el hombre cariñoso que conocimos, ni el joven atento del que yo me enamoré. Tu hermana Razia se casó, en parte, para alejarse de él, hijo.

—Y yo no tardaré en hacerlo, Zelmai —añadió Arezo.

—Lo entiendo —susurré, tratando de que papá no oyera nada de lo que hablábamos.

Me resistía a creer que papá pudiera llegar a ser tan peligroso, aunque intuía que no había ni un ápice de exageración en lo que me contaban. Le deseé buenas noches a mamá, apagué la lámpara de aceite y Arezo y yo regresamos a dormir a la habitación central. Se nos había hecho tardísimo. Papá dormía plácidamente en su rincón, frente a la ventana.

La preparación del *khatem*

No podía conciliar el sueño. Kabul latía a sólo unos metros de nosotros, a nuestro alrededor, como si de una ciudad fantasma se tratara. Ladridos de perros callejeros, golpes repentinos por doquier, gritos lejanos que barría el chirriar del viento en la ventana... La noche de Kabul dormía entre tinieblas.

Empecé a adormecerme al cabo de una hora larga. La Kabul de mi infancia y la desgarrada ciudad actual se confundían entre sueños. Mis padres catalanes iban a llegar de un momento a otro, y debía tenerlo todo listo antes de presentarles a mis padres afganos, así que corrí hacia la cocina. Apenas me quedaba tiempo para preparar un buen té. Escuché pasos a mi espalda. Debían de ser ellos, habrían llegado sin avisar, dispuestos a darme una sorpresa, como solían hacer. De pronto el histriónico silbido de la tetera se confundió con un grito ronco de mi padre.

Abrí los ojos, aterrorizada. Mi padre estaba ante mí, como poseído, y parecía dispuesto a golpearme con un termo que sujetaba fuertemente. Logré esquivar el golpe. Ya sólo escuchaba los latidos de mi corazón, que ahogaban mis gritos. Recordé lo que me habían contado Arezo y mamá horas antes y reaccioné a tiempo.

—¡¡Papá!! ¡¿Qué haces, papá?! ¡Soy yo, Nadia, tu hija! —grité con todas mis fuerzas.

—¡Sal de mi casa, demonio! ¡Muere, demonio! —vociferaba, totalmente ido.

Afortunadamente Arezo se había despertado, y entre las dos conseguimos arrebatarle el termo y calmarle. No volví a pegar ojo en toda la noche. De hecho, no volvería a descansar bien hasta mi regreso a Barcelona.

Con el despuntar del día Arezo se incorporó y vino a acurrucarse junto a mí. Vio que aún seguía aturdida y se echó a reír.

—No te preocupes, Zelmai *jan*. Te acostumbrarás, es nuestro día a día. Además, hasta ahora nunca ha pasado nada realmente grave.

—Gracias, hermana. Tranquila, estoy bien.

Arqueé inconscientemente la comisura de los labios, me incorporé, cansada, y me acerqué a papá, que dormía sobre su colchón, como si nada hubiera pasado. Los maltratos me eran conocidos. Recordé las humillaciones que había sufrido tantas veces Mersal por parte de su madre. Tía era tremendamente autoritaria con su hija, y a las regañinas le seguían siempre un par de azotes y, en el peor de los casos, una breve paliza, si es que mi tía consideraba que Mersal merecía un castigo ejemplar. Era el lado oscuro de tía Sha Ghul, lo que más odiaba de ella.

Un día, tendríamos unos seis o siete años, en que llevábamos casi toda la tarde jugando a la rayuela, corriendo, saltando y brincando como locas en el patio de su casa, Mersal tropezó y se golpeó la cara contra el suelo. Se levantó al instante, llorando, y vi cómo le sangraba la nariz a borbotones. Tía Sha Ghul salió corriendo del interior de casa y, sin saber ni siquiera qué había sucedido, le soltó un par de bofetadas en la mejilla.

«¿Has visto cómo te acabas de poner? ¡Has manchado todo el vestido de sangre!», bramó mientras la agarraba del pelo y la arrastraba hacia el interior de la casa. Mi prima lloró durante el resto de la tarde, desconsolada. Tía debería haberla abrazado en vez de castigarla y humillarla más aún. Pero los afganos, tras años de guerra y sufrimientos, a veces se mostraban terriblemente crueles e injustos hasta con sus propios hijos, a causa del padecimiento y la tensión a la que estaban expuestos. El miedo y la muerte que les rodeaba por doquier les hacía emocionalmente muy vulnerables.

El desayuno fue tenso. Papá no se acordaba de nada, por lo que actuaba con normalidad, masticando pequeños trozos de *naan* y sirviéndose té, sin articular palabra, ausente. Le tendí la mano a mi madre.

—Mamá, hoy iré a la tienda del marido de Razia. El *khatem e quran* de tía será dentro de un par de días y necesito que me ayude a organizarlo todo... Él es un hombre y le será todo muchísimo más fácil.

—Hijo, ¿y por qué no te vistes como lo hacías antes, con tu ropa de hombre? Está escondida en el forro del cojín, por si alguna vez decides volver a usarla.

—No, mamá, no volveré a vestirme de hombre. Soy tu hija, Nadia. Nunca más volveré a ser Zelmai.

—Entonces que te acompañe tu hermana allá donde vayas. Kabul es demasiado peligroso para una mujer sola. Las dos juntas estaréis más seguras.

—¿Qué dices, Arezo, querrás acompañarme? —pregunté a mi hermana, con una sonrisa burlona. Sabía que para ella el hecho de acompañarme era importante. Le estaba concediendo un protagonismo al que no estaba acostumbrada.

Arezo asintió con la cabeza sonriendo de oreja a oreja, sin poder contener su alegría. Estaba claro que no solía salir de casa a menudo, por lo que estos días suponían una emocionante excepción en su día a día.

El trayecto hasta la tienda de frutos secos de Shair se nos hizo muy corto. Estaba cerca, así que decidimos acercarnos a pie, y en poco más de media hora ya estábamos ante su puerta. Respiré hondo antes de entrar en la tienda. Realmente necesitaba salir de casa tras aquella última noche. El paseo al aire libre me había sentado bien, a pesar del *niqab*.

Cuando entramos Shair estaba atendiendo a un cliente, así que me saludó amablemente con la cabeza e indicó a su ayudante que nos acompañara hasta la habitación contigua, una especie de despensa donde almacenaban sacos y sacos de los frutos secos que más se vendían, sobre todo pistachos, almendras y pasas. Aquella visión me trajo a la memoria los años anteriores a la guerra, cuando los amigos y familiares de mi padre nos llenaban la casa de sacos de frutos secos que traían desde sus pueblos de origen.

Ahmed, el joven ayudante de Shair, nos ofreció un vaso de té y una bandeja repleta de *kolchas*, unas deliciosas galletas afganas, para aderezar la espera. Al poco rato apareció Shair, visiblemente contento con nuestra visita. Era un hombre de pocas palabras, pero se mostraba siempre muy amable y simpático con aquellos en quienes confiaba. Era corpulento, de estatura media, y se dejaba siempre una incipiente barba de cuatro o cinco días y un bigote algo más crecido, lo que le confería un porte más serio. Vestía a la manera tradicional, con un *perahan wu tunban* marrón de color muy vivo, lo que le daba un toque moderno.

—Nadia, Arezo, bienvenidas a mi humilde tienda. Nadia, me alegro muchísimo de verte, es un honor tenerte aquí —dijo con una sonrisa sincera.

Era evidente que se sentía honrado de recibir mi visita. Era la hermana mayor de su mujer y, además, había conseguido asentarme en el extranjero, por lo que deseaba tener una buena relación conmigo.

—El placer es nuestro, Shair. Quería saber si puedo contar con tu ayuda —le dije, sin ambages.

—Desde luego, Nadia, faltaría más. Haré todo lo que esté en mi mano.

—Verás, Shair, estoy organizando un *khatem e quran* en honor de tía Sha Ghul, y me iría bien tu ayuda. Había pensado que podría encargarte algunas gestiones que a ti, por ser hombre, te serán mucho más fáciles y rápidas de conseguir.

—¡¿Para Sha Ghul?! ¿Acaso has perdido completamente la cabeza, hermana? ¡Creo que no sabes lo que dices! ¡Era una mala mujer! —contestó, atónito.

—Shair, escúchame bien. Me trae sin cuidado lo que pienses de tía. Ni siquiera te he preguntado qué opinión tenías de ella. Simplemente te he pedido que me ayudaras. Así que si no estás dispuesto a ayudarme, dímelo y ya me las apañaré como pueda —respondí, tajante.

Durante unos minutos Shair fijó su mirada alternativamente en mí y en Arezo, sin saber qué responder.

—No, déjame que eche una mano. Dime, entonces, ¿en qué necesitas que te ayude? —dijo tímidamente, avergonzado de su reacción anterior.

—Pues calculo que asistirán unas cincuenta personas, más o menos. Así que necesito que te encargues de comprar arroz, carne y todos los ingredientes que he apuntado en esta lista —dije acercándole una pequeña hoja de papel que había arrancado de mi Moleskine—. Ahí está todo, pero si tienes alguna duda, la que sea, llámame. También te he apuntado mi teléfono. El de mi madre ya lo tienes.

Shair repasó atentamente la lista y esbozó una pequeña mueca de preocupación.

—No te preocupes, cuñado, aquí tienes afganis suficientes. Y si necesitas algo más, me llamas y lo arreglamos, ¿de acuerdo? —dije mientras le entregaba un sobre con billetes.

—De acuerdo, hermana, pero... ¿estás segura de querer hacerlo? Tu tía era una persona muy poco querida... —dijo dando a entender que a él tampoco le parecía merecedora de tal honor.

—Lo sé, Shair, y precisamente por eso se lo merece.

En Afganistán no está bien visto que las mujeres, aunque sean de la familia del propietario, compartan espacio con los posibles clientes, por lo que tras ponernos de acuerdo con Shair no tardamos en abandonar su tienda para, esta vez, dirigirnos hacia el puesto de especias de Tariq.

Al verme llegar junto a mi hermana, Tariq mostró una amplia sonrisa mientras se golpeaba la frente con la palma de la mano.

—¡Cómo me alegro de volver a verte tan bien acompañada, Nadia *jan*! ¡Sabía que todo iría bien!

Estaba encantado de haberme ayudado a encontrar a mi familia.

La tienda de especias de Tariq era uno de los lugares más frecuentados por mis familiares y conocidos, y además estaba ubicada en un lugar estratégico, así que era fácil que viera casi diariamente a muchos de nuestros antiguos vecinos del barrio. Además los afganos solemos utilizar a los tenderos para hacer saber a nuestros amigos y conocidos cualquier noticia o evento importante. Es la manera tradicional, además de la más rápida y efectiva, de hacerle llegar cualquier mensaje a otra persona.

—Tariq *jan*, quería pedirte un favor importante, y sé que podrás ayudarnos. El próximo sábado celebraremos un *khatem* en honor de tía Sha Ghul. Y necesito que le hagas llegar la noticia a todo aquel que la apreciaba. Ya sabes, familia, allegados, amigos, conocidos, antiguos vecinos del barrio...

—Lo haré, Nadia, si eso es lo que quieres —dijo, satisfecho de volver a ser de utilidad.

—Gracias, Tariq *jan*. El *khatem* será en dos días, este próximo sábado en casa de tía Sha Ghul. Por si acaso, te he preparado una lista de las personas que me gustaría que acudieran, aunque no están todas. No te preocupes, confío en ti y sé que sabrás a quién decírselo.

Agarró la nota al vuelo y, tras leerla, asintió.

—Cuenta con ello, Nadia *jan*. Así lo haré.

Tariq era encantador y, como no había clientes, nos quedamos un rato más planificando cómo hacer llegar la noticia a todos los invitados, ya que apenas teníamos dos días de margen y era posible que algunos de ellos no aparecieran por la tienda. Finalmente convinimos en que al día siguiente uno de mis primos cogería la bicicleta y avisaría a todos aquellos que no hubieran pasado aún por el establecimiento. También me dio su número de teléfono para que pudiera mantenerme informada.

—Gracias por todo, Tariq *jan*. Y discúlpame por las prisas del otro día... me marché tan rápido que apenas tuve tiempo de despedirme de ti, ni de agradecerte lo que habías hecho por mí.

—Es un placer, Nadia. ¡Hablamos mañana! —respondió, tan amable como siempre.

Volvimos a casa en un autobús de línea de lo más desvencijado, al más puro estilo kabulí, que nos dejó a dos calles de casa. Nuestra madre había preparado un caldero de sopa, así que mientras nos reponíamos del esfuerzo la pusimos al día de todo y empezamos a planificar la celebración. Estábamos emocionadas. Sólo quedaban dos días para rendirle los últimos honores a tía Sha Ghul.

Las gemelas

Aquel día anocheció más pronto que de costumbre. O quizá sólo fue una impresión mía. Miré de reojo a papá, que había salido al patio y lo recorría despacio de un lado a otro, una y otra vez. Sentada junto a Arezo, apoyando la espalda contra la pared, empecé a sentirme inquieta. Crucé las piernas. Observé a mi hermana, forzando una impostada sonrisa. Descrucé las piernas. Los malos presagios iban y venían por mi mente sin cesar. Uní las manos y suspiré profundamente. Arezo posó con delicadeza su cabeza junto a mi hombro.

—¿Recuerdas la melodía? —susurró Arezo mientras canturreaba una de nuestras canciones preferidas de Bollywood.

—Claro que sí... es *Aaj Imtehan Hai*. La escuchábamos miles de veces cuando éramos pequeñas.

—Sí, Zelmai *jan*. Eran tiempos felices, ¿verdad? Estábamos todos. Aunque recuerdo pocas cosas de aquella época. Lo poco que sé me lo has contado tú... Los bailes de Mersal, la luz del brasero al caer el sol...

—Mersal era una buena bailarina, sí. Y nuestro hermano Zelmai era un fantástico imitador de Amitabh Bachchan, el gran actor indio. Era su preferido —dije con tristeza, incapaz de contener la melancolía.

Ambas teníamos la mirada perdida. Le tomé la mano y ella volvió el rostro hacia mí. Arezo no estaba acostumbrada a mis muestras de cariño. Durante un par de minutos no dijimos nada. No hacía falta.

Durante años había sido durísima con ella. Tenía miedo a perderla, y opté por castigarla duramente cuando consideraba que había hecho algo mal. Y es que en Afganistán, en aquella época, equivocarse podía significar la muerte. Además, se suponía que yo era un hombre, y los hombres afganos eran fieros con los niños y con las mujeres. Así que si no quería levantar sospechas debía ser aún más duro que el resto de afganos. Debía dar ejemplo. Fue mi manera de protegerme y de protegerlas, porque lo hice con Arezo pero también con Razia.

—Arezo, ¿te he contado alguna vez la historia de Doganagi, las dos gemelas kabulíes? —le susurré al oído.

—No, creo que no... ¿Me la cuentas? —preguntó entusiasmada.

—Escucha —le dije—. Ocurrió hará más de diez años, quizá quince. Y sucedió en nuestra ciudad, Kabul. Era media tarde, y los misiles de las distintas facciones de muyahidines silbaban en el cielo en busca de su próximo objetivo. Dos niñas observaban desde el patio de su casa, entre juego y juego, los fogonazos que estallaban en el aire, pensando que aquello ocurría en todos los países y ciudades del mundo. Cuando las bombas impactaban cerca se escuchaba un estremecedor temblor de tierra. De pronto una de las niñas se acercó al muro de adobe de su casa y, ante la incredulidad de su compañera, rompió un trocito y se lo tragó, fingiendo que aquel pedazo de fango era la comida más deliciosa del mundo.

—¿Y qué hizo su amiga, Zelmai *jan*? Porque era su amiga, ¿verdad? —preguntó mi hermana.

—Ahora lo verás —le respondí a Arezo. Y seguí con mi relato—: «Pero ¿qué haces, acaso te has vuelto loca?», le preguntó su amiga. «Pruébalo y verás. ¡Está buenísimo!», recibió por respuesta. «No puede estar hablando en serio, ha perdido la cabeza», pensó. Estaba asombrada, atónita, pero aun así decidió confiar en su amiga y se llevó un pequeño trozo a la boca. ¡Y vaya si estaba bueno! Le encantó. Desde entonces, cuando tenían hambre y no había nada de comer, ambas corrían hasta el muro del patio, se hacían con un trocito de adobe y se lo comían simulando ser una deliciosa tableta de chocolate. Mientras, las bombas y las balas zumbaban a su alrededor, desafiantes.

—Esas amigas erais Mersal y tú, ¿verdad? —preguntó mi hermana riendo.

—Sí, éramos nosotras, hermana.

—¡Qué locas debíais de estar para comeros el adobe de las paredes! —exclamó riendo a carcajadas.

—Teníamos hambre, y mucha imaginación —dije esbozando una amarga sonrisa.

Aquella noche Arezo estiró su colchón junto al mío. «Por si papá vuelve a tener un ataque de demencia», dijo. Yo prefiero pensar que lo hizo para estar un poco más cerca de mí, un poco más cerca de la hermana a la que había empezado a redescubrir.

Omaira

A la mañana siguiente, mientras Arezo me preparaba otro delicioso té verde y yo me desperezaba junto a mamá, me vino a la cabeza una expresión que usaba a menudo Omaira y que había olvidado completamente durante los últimos cuatro años: «Los ojos son la ventana del alma, Nadia *jan*».

—¿Qué has dicho, hijo? —soltó mamá.

—Nada...

—Dijiste ese dicho de Omaira... ¿Acaso la viste ayer?

—No, no la vi ayer. Pero esperaba poder verla y conversar hoy con ella, cuando vaya a casa de tía.

Omaira era la prima de papá y vivía no muy lejos de la casa de tía, en el barrio de Beni Hisar, así que cuando se enterara del *khatem e quran* seguro que se presentaría allí para echarnos una mano y organizarlo todo. Era una gran mujer, y sabía que no nos fallaría. Nunca nos había fallado.

Hubo una época en Afganistán en que tener padres de etnias distintas no era un problema. Como le ocurría a Omaira, y a mí. Su madre era uzbeca y su padre pastún. Pero esos años de tolerancia acabaron de repente ante el estallido de la guerra civil. Fue entonces cuando facciones y caudillos se asociaron a etnias concretas, y el odio entre unas y otras se multiplicó. Así, los uzbecos y los tayikos apoyaron a líderes de sus comunidades como Abdul Rashid Dostum y Burhanuddin Rabbani, y lo mismo hicieron los hazaras con Karim Khalili o los pastunes con Gulbuddin Hekmatyar.

Omaira sufrió en carne propia los estragos de la guerra, y del odio entre etnias. Por aquel entonces tendría unos dieciséis años y aún vivía con sus padres y sus dos hermanos en Kunduz, una de las principales ciudades del norte de Afganistán. Era un día aparentemente normal, como todos los que preceden a las grandes tragedias. Al mediodía, a la hora de la oración, un grupo de guerrilleros uzbecos irrumpió en su casa y secuestró a su padre y a sus hermanos, perdonándoles la vida a ella y a su madre, que era de la misma etnia que los atacantes. Al día siguiente Omaira les encontró descuartizados y decapitados en un campo cercano a su casa. Nunca llegó a superar esa pérdida. Mi madre afirmaba que ella misma la había visto gritar y sollozar en plena noche, entre sueños. *Baba, baba!* Papá, repetía una y otra vez en dari.

A media mañana Arezo y yo estábamos nuevamente de camino a casa de Maboba. Decidimos ir en taxi para aprovechar el tiemplo al máximo, ya que el desayuno junto a mamá se nos había alargado demasiado. Arezo no apartaba la mirada de la ventana, como hipnotizada por el constante bullicio kabulí. De pronto, empezó a canturrear la melodía «Tu na ja Mere Badashah» de la cinta india *Khuda Gawah*. Era nuestra película de Bollywood favorita. Se había filmado en Afganistán antes de la guerra civil, y gracias a ella podíamos ver cómo era nuestro país antes de las bombas. Arezo siempre me pedía que le contara historias de aquella época, pues era demasiado pequeña para recordarlo.

—Zelmai, ¿me contarás de nuevo lo que hicimos cuando papá nos llevó al lago Ghargha? —dijo girándose hacia mí.

—¿Cuando fuimos con tía Sha Ghul y tío Jan Agha? —le pregunté. El lago había sido uno de los destinos más populares de los kabulíes, ya que estaba a sólo unos kilómetros de la capital y era de fácil acceso. Papá nos había llevado muchas veces de pequeñas.

—Sí. Hacía un día radiante, y el sol brillaba en las aguas del lago como si fuese oro.

—Bailamos a la orilla del lago, mientras mamá colocaba la comida sobre el mantel, en las mesas de madera de la zona de pícnic.

—Y tú bailabas como una antigua egipcia, haciendo esos movimientos de manos y de cabeza tan extraños, ¿verdad? —reía Arezo.

—Sí, y Razia me imitaba mientras Zelmai y Mersal competían lanzando piedras al lago, a ver quién de los dos conseguía que las chinas rebotaran más veces sobre la superficie del agua.

De repente empezó a sonar mi teléfono. Era el número de Shair. Por lo visto le había sido difícil conseguir las cantidades que le había pedido, pero tras visitar diversas tiendas había logrado hacerse con lo necesario, y me llamaba para saber qué hacía con todo aquello. Quedamos en que me lo haría llegar en un par de horas.

—Hemos llegado, hermanas. Son doscientos ochenta afganis.

Maboba vino a nuestro encuentro antes incluso de que saliéramos del coche. Nos había estado esperando desde primera hora de la mañana, ansiosa por empezar los preparativos.

—¡¡Nadia, Arezo, por fin llegáis!! He estado quitando el polvo de las alfombras, he limpiado cubiertos, platos, he abrillantado los cristales de las ventanas y he preparado un sinfín de cosas más —exclamó—. Y ya debería estar llegando Omaira. Esta noche se quedará a dormir con nosotras para ayudarnos a preparar el *khatem*.

—¿Omaira? Hace tantos años que no la veo... ¿Cómo está, hermana? —pregunté.

—Está bien, nos ayuda muchísimo. Ya sabes, es una madre ejemplar, y mejor abuela. Sigue preocupándose de Mustafá como cuando era un niño, y qué decir del pequeño Khaled.

Estaba deseando volver a abrazarla. Poco después del asesinato de su padre y de sus hermanos, Omaira se casó con un hombre mayor que ella, pastún, y se mudó con él a Kabul. Según su madre, era la única manera que tenía de ofrecerle un futuro mejor. Pero Jabar Khan, su marido, resultó no tener un trabajo estable, así que al poco de asentarse en la capital ella empezó a trabajar en Marartún, una organización que ayudaba a las adolescentes que decidían escaparse de los matrimonios forzados y no tenían adónde ir, repudiadas tanto por la sociedad como por sus propias familias.

Muchas de aquellas niñas llegaban al centro embarazadas, esperando recibir la ayuda que necesitaban para salir adelante junto a sus hijos, pero la realidad era muy distinta. Sí, las cuidaban durante esos meses, asegurándoles que todo iba a salir bien, pero aquello no era más que un horrible espejismo; a las jóvenes madres les arrebataban el bebé en el mismo momento de dar a luz, bajo cualquier pretexto o excusa, y ya no volvían a verlo. Les aseguraban que habían muerto en el parto o minutos después, pero lo cierto es que entregaban a los bebés en adopción a familias adineradas de Kabul que no conseguían tener hijos, y que pagaban muy bien por cada uno de aquellos recién nacidos.

Y Omaira se encargó personalmente de dar esperanza a esas madres. Y es que, aunque era analfabeta y había empezado trabajando como limpiadora, rápidamente se ganó la confianza del personal, hasta convertirse en una de las responsables de llevar a los bebés hasta sus familias adoptivas. Eso le permitió animar continuamente a las jóvenes, asegurándoles que sus hijos estaban vivos, bien cuidados y que volverían a verlos pronto, eso sí, a cambio de que lucharan por salir de la situación tan desesperada en la que se encontraban. «Si no luchas, nunca podrás volver a verlo», les decía. Les brindaba la mejor razón por la que seguir adelante.

Mientras tanto, trataba de no perder la relación con las familias adoptivas ganándose poco a poco su confianza. Su idea era que las familias adoptivas permitieran a las madres biológicas volver a ver a sus hijos, volver a saber de ellos. Y muchas veces lo consiguió. Existen muchas maneras de hacer el bien, y ésa era la manera de Omaira.

La prima de papá estaba dedicada en cuerpo y alma a ayudar a las mujeres afganas, y acudían adolescentes de toda la provincia rogándole que intercediera ante sus familias para detener matrimonios forzados. Omaira nunca se negaba, y pronto se convirtió en un referente para muchísimas mujeres. Pero tanta dedicación hacia los demás hizo que, sin darse cuenta, no le dedicara tanto tiempo a su familia, y ello acabó afectando a su propio hijo, Zahid. Éste, ante las ausencias reiteradas de su madre, se dejó llevar por el ejemplo y la mala vida de su padre, y desaparecía noche tras noche por los peores barrios de la capital. Se convirtió en un adicto a la heroína, la droga de moda en Afganistán en los años ochenta y noventa.

Zahid acabó desapareciendo completamente, sin dejar rastro, ante la desesperación de su madre. Omaira recorrió durante semanas las peores calles de Kabul, sola, tratando de encontrarlo. Todo el mundo lo daba por muerto, excepto ella. Nunca lo encontró.

—¿Y qué es de Halia, prima? ¿Sigue como siempre? —le pregunté a Maboba.

—No, Nadia, murió hace un par de años... —dijo, apesadumbrada.

—Vaya, cómo lo siento... Era una mujer maravillosa.

Halia fue la segunda mujer de Jabar Khan. Éste, harto de que su esposa desapareciera durante días tras el rastro de Zahid, volvió a casarse. Pero lo que parecía una desgracia pasó a ser una auténtica bendición, ya que Omaira y Halia pronto se convirtieron en inseparables, hasta el punto de que cuando Halia se quedó embarazada de Mustafá, decidieron que en adelante lo considerarían el hijo de ambas, sin diferencia alguna entre ellas. Omaira había ganado un nuevo hijo. La bondad y la solidaridad que había mostrado durante años por fin le era recompensada.

Respiré hondo, orgullosa de las mujeres de mi familia, y me dirigí junto a Arezo, Maboba y Shabnam a preparar la habitación de los hombres, en la que se celebraría el *khatem*, y la sala que estaría reservada a las mujeres, mientras Amir, el cocinero que había contratado para que nos ayudara con la comida, iba preparando en el patio los fogones y las ollas a la espera de que llegara Shair con los ingredientes.

Mi cuñado no se hizo esperar. Llegó junto a Razia, y tras descargar la comida y adecentar las habitaciones, todas las mujeres nos pusimos a limpiar las pasas, las zanahorias, el arroz, las berenjenas y demás ingredientes, mientras el cocinero se encargaba de la cocción y el preparado final. Shair se había tomado el día libre, así que fue en busca de nuestros padres. Esa noche la pasaríamos allí, en casa de tía Sha Ghul, como antaño.

—¡Maboba, ya he llegado! ¡Soy yo, Omaira!

A mediodía por fin apareció. Todas se levantaron, mientras yo me adelantaba precipitadamente a su encuentro. Ahí estaba, tras tantos años, como si no hubiera pasado el tiempo. Sonrió, observándome con sus pequeños ojos negros, uzbecos. Había olvidado cómo se le formaban unos profundos hoyuelos en las mejillas cada vez que esbozaba una gran sonrisa.

—¡Nadia, cariño! —exclamó.

Me abalancé sobre ella. No recordaba exactamente la última vez que la había abrazado, pero en ese instante me pareció una eternidad.

Aquella noche, tras un largo día de preparativos, nos la pasamos conversando y recordando. Ante nosotras sólo cabían los recuerdos, y el ondulante resplandor de las llamas que iluminaban la habitación.

La ceremonia de despedida

A media mañana empezaron a llegar los primeros invitados, aunque el más madrugador fue el mulá Wahab. Estaba claro que Tariq había cumplido el encargo con creces. La ceremonia se llevaría a cabo al mediodía, como es tradicional, y a medida que fueron llegando se dirigieron o bien a la sala principal o bien a la habitación contigua, donde estarían todas las mujeres, excepto mis hermanas y yo. Y es que a la ceremonia del *khatem e quran* sólo podían asistir los hombres y aquellas mujeres que fueran capaces de leer, y entre las invitadas sólo mis hermanas y yo cumplíamos ese requisito.

La casa estaba repleta, como nunca antes. Allí estaban Mustafá, con su hijo Khaled, al que Omaira no le quitaba ojo ni un instante. Y el primo de papá, junto a mi querido Tariq y su familia al completo. Y amigos, vecinos y conocidos de toda la vida. Incluso había venido Musuma, una preciosa y encantadora joven a la que tía Omaira había ayudado años atrás.

A medida que llegaban, cada cual se dirigía a la habitación que le correspondía; los hombres a la sala donde se celebraría la ceremonia, y las mujeres a la habitación contigua. El ambiente era festivo, y las mujeres charlaban animadamente en pequeños corros, recordando las virtudes de tía Sha Ghul o los momentos difíciles a los que se enfrentó, mientras Maboba y Shabnam ejercían de anfitrionas, saludando y conversando con unas y con otras.

El pequeño Shadob, en cambio, hacía pasar a los invitados al salón principal. Su timidez no le impedía mostrarse visiblemente orgulloso. Estaba claro que aquél también era un día muy importante para él.

Shadob acababa de hacer pasar al salón a la familia de Abdul y Laila, unos vecinos de tía, y aprovechó ese momento para acercarse a mí, tratando de mantenerme la mirada.

—Gracias, Nadia. Te estaré eternamente agradecido por lo que has hecho por mi madre —me dijo, emocionado. Al instante volvió a agachar la cabeza.

Me acerqué a él y le besé en la frente, aprovechando que nadie nos veía.

—No hay de qué, Shadob *jan*. Para eso está la familia. Tía fue como una madre, igual que tú eres como un hermano para mí.

Pocos minutos después fui en busca de Arezo y Razia, ya que estaba a punto de empezar el acto en la sala principal. Cuando entramos, Shadob nos estaba aguardando y nos sentamos de rodillas junto a él. Fuimos los primeros en hacerlo. En mitad de la sala el mulá Wahab había colocado un atril de madera sobre el que reposaba un ejemplar del Corán dividido en treinta capítulos, alrededor del cual se fueron sentando ceremoniosamente todos los invitados, uno tras otro y en completo silencio, siguiendo nuestro ejemplo. Tras ello el mulá inauguró el *khatem*, recitando él mismo los primeros versos del Corán, con voz solemne y grave.

«*En el nombre de Dios, el Clemente, el Misericordioso. La alabanza a Dios, Señor de los mundos. El Clemente, el Miseri-*

cordioso. Dueño del Día del Juicio. A Ti te adoramos y a Ti pedimos ayuda. Condúcenos al camino recto, camino de aquellos a quienes has favorecido, que no son objeto de tu enojo y no son los extraviados.» Cada uno de nosotros debía recitar un capítulo del libro sagrado, siempre y cuando fuera capaz de leer con fluidez. Si no era así, el invitado debía contentarse con leer únicamente un par de páginas, o lo que el mulá considerara conveniente.

Inclinada en posición de oración, escuchaba emocionada la recitación de los versos del Corán, mientras los recuerdos de infancia centelleaban en mi memoria con más fuerza que nunca. «*En el nombre de Dios, el Clemente, el Misericordioso. Nos te hemos dado la abundancia. ¡Reza a tu Señor y sacrifica! Quien te detesta carecerá de hijos varones.*» De repente ahí estaba mi hermano Zelmai, con su eterna sonrisa, abrazándome tras haberse abalanzado sobre mí segundos antes en uno de nuestros juegos. «¿Estás bien, Nadia *jan*?» Seguía recordándolo como si fuera ayer. Me miraba con sus ojos brillantes, pletórico, feliz. «Suéltame y corre, hermano. ¡¿A que no eres capaz de atraparme otra vez?!»

Y ahí estaba también Razia, agazapada tras el brasero, espiándonos. La habíamos descubierto. Quería formar parte de nuestro clan, decía, parloteando alborotada. Y papá, en lo alto de una de las montañas que rodean Kabul, en una tarde de invierno, mostrándome con el dedo nuestra casa, allá a lo lejos. De pronto un golpe de viento le arrebata su gorro. El *karakol*, un tipo de sombrero elegante y muy exclusivo, rodaba ladera abajo, empujado por el viento, mientras papá trataba en vano de alcanzarlo. No puedo contener las carcajadas. Papá se da la vuelta, me hace una mueca burlona y ríe conmigo.

De repente la voz suave de Arezo, a mi lado, me desconcentró.

—Ya no falta mucho, ¿verdad? —me susurró entre dientes.

—¡Shhh! Ya casi...

«Que Alá proteja a la hermana Sha Ghul en el paraíso.» Ante el improvisado atril el mulá acababa de dar por finalizado el acto religioso, tras leer la última sura del Corán y dedicar la oración final a tía.

Aproveché los primeros instantes de silencio para abandonar la sala y mezclarme con las mujeres de la habitación contigua. Mamá, Omaira, Maboba y las demás invitadas cuchicheaban aún más animadamente que antes, y por lo que parecía la comida había sido del agrado de todas, ya que las bandejas estaban vacías. La pobre Shabnam, en cambio, trataba de contener el llanto de Mina, que parecía estar hambrienta, dado el ímpetu con el que se agarraba al pecho de su madre. Salí al patio y di instrucciones al cocinero para que empezara a servir los dulces que habíamos preparado el día anterior, mientras Maboba y yo servíamos el té junto a los pastelitos tradicionales que lo acompañaban, los *Sheer Pira*, hechos con nueces, cardamomo, leche y pistachos. No teníamos mucho tiempo, ya que los hombres se dirigían ahora a la mezquita, y a medida que fueran regresando volverían a sus casas junto a sus esposas, dando por acabado el *khatem*.

El *Halwa Sooji* es un plato delicioso que nunca pueden faltar en cualquier *khatem e quran* que se precie y, además, era la debilidad de tía Sha Ghul.

Al anochecer ya se habían marchado todos los invitados, excepto Omaira, mis hermanas y mis padres. Pasaríamos la noche allí, así que tras recoger bandejas y platos colocamos los colchones alrededor de la sala principal. Había sido un día perfecto, pensé mientras me recostaba contra las paredes desnudas de la habitación. Estaba agotada. Papá seguía absorto en un rincón de la sala, jugueteando con los bordes deshilachados de la alfombra. Mamá y Omaira daban buena cuenta de las últimas almendras azucaradas, o *Nuqul badami*, y Arezo reía junto a Maboba y Shabnam. Mina hacía rato que dormía, acurrucada bajo las sábanas de la mecedora, cerca de su madre.

—Sólo falta Mersal —susurré.

Nadie me oyó.

El mártir

Esa mañana de domingo el cielo amaneció nublado, amenazando lluvia, algo muy excepcional en verano. Por suerte, el *khatem e quran* del día anterior había sido un éxito, aunque no podía dejar de pensar en Mersal, en su ausencia. Esa noche volveríamos a casa, así que aproveché el desayuno, uno de los últimos momentos en que estaríamos todas juntas, para anunciarlo.

—¿Os acordáis de cuando Mersal se hizo pasar por mártir, dando un susto de muerte a Nafas? —exclamé esbozando una amplia sonrisa.

—Claro que sí, Nadia. ¡Lo recuerdo como si fuera ayer! —contestó Maboba, entre carcajadas.

—En un par de días partiré en busca de Mersal. Shadob aún no tiene la edad suficiente para acompañarme. Sería peligroso para él, así que iré sola —confesé, decidida.

—¡Estás completamente loca, hija! ¡No puedes hacer eso! Mersal vive en el sudeste del país, y en esa zona las montañas están repletas de talibanes —exclamó Omaira, muy alterada.

—Zelmai *jan*, es muy peligroso, y si no te matan los talibanes lo harán los soldados americanos —replicó mi madre.

Estaba decidida a hacerlo, a pesar de la negativa de mamá y de Omaira.

—Yo te acompañaré, Nadia *jan*. Quiero saber dónde vive y cómo está mi hermana. Yo también quiero volver a verla —dijo inesperadamente mi prima Shabnam.

Noté que se me aceleraba el pulso. El momento de reencontrarme con Mersal estaba mucho más cerca.

* * *

En las noches en que los bombardeos no nos dejaban pegar ojo, que eran la mayoría, papá y tío Jan Agha nos explicaban historias sobre los que habían muerto de forma injusta, y de cómo éstos a veces se aparecían en las casas para proteger, ayudar o atemorizar a quienes allí vivían, según fuera el carácter del aparecido. Eran los mártires.

De hecho, en la entrada de casa de mis tíos se decía que habitaba uno de ellos. Mersal y yo nunca nos cansábamos de pedir a nuestros padres que nos narraran sus historias siempre que nos reuníamos alrededor del brasero.

Recuerdo especialmente uno de esos días grises de invierno en que el viento gélido de las montañas recubría de nieve todo el vecindario. Mersal y yo, temblando de frío, nos habíamos resguardado pronto en el salón principal para escuchar, boquiabiertas, cómo Jan Agha desgranaba historias de mártires ante el lento crepitar del brasero.

De repente, a mitad de la historia apareció Nafas, pálida, estremeciéndose de pavor.

—¡El mártir! ¡El mártir se me ha aparecido, Jan Agha! ¡El mártir está en la entrada de casa! —gritó con el rostro desencajado.

—Tranquila, Nafas. Relájate, que no hay mártires en esta casa —alcanzó a responder Jan Agha con voz trémula, muy poco convencido—. Además, sabes que los mártires nunca nos harían daño...

Mi tío no conseguía salir de su asombro, pero ante la insistencia de Nafas nos ordenó que le siguiéramos, en fila india, mientras yo observaba continuamente a mi alrededor, tratando de encontrar a Mersal por algún lado. Había desaparecido poco antes, y temía que el mártir hubiera dado con ella. Jan Agha avanzaba lentamente hacia la puerta alumbrando el camino con la lámpara de aceite. Yo me agarraba al vestido de mi tío, nerviosa. Shabnam y Maboba me seguían, mientras Nafas, temblando de miedo, cerraba la comitiva, aún más atemorizada que antes.

—No hagáis ruido... ni suspiréis, chicas —susurró mi tío, inquieto. Maboba, Shabnam, Nafas y yo aguardábamos tras él, con una mezcla de tensión y curiosidad. Nunca ninguna de nosotras había llegado a ver a un mártir de verdad.

Recuerdo el crujir de la puerta abriéndose despacio. Todo sucedió en décimas de segundo. El ruido de la lámpara al caer, la oscuridad. Jan Agha cayó de espaldas sobre nosotras. De repente Mersal apareció de entre las sombras, junto a mí.

—¡¡Sígueme, deprisa!! —alcancé a oírle decir.

Me levanté como pude, trastabillando entre sombras. Mersal me estaba esperando en el pasillo.

—¡Corre, Nadia, sígueme, date prisa! —dijo al tiempo que me tendía la mano. Se la agarré al vuelo.

—¿Qué has hecho con las manos? ¡Las tienes pegajosas! —alcancé a preguntarle.

Nos escondimos bajo las sábanas de una de las habitaciones de invitados, aunque sabíamos que no tardarían en encontrarnos. Y allí, a oscuras, Mersal empezó a reírse como una loca.

—¡Mira, Nadia! ¡Los tengo! —dijo mostrándome la boca llena de caramelos—. ¡¡He conseguido los caramelos!!

—¡Puaj, qué asco! ¡Pero si Nafas los tenía dentro de su desdentada boca! —le solté sin dejar de reír—. ¿Cómo puedes comértelos ahora?

—¡No importa! ¡Están buenísimos! ¿Quieres o no quieres? —respondió Mersal, vocalizando con dificultad, instantes antes de que apareciera su padre.

Mersal y yo teníamos la teoría de que Nafas comía caramelos en el baño, a escondidas, para no tener que compartirlos con nosotras. Siempre me decía que cualquier día la pillaría desprevenida y le robaría un caramelo para mí, costara lo que costase. Y aquella tarde, escuchando las historias de mártires de su padre, vio al instante cómo hacerlo. Y dicho y hecho.

Oculta bajo una sábana verde y decidida a hacerse con los caramelos de la vieja Nafas, no dudó en esconderse tras la puerta de entrada de la casa, donde decían que habitaba desde hacía años un huidizo mártir. Desde allí controlaría el momento en que Nafas fuera al baño, pensó. Agazapada y envuelta en la sábana, esperó pacientemente a que apareciera la primera esposa de su padre. Ésta no tardó en llegar y, en efecto, al ver cómo la sábana se alzaba, formaba lo que parecía ser una silueta humana y avanzaba hacia ella, pegó tal grito que todos los caramelos que estaba comiendo fueron a parar al suelo. Mersal no tardó en recogerlos y aguardó a que llegáramos.

Esa noche Jan Agha nos hizo orar durante horas, en dirección a La Meca, pidiendo a Alá que perdonara nuestra osadía.

—¡¡Así aprenderéis a no burlaros de nuestros mártires!! —bramaba.

Tras la explosión que me abrasó el rostro y parte del cuerpo, Mersal siempre estaba dispuesta a cuidar de mí. Su obsesión por tenerme bien alimentada la había llevado a hacer semejante trastada. Mersal, con el amor y la entrega que me demostraba cada día, hacía que mis cicatrices fueran algo menos dolorosas. Es algo que no olvidaré jamás.

La llegada de Sha Ghul

Durante el desayuno, tras anunciar mi intención de ir en busca de Mersal, empezamos a discutir acerca de tía Sha Ghul. Siempre había sido una mujer muy enigmática. Ese tipo de personas que esconde mucho más de lo que dice. Por eso siempre intuí que su vida debía de estar llena de secretos que sólo unas pocas mujeres debían de conocer. Y las más cercanas estaban allí sentadas: mi madre, Omaira y sus hijas.

—Sha Ghul fue muy bella tiempo atrás. No me extraña que Jan Agha se quedara prendado nada más verla —dijo mi madre pausadamente, como si cada palabra cobrara sentido en su memoria a medida que la pronunciaba.

Maboba se sentó junto al resto de nosotras, sobre su colchón. Acababa de traer de la cocina una tetera con té verde caliente, una taza repleta de terrones de azúcar y una bandeja con rebanadas de *naan* que habían sobrado del *khatem*.

—Y fue muy valiente. Hay que tener agallas para hacer lo que ella hizo. Y sin ayuda de nadie —continuó Omaira tras servirse un poco de té—. A muchas de las chicas a las que ayudé les contaba su historia.

—Si Sha Ghul había podido hacerlo sola, ellas podrían hacerlo con tu ayuda, ¿verdad, Omaira? —le interrumpí.

—Sí, ése era más o menos el mensaje —terció Omaira.

La discusión se prolongaría durante horas, hasta bien entrada la noche, lo que me permitió descubrir muchísimas cosas que no sabía acerca de mi tía. Su vida, sus aciertos, los trances complicados que le tocó vivir. A lo largo de esa tarde, detalle a detalle, fui interiorizando el relato de la vida de tía Sha Ghul.

* * *

Hasta su segundo embarazo la vida de Sha Ghul fue similar a la de la mayoría de mujeres afganas.

Nació en Bala deh, una aldea de la provincia de Lowgar, en el seno de una familia humilde, y se vio obligada a casarse muy joven con un hombre doce años mayor que ella. La dote que entregó la familia del marido permitió que sus padres vivieran holgadamente durante unos meses. Fue, en fin, un matrimonio concertado más.

Zaker, su esposo, era un hombre terriblemente violento que disfrutaba agrediéndola con cualquier excusa, aunque Sha Ghul se esforzaba por ocultar sus moratones bajo capas de maquillaje y, en el peor de los casos, cubriéndolos con el pañuelo.

Pero todo cambió en una sola tarde, durante su segundo embarazo. Tía estaba en la cocina preparando la comida para su marido cuando éste, colérico, apareció de pronto a su espalda y, tras lanzarla al suelo, gritó: «¡¡Te juro que si llevas una niña dentro, os mataré a las dos!!». Tía intentó levantarse, pero su marido empezó entonces a propinarle puntapiés en la barriga, en el rostro, en la espalda, por todo el cuerpo, mientras ella trataba de protegerse el vientre. Tras la embestida de su marido, Sha Ghul quedó tendida en el suelo, gimiendo de dolor, llorando de rabia.

Fue en aquel preciso instante de ira, impotencia y desesperación cuando dijo basta. Decidió huir. Aunque fuera una decisión terriblemente dura. Aunque supusiera dejar a su primer hijo con él, con el monstruo que la maltrataba a diario. Porque sabía que a él no le mataría. Era su hijo, su descendiente varón, y sabía que no le haría daño.

Una semana más tarde huyó. Esperó pacientemente a que Zaker se fuera a trabajar a uno de los campos de cultivo cercanos, dio de comer a su hijo y preparó una pequeña bolsa con lo imprescindible. Acarició por última vez las mejillas de Abdul, le besó en la frente, le abrazó con todas sus fuerzas. «Te quiero y te querré siempre», le susurró al oído, y escapó ahogada en lágrimas. Fue el día más duro de toda su vida.

Bala deh era un pueblo pequeño, pero Sha Ghul consiguió llegar a la plaza principal sin ser reconocida y, además, justo en el momento en el que hacía su entrada en él una furgoneta privada de las que hacían el trayecto Lowgar-Kabul. Se subió, pensando únicamente en la hija que llevaba en el vientre y en el hijo al que acababa de abandonar.

El viaje fue una auténtica tortura. Pero lo peor no fueron las horas de trayecto, ni los caminos sinuosos atravesando quebradas, sorteando ríos o esquivando barrancos. Lo peor fue, sin duda, el sentimiento de culpa que la atenazaba. «He abandonado a mi hijo, pero para salvar a mi hija», se repetía para poder seguir adelante.

Cuando llegó al centro de Kabul se encontró en una ciudad que no conocía, sin dinero, sin recursos y sin saber adónde ir. Estuvo deambulando por las calles durante horas, hasta que por fin se le ocurrió buscar un hospital. Al fin y al cabo estaba a pocos días de dar a luz, y quizá allí sabrían atenderla hasta que llegara el momento del parto. Y, por suerte, no le costó demasiado conseguir que la acompañaran al hospital. Al hospital en el que trabajaba papá.

Cuando le explicaron a mi padre que tenían a una mujer sin familia, sin domicilio ni documentación y encima a punto de dar a luz, no se lo podía creer. Y le habían llamado precisamente a él porque tenía fama de solucionar cualquier problema que se presentara. «Tú, Ghulam, ¿serías capaz de encontrarle un lugar en el que vivir hasta que nazca su hija?» Papá nos había explicado cientos de veces aquella escena. Tras recogerla en la sala de espera y acompañarla a su despacho, vio como Sha Ghul, pálida cómo la nieve, se dejaba caer en la butaca de su oficina y rompía a llorar, desesperada.

—Cálmate, hermana. Me han dicho que te llamas Sha Ghul, pero poco más me han dicho de ti. ¿Cuántos años tienes? —le preguntó papá.

—Veintitrés...

—¿Y qué haces aquí sola, no tienes familia que te acompañe? ¿Dónde está tu marido?

El silencio fue su única respuesta.

—Vendrás a casa conmigo, y allí veremos cómo podemos ayudarte. ¿Estás de acuerdo, hermana?

—Sí, me parece bien... —respondió Sha Ghul tratando de contener el llanto.

Ya en casa, mi madre tampoco consiguió que les contara ni un pequeño detalle más de su vida o de su situación.

—Por favor, os pido que no digáis a nadie que estoy aquí. Si alguna vez me encuentran, me matarán. A mí y a la hija que llevo en mí —es lo único que llegó a decirles. Unas palabras que dejaron helados a mis padres, y que sirvieron para convencerles de que habían tomado la decisión correcta acogiéndola en casa.

—Si alguien nos pregunta, diremos que eres viuda y que no tienes familia. Así no levantarás sospechas —fue la respuesta de Zia, y así lo hicieron desde ese momento.

Un par de semanas más tarde nacía Mersal. Yo tendría por entonces unos dos años, así que apenas recuerdo nada de aquellas primeras semanas. Lo único que sé es que, desde que tengo memoria, Mersal y Sha Ghul forman parte de nuestra familia.

Mi tío Jan Agha, el hermano menor de mamá, la conoció una semana después de que se instalara en casa. Llevaba años casado con Nafas, con la que tenía un par de hijas, pero no era un matrimonio bien avenido. Su primera esposa era once años mayor que él, tenían temperamentos opuestos y realmente nunca estuvieron enamorados el uno del otro. Quizá por eso mi tío no tardó mucho en preguntar a Ghulam si su invitada estaría dispuesta a casarse con él, aun sabiendo que estaba a punto de dar a luz a una hija de otro hombre. Se había enamorado completamente de su belleza. Según cuenta siempre mamá, a Jan Agha le delataba ese especial brillo que inundaba sus ojos cada vez que cruzaba la mirada con Sha Ghul.

Sha Ghul tenía sus dudas, ya que conocía la obsesión de mi tío por tener un hijo varón, y no quería volver a repetir los errores que ya le habían hecho huir una vez, pero también sabía que el hermano de mamá era un buen hombre, así que al final accedió a casarse con él. A los dos meses de llegar a Kabul, Sha Ghul ya formaba parte, por pleno derecho, de nuestra familia. Y yo había ganado una nueva prima, Mersal.

* * *

—No había manera de hacer callar a Nafas... ¡Tanto odio acumulado en tan poca mujer! —exclamó mamá.

—Yo aún no la conocía entonces, pero recuerdo que la odió hasta su muerte, así que sé perfectamente de qué hablas. Y es raro... ella era ya mayor, debería haberlo comprendido. Además, muchos hombres tenían y tienen dos o tres mujeres. Mírame a mí... —dijo Omaira mientras se servía un puñado de frutos secos de la bandeja que acababa de traer Shadob.

—¡Qué mala mujer era Nafas! Nunca le reclamó a mi hermano, que era el único responsable. Y en cambio culpaba a Sha Ghul, que era una santa...

—Tuvo que ser muy complicado para ella acostumbrarse a una gran ciudad como Kabul, habiendo vivido toda su vida en una pequeña aldea del interior —dije dirigiéndome a Omaira.

—No te creas, Nadia *jan*. Parecía kabulí de toda la vida. Era una mujer que se acostumbraba rápido a los cambios. Siempre me recordaste a ella...

La venganza de Nafas

La relación entre la familia de mi tío y la nuestra se hizo aún más estrecha tras la boda. Si bien hasta entonces Jan Agha solía venir una vez por semana a jugar a las cartas con mi padre, desde la boda lo hacía al menos dos o tres veces, acompañado siempre de su nueva esposa y de Mersal.

Jan Agha era una persona de una gran sensibilidad, y un buen hombre, pero llegó a estar tan obcecado por tener un hijo que ésa fue una de las principales causas de que empezara a enloquecer. Eso y la guerra.

En Afganistán incluso hoy en día tener un hijo varón es muy importante, ya que las hijas pasan a formar parte de la familia del marido. Así que los hijos son los que tradicionalmente se hacen cargo de los padres. Una mañana de verano, yo debía de tener unos ocho o nueve años, mientras papá y tío jugaban a las cartas en el patio, me parapeté tras una cortina, dispuesta a espiarlos. Fue quizá la única vez en que odié a mi tío.

Jan Agha hablaba despacio, midiendo las pausas, y parecía muy preocupado.

—Ghulam Dastgir, tengo cuatro hijas... ¡no una, sino cuatro! ¿qué será de mí sin ningún hijo varón? ¿Quién me cuidará cuando sea un anciano? Cuando me casé con Sha Ghul esperaba tener un hijo, y en cambio sólo me ha dado hijas... ¿de qué me sirven a mí esas niñas? Ya te lo digo yo, Ghulam. ¡No me sirven de nada, absolutamente de nada!

—Sigue intentando tener un hijo varón, Jan Agha. Estoy seguro de que Alá te recompensará con un hijo la próxima vez —contestó papá, sin dar demasiada importancia a las palabras de Jan Agha.

Las lamentaciones de Jan Agha se repetirían a lo largo de los años, hasta que por fin Sha Ghul quedó embarazada de Shadob, el hijo que mi tío tanto ansiaba. Por desgracia para mi tío, cuando su hijo nació él ya padecía los primeros síntomas de la enfermedad mental que al parecer se cebaba sin piedad con los hombres de mi familia. Él fue el primero, pero pronto también papá caería enfermo. Pero aquella primera vez, aquella primera conversación se me quedó grabada a fuego en la memoria durante años. Más tarde comprendería que esa manera de pensar no era más que el fiel reflejo de los valores y las costumbres de la sociedad afgana, pero ello no bastaba para ahogar mi frustración. Era terriblemente injusto para Mersal, para mis primas, para mí, para todas las mujeres afganas.

«La mala suerte de tu hermano es proverbial», solía decirle Ghulam Dastgir a mi madre. Y probablemente tenía razón. El Afganistán previo a la invasión soviética era próspero, con fábricas e industrias potentes que exportaban parte de su producción a los países vecinos, sobre todo a Pakistán e Irán. Jan Agha trabajaba en una de aquellas nuevas fábricas, una empresa en la que se producía todo tipo de balanzas de hierro, así que él y su familia vivían sin problemas económicos. Hasta el accidente.

Una mañana, cuando trataba de transportar unas cadenas de transmisión para una máquina, cayó al suelo desde medio metro de altura, con tan mala fortuna que se fracturó gravemente el pie derecho. Pasó por diversas operaciones, e incluso le fijaron el hueso con una placa de hierro, pero todo fue en vano. Ya nunca más volvería a doblar correctamente el pie. De repente, en cuestión de semanas, había visto cómo perdía su trabajo y desaparecían, operación tras operación, buena parte de los ahorros de toda su vida.

Y su primera esposa, Nafas, se encargó personalmente de hundirle aún más. Durante su convalecencia se había dedicado a difundir entre las vecinas el rumor de que Sha Ghul, aprovechando que Jan Agha estaba ingresado en el hospital, se había buscado un amante, y que por si fuera poco era uno de sus vecinos. Pero no contenta con ello, a los pocos días de su regreso les contó esa misma historia al resto de la familia. Y la mayoría de nuestros primos no dudaron en presentarse en casa de Jan Agha, dispuestos a enfrentarse con Sha Ghul.

La visita no pudo ser más tensa y desagradable.

—Sha Ghul, ¿es cierto que has estado entregando tu cuerpo a otro hombre?

La tenían acorralada, pero tía en vez de defender su honor decidió guardar silencio y no responder ante las calumnias y las acusaciones. Tras intentar en vano hacer hablar a Sha Ghul, llenos de rabia e impotencia, decidieron cargar contra Jan Agha.

—Tío, nuestro deber es velar por ti, pero no toleraremos ni un solo minuto más que esa mujer siga mancillando el honor de nuestra familia. Así que tienes dos opciones: estar con nosotros o en contra de nosotros. Si decides divorciarte, todo volverá a estar como siempre, y nos olvidaremos de ella, de ese enorme error —dijeron mirando con desprecio a Sha Ghul—. Pero si en cambio decides mantenerla a tu lado, seremos nosotros los que renunciaremos a ti. Para nosotros pasarás a estar muerto. Es tu elección.

Sha Ghul rompió a llorar, desconsolada. Fue entonces cuando Jan Agha, haciendo gala de una enorme entereza, se puso en pie y, mirándoles con indiferencia, se dirigió a todos ellos.

—Sha Ghul es mi esposa, la mejor que tengo, y no pienso divorciarme jamás. Antes me separaría de ella —dijo mientras dirigía una acusadora y gélida mirada a Nafas—, así que, por favor, marchaos de aquí y no volváis a pisar el suelo de esta casa si no es para disculparos por lo que acabáis de decir.

Mis primos abandonaron precipitadamente la casa, maldiciendo el día en que Sha Ghul y Jan Agha se habían conocido. La familia de mis tíos acababa de caer en desgracia, y parecía estar marcada para siempre.

La visita más inesperada

Shabnam era, en muchos aspectos, como su madre. Seguía sentada junto a nosotros, pendiente en todo momento de su hija, pero no había dicho palabra en toda la conversación. Se mantenía en silencio, reservada, tal y como lo había sido Sha Ghul. Tenía esa mirada tan particular, una mirada furtiva, casi imperceptible, que te escrutaba en cuestión de segundos y que parecía ser capaz de leer tus pensamientos más ocultos. Hasta sus gestos más cotidianos, como la manera de entornar los ojos, me recordaba a tía.

—Omaira, ¿recuerdas a Abai? ¡Era la vieja más divertida de todo Afganistán! —exclamó de pronto mamá riendo a carcajadas.

—¡Ya lo creo que sí! —contestó Omaira sin poder contener la risa.

De pronto todas las demás empezamos a reír sin saber por qué. De eso hacía tanto tiempo que incluso a Maboba y a mí, las mayores, nos costaba ponerle rostro a Abai. Omaira y mamá sí que la recordaban, y muy bien.

* * *

Sha Ghul casi nunca hablaba de su pasado. Todo lo que rodeaba a su primer marido estaba envuelto en un gran secretismo, incluso después de que se descubriera parte de lo que había ocurrido. Sabíamos que su padre había muerto siendo ella muy pequeña, pero nunca contó más. Sólo a veces dejaba escapar algún comentario de sus hermanas, y de su queridísima Abai, que en el dialecto que se habla en la zona de Lowgar significa «madre».

Pero todo eso cambió un par de meses después de que Jan Agha y Sha Ghul rompieran con el resto de la familia, tras la venganza de Nafas.

Desde su huida, la madre de Sha Ghul había removido cielo y tierra tratando de encontrarla. De hecho, llevaba varios años tras su pista, hasta que al fin se le ocurrió preguntar en el hospital en el que trabajaba papá. Quizá había dado a luz allí y alguien la recordaba, pensó. Y no iba desencaminada; en recepción la pusieron en contacto con papá, que intuyó al instante que aquella mujer podía ser la madre de Sha Ghul.

Al fin y al cabo, las fechas y muchos detalles coincidían, pero había prometido a su cuñada no desvelar nunca cómo llegó hasta ellos, ya que de lo contrario podía ponerla en grave peligro.

—Si quiere puede pasar la tarde en casa, junto a mi mujer. Así podrá descansar del largo viaje... y mientras tanto yo haré algunas llamadas. Quizá algunos de mis compañeros recuerden a su hija —le propuso finalmente.

Era una decisión arriesgada, ya que aquella tarde Sha Ghul estaba en casa con Zia. Pero si efectivamente esa mujer era la madre de su cuñada, él no podía privarla de reencontrarse con su hija, y si no lo era no habría peligro alguno para Sha Ghul.

Aquél fue sin duda uno de los momentos más emotivos que les tocó vivir. Ghulam entró sin avisar, seguido por Abai, mientras Zia y tía Sha Ghul charlaban despreocupadamente en el salón. Los ojos de Sha Ghul centellearon al escuchar la voz de su madre. Enseguida ocultó su rostro con el pañuelo y bajó la mirada al suelo, pero a Abai le bastó con mirar sus manos para reconocerla al instante, presa de una enorme excitación.

—¡¡Sha Ghul, hija mía!! ¡¡No me lo puedo creer, estás viva!! No te escondas... ¿acaso no eres carne de mi carne, hija? —alcanzó a decir Abai, mientras ambas, llorando de felicidad, se fundían en un larguísimo abrazo—. ¡Cómo te he echado de menos, hija...!

—Madre... —susurró Sha Ghul con apenas un hilo de voz.

Aquella tarde madre e hija recuperaron los años perdidos, y Abai conoció a su nieta, Mersal. La madre de Sha Ghul se quedó en casa cinco días más, ya que, según decidieron mis padres, aún no era el momento de que Jan Agha conociera el pasado de su esposa. Además, debían ser muy cautos, incluso más que antes. No sabían si Abai sería capaz de guardar el secreto por mucho más tiempo, y el ex marido de Sha Ghul vivía a escasas calles de ella, en Bala deh, y era un hombre violento. Si se enteraba podría reclamarla, y todos estarían en peligro. Así que por ahora seguirían viéndose en casa de mis padres.

Un par de semanas más tarde Abai se presentó en casa, acompañada esta vez de sus tres hijas, de sus dos hijos y de media docena de vecinas y familiares que querían volver a ver a Sha Ghul tras tantos años de ausencia. Papá no era capaz de salir de su asombro. ¿Cómo iban a mantener en secreto todo aquello durante más tiempo? ¿Acaso era posible que el ex marido de Sha Ghul aún no se hubiera enterado?

—Tranquilo, Ghulam Dastgir, todo irá bien. Abai no pondría nunca en riesgo la vida de su hija. Sabe bien lo que hace... —le tranquilizaba mi madre.

Aquella segunda visita duró una semana, pero a mamá se le hizo eterna y enrareció su relación con Sha Ghul. Sobre Zia recaía todo el trabajo de preparar la comida, encargarse de que las invitadas estuvieran cómodas y cubrir los gastos. Tía, en cambio, sólo hacía acto de presencia unas horas, y volvía a su vida cotidiana.

Lo bueno de aquellos días fue, sin duda, descubrir a la madre de Sha Ghul. Abai era una mujer muy especial. Hablaba por los codos y solía robarle muchas carcajadas a mamá.

—Ahora las mujeres ya no son lo que eran, es todo mucho más sencillo que cuando yo era una joven como vosotras. Antes debíamos ser duras y soportar lo que nos viniera, y no podías ni rechistar, si no querías ganarte una paliza tras otra. ¿O pensáis que siempre fue todo tan fácil? Antes, cuando tu marido te pegaba, debías agachar la cabeza y aguantar lo que fuera. Y en cambio ahora... ¡al primer golpecito huyen de él, de la familia! —se quejó un día, tras la cena.

—Y yo que pensaba que éstos ya son tiempos duros para nosotras, Abai... ¡Que Alá nos proteja! —respondió mamá tomándose su moralina con humor.

—¿Ves estas viejas cicatrices, Zia? Pues todas me las hizo mi suegra... ¡Ella sí que era una bruja, y no las de ahora! —dijo, riéndose, mientras mostraba sus heridas a Zia y al resto de mujeres que la acompañaban.

A mamá le era imposible contener la risa ante las historias de Abai. Además, las palabras y el dialecto tan peculiar en el que se expresaba, muy del sudeste del país, le parecía de lo más cómico.

Recuerdo especialmente una historia que solía contar Abai en cada visita, y que era una de nuestras preferidas. Solía contar que, tras casarse, tuvo que irse a vivir a casa de sus suegros, donde aún no había cuarto de baño, por lo que todo se hacía en el establo, junto al burro y a las pocas vacas que tenían.

Uno de esos primeros días de casada, cuando aún no estaba familiarizada con su nuevo día a día, y harta ya de que en aquella casa nadie se duchara, cogió uno de los pocos vestidos que tenía limpios, un jarro de agua y se marchó al establo, sola y a paso decidido. Al llegar se desvistió, dejó su ropa sobre el lomo del burro y empezó a lavarse. Con tan mala suerte que el animal decidió irse a pastar al campo... con toda su ropa al lomo. Así que no le quedó otra que esconderse bajo la montaña de paja del establo, a la espera de que el burro decidiera volver de su paseo. Lo hizo cuatro o cinco horas más tarde, así que cuando volvió a casa tuvo que soportar gritos e improperios. Por su culpa habían perdido un día de trabajo, buscándola por toda la aldea.

La mañana de su partida hacia Bala deh, la madre de Sha Ghul habló con mi padre, decidida a cambiar la suerte de su hijo.

—Ghulam Dastgir, estos días he pensado mucho en ello, y creo que podrías ayudarme con mi hijo, Fawad. Tú tienes un buen puesto en el gobierno y una próspera tienda, y yo en cambio... —empezó Abai, tomándole la mano a papá.

—Bueno, un humilde puesto de alfombras, más bien, querida Abai —replicó papá.

—Querría pedirte que acogieras a mi hijo unos días, tal vez algunas semanas, hasta que encuentre un trabajo. Así estará más cerca de su hermana Sha Ghul, y seguro que podrá hacerse con un futuro mejor aquí, en la capital...

—Bueno... haré lo que esté en mi mano para ayudarlo, querida Abai —aclaró papá tras unos segundos de vacilación.

Así que, apenas unos días después, teníamos otro huésped en casa, Fawad. Los ojos de Sha Ghul centelleaban de felicidad la primera vez que lo vio, tras tantos años. Y no era para menos; era un chico alto, atlético, de ojos muy vivos de color miel. Bello como su hermana, y alegre y encantador como su madre. Junto a Fawad llegaron días muy felices, pero durarían poco. La guerra civil estalló al cabo de pocas semanas y se hizo sentir muy pronto en los barrios más populares de Kabul.

Sha Ghul, herida

En unos pocos meses Kabul pasó a ser un enorme cementerio de escombros que aumentaba día tras día a causa de las bombas y de las ráfagas de los Kaláshnikov. La guerra la había convertido en una triste sombra de lo que fue. Pronto las calles se cubrieron de polvo, dolor y silencio, mientras nuestras casas se desplomaban sobre sus propias ruinas. No quedaba kabulí que no hubiera dejado de soñar. Eso consiguió la guerra.

Apenas nos atrevíamos a salir de nuestros sótanos, y sólo lo hacíamos cuando se anunciaba una fugaz tregua o cuando no quedaba nada con qué alimentar a la familia. Y siempre medíamos cada movimiento, para no ser abatidos por los francotiradores que se repartían cada calle y cada barrio de Kabul. Huíamos en masa a campos de refugiados, esperando a que la pesadilla terminara de una vez por todas. O nos convertimos en nómadas, huyendo de casa en casa y de barrio en barrio, buscando siempre las zonas menos castigadas por los bombardeos. Nos convertimos en ratas nocturnas, todos. O casi todos.

Pero algunos no estaban dispuestos a abandonar sus casas, asumiendo un gran riesgo. Como Jan Agha. Y tenía sus razones: la cojera le complicaba el ir cambiando de casa y de barrio cada dos por tres. También era cierto que en el sótano estaban relativamente a salvo de las bombas y del saqueo de los muyahidines. Y la más importante: confiaba en que Alá les protegiera. Y bien que lo necesitaba.

La guerra había detenido la dinámica de todos los kabulíes. Las tiendas y las escuelas estaban cerradas, nadie iba a trabajar, y menos aún a estudiar. En la mayoría de los barrios no llegaba la luz eléctrica, el transporte público no funcionaba, y era absolutamente imposible desplazarse ni siquiera un par de calles sin poner tu vida en riesgo.

Y Wasel Abad, el barrio de Jan Agha, era probablemente uno de los más peligrosos de Kabul. Se ubicaba entre dos cerros en los que se posicionaban los francotiradores para atacar el valle. Quien dominara Wasel Abad podía blindar el suministro a sus milicianos y francotiradores apostados en las montañas que lo circundan y, así, ganar una posición estratégica desde la que avanzar hacia los otros barrios de la capital.

Junto a Jan Agha vivían tía Sha Ghul, Mersal, mis dos primas y Nafas. Incluso mi padre y mis dos hermanas vivieron con ellos los primeros años. Mamá y yo pasamos aquella época entre hospitales, campos de refugiados y, sólo de vez en cuando, volvíamos a casa de Jan Agha, junto a la familia.

Sus vidas se reducían a mantenerse escondidos en casa durante horas, días y a veces incluso durante semanas, y siempre alertas, preparados para huir al sótano a la mínima señal de peligro. Aprovechaban los breves momentos de tregua para abastecerse de agua, comida o cualquier otra cosa que necesitaran. Pero no era nada fácil, ya que la mayoría de las casas y las tiendas del barrio habían sido saqueadas decenas de veces.

Mi padre siempre fue un hombre muy generoso, especialmente con Sha Ghul y Jan Agha. Era lo que se esperaba de él, de cualquier pastún. Quizá por ello abandonó la casa de su cuñado cuando sintió que no le correspondía de la misma manera.

Y es que nosotros habíamos tenido que abandonar nuestra casa, todos nuestros bienes, pero Jan Agha seguía conservando su hogar y la mayoría de sus pertenencias. Incluso guardaba algo de dinero escondido en diferentes rincones de la casa. A mi padre le dolió que jamás compartiera con él, con nosotros, parte de ese dinero cuando nuestra familia había hecho tanto por ellos, y empezó a distanciarse de mi tío.

Un día de verano de 1994, mientras estábamos aún en el campo de refugiados de Jalalabad, tía Sha Ghul abandonó el sótano de la casa, que daba directamente al patio interior. Hacía más de media hora que no se escuchaba ninguna explosión, sólo alguna aislada y lejana ráfaga de metralla, y quería cerciorarse de que el bombardeo había finalizado y era seguro regresar al salón. Avanzó a gatas hasta el maltrecho manzano del patio, se incorporó lentamente y observó el cielo. «Parece que se han tomado un descanso», pensó segundos antes de caer al suelo. El estallido fue ensordecedor.

Cuando recobró la consciencia estaba cubierta de piedras, polvo, sangre y tierra. Se palpó el vientre, tratando de sobreponerse al dolor. Tenía la mano completamente empapada de sangre. Gritó con las pocas fuerzas que le quedaban, pidiendo ayuda, mientras trataba de oprimir la herida. Un fragmento de metralla de la explosión le había perforado la barriga.

—¡No abandonéis el sótano bajo ningún motivo! ¡Yo iré a por vuestra madre! —ordenó Jan Agha mientras trataba de salir del sótano para auxiliar a Sha Ghul.

Consiguió arrastrarla de nuevo al escondrijo.

—¡Papá, tenemos que llevarla al médico! —gritó Mersal, histérica.

—Tranquilízate, hija. Haré lo que haga falta —contestó Jan Agha intentando mantener la calma.

Sha Ghul se retorcía entre terribles dolores, mientras Jan

Agha y Nafas trataban de lavarle la herida. Era muy profunda, pero la metralla había salido limpiamente. El hospital más cercano estaba a varios kilómetros, por lo que era demasiado arriesgado trasladarla hasta allí. Sha Ghul tendría que recuperarse allí mismo, en el sótano.

La reaparición de Wahid

Me asomé un momento a la calle, mientras Maboba, mamá y las demás seguían conversando al calor de los recuerdos. Respiré hondo. Un autobús doblaba la esquina, al final de la calle, levantando una polvareda a su paso. El ayudante del conductor, asomando medio cuerpo por la puerta del vehículo, vociferaba a los transeúntes que se cruzaban a su paso. «Todo permanece igual... estamos en Afganistán», dije para mí misma.

Improvisación, desorden, pobreza, peligro, injusticia. Afganistán es todo eso. Pero también es honestidad, amabilidad, solidaridad, valentía, orgullo, esperanza, ganas de cambio. Suspiré antes de volver a entrar en el salón.

—A pesar de lo que digan muchas envidiosas, la verdad es que Sha Ghul hizo mucho bien. ¡Incluso en plena guerra! —escuché decir a mi madre mientras me reincorporaba al grupo.

—Incluso en plena guerra, ya te digo yo que sí —continuó Omaira.

—Hasta hace bien poco aún venían a visitarla mujeres que, según nos repetían siempre, nuestra madre las había ayudado en el parto, durante los combates —intervino Maboba.

—¡Ya lo creo que sí, hija! Se hizo un nombre en todo Wasel Abad ayudando a las parturientas, a veces incluso jugándose el pellejo, en pleno bombardeo.

—Era una mujer valiente y solidaria. Eso la hizo muy querida durante la guerra. La apreciaban —terció Zia con una melancólica sonrisa.

* * *

Aquella guerra civil convirtió a Afganistán, definitivamente, en el país más peligroso del mundo. Tras años de cruentos enfrentamientos la situación era un auténtico polvorín que podía extenderse y desestabilizar a los países vecinos. De hecho, las consecuencias ya empezaban a notarse en las áreas tribales pakistaníes de población mayoritariamente pastún. Peshawar se estaba convirtiendo en el punto de encuentro de traficantes, delincuentes y comandantes afganos. Quizá por ello las principales potencias occidentales no reaccionaron ante el avance de los talibanes, los autoproclamados «soldados de Dios». Al fin y al cabo, éstos habían recibido financiación y entrenamiento de Occidente como aliados contra la ocupación soviética del país.

En 1996, cuando los talibanes tomaron la capital, el resto de grupos armados se replegaron al norte del país y fundaron la Alianza del Norte, cuyo único objetivo era hacer frente al enemigo común: los talibanes. Las escaramuzas y los enfrentamientos siguieron en amplias zonas del país, sobre todo al norte y este, pero los kabulíes poco a poco volvimos a acostumbrarnos a una aparente calma, sin bombardeos, sin tiroteos, sin violaciones, sin ejecuciones arbitrarias.

Kabul recibió como auténticos salvadores de la patria a los «soldados de Dios». Las escuelas y las tiendas volvieron a abrir sus puertas, muchos exiliados que habían huido a Pakistán, Irán y otros países vecinos retornaban y el país, aunque muy lentamente, volvía a funcionar con cierta normalidad.

El 26 de septiembre de 1996 un comando talibán asaltó un

edificio de la ONU en Kabul, donde se refugiaba el ex presidente Najibullá, a quien ejecutaron en público al día siguiente. Recuerdo perfectamente ese momento: mis tíos, mis primas, Mersal, estábamos todos en casa de Jan Agha, ante la radio. Nunca olvidaré las lágrimas de papá al ver cómo torturaban y asesinaban cruelmente a un hombre respetable.

A las pocas semanas de la «liberación» de Kabul, numerosas *pick-ups* y jeeps empezaron a patrullar las calles, cargados con talibanes armados hasta los dientes. Detenían, castigaban y ejecutaban a todo aquel que no cumplía con sus preceptos ideológicos y religiosos. Pronto escuchar música, hacer volar cometas, cantar o ver películas extranjeras se convirtieron en delitos gravísimos que se castigaban despiadadamente, ya que iban en contra de las leyes de los talibanes, de las leyes de Dios.

Pero no sólo eso. Los libros eran, al parecer, un auténtico peligro para la integridad moral de los afganos, por lo que no dudaron en destruirlos o, en el mejor de los casos, arrancar o tachar páginas enteras. Los hombres debían dejarse barba, bajo pena de muerte, y las mujeres no podían salir de casa sin burka. Las niñas debían estar en casa, junto a sus madres. Así, las escuelas pasaron a ser sólo para los niños, y la mayoría de los profesores fueron despedidos. A partir de entonces sólo se impartiría una asignatura, dirigida por mulás: religión.

«Al menos la guerra es ya cosa del pasado», solía escucharse por doquier. Ése era el triste consuelo de los kabulíes.

Mientras mis tíos trataban de adaptarse a su nueva vida bajo el régimen talibán, como el resto de afganos de a pie, el primer marido de Sha Ghul había pasado a engrosar las filas talibanes.

Una gélida mañana de diciembre, apenas dos meses después de la conquista de la capital, paró frente al portón de entrada de mis tíos una *pick-up* cargada con media docena de barbudos fuertemente armados.

—¡¿Qué sucede, hermanos?! ¿En qué puedo ayudaros? —gritó mi tío tras ellos, al ver que se dirigían a su casa.

—Buscamos a tu mujer —exclamó bruscamente el que parecía ser el líder del grupo.

—¿A mi mujer? ¡¿Por qué, qué queréis hacerle?! ¡Ella es inocente, no ha hecho nada! —gritó mi tío, desesperado.

—¡Cierra la boca, o te mataremos aquí y ahora! —exclamó con rabia uno de los talibanes mientras lo apuntaba con el fusil.

De un puntapié, el que parecía ser el líder echó abajo la puerta de entrada. Sha Ghul lanzó un grito apagado desde el salón. Acababa de reconocer en aquel talibán a su primer marido.

—¡¡Sabía que algún día te encontraría, maldita ramera!! —le gritó él con los ojos inyectados en sangre.

—No... —musitó Sha Ghul antes de recibir el primer culatazo de fusil.

—Vosotros —ordenó, dirigiéndose a sus hombres—, lleváoslos a los dos.

—Pero... ¿qué hacemos con las niñas, Wahid? —preguntó, temeroso, uno de los soldados.

—¡Que se queden con la vieja! —exclamó con rabia señalando a Nafas.

Los soldados los subieron a la furgoneta, entre empujones y golpes de culata. Wahid, el líder, ni siquiera preguntó cuál de aquellas niñas era su hija. Simplemente les dirigió una mirada de odio y rencor antes de acelerar el vehículo y desaparecer entre la polvareda.

Durante el camino fueron golpeados y vejados y, ya en la cárcel, se ensañaron especialmente con Jan Agha. Creían que era él quien la había instigado a abandonar a Wahid y a casarse con él de nuevo. El adulterio era uno de los pecados que se castigaban más duramente bajo el régimen talibán, ya que lo consideraban una grave ofensa a Dios.

Lo que no sabían era que mi tío desconocía el pasado de Sha Ghul. Todos se lo habían estado ocultando, tratando de no herirle. Nunca llegó a saber, hasta su encarcelamiento, que la madre y los hermanos de su esposa la habían visitado varias veces, ni que nuestra familia les había acogido en casa durante aquellos días.

Sha Ghul y Jan Agha estuvieron en el calabozo durante semanas, sin ningún tipo de contacto con el exterior. Finalmente, una mañana los carceleros les avisaron de que en unas horas se les juzgaría, junto a otras dos acusadas de adulterio.

El juicio se realizaría en unas dependencias cercanas a la cárcel, a la llegada del mulá. Media hora más tarde les trasladaron hasta una pequeña sala en la que habían instalado una mesa en la parte central. Era una sala inhóspita, de paredes desconchadas, gris y húmeda. Les hicieron entrar en fila, colocándolos junto a una esquina, y tras ellos entró el mulá que les iba a juzgar.

Ambos le conocían, era un respetado mulá de una de las mezquitas más populares de la ciudad. Le escoltaban su ayudante y tres altos cargos militares. Uno de ellos se acercó al juez y le dijo algo en voz baja esbozando una media sonrisa. Era Wahid. Mi tío apenas reaccionó mientras escuchaba a Sha Ghul sollozar a su lado.

Como era previsible, las dos primeras acusadas fueron condenadas a pena de muerte. Cuando les llegó el turno a Sha Ghul y Jan Agha, el mulá apenas les dejó defenderse. Wahid expuso su versión de los hechos, y mi tío, totalmente abatido y resignado a morir, se limitó a repetir que su mujer siempre le aseguró que era viuda. Sha Ghul no tuvo ni siquiera la oportunidad de ser escuchada. Iban a ser apedreados en público hasta la muerte, ante una multitud de personas que cada día se congregaba a presenciar aquel macabro espectáculo.

Tras veinte minutos de viaje en un destartalado jeep talibán atravesando las principales calles de Kabul, llegaron por fin a su destino, un antiguo campo de fútbol que hacía las veces de improvisado recinto de ajusticiamiento.

La tarima, en la que ya se encontraba el mulá que les acababa de juzgar, estaba en un lateral del campo, y ante ella se detuvieron los cuatro jeeps que transportaban a los presos. A cada uno de los acusados le rodeaban al menos media docena de desafiantes talibanes, todos uniformados con sus turbantes negros y sus espesas barbas. Ahora era el momento de repetir las condenas en público, una manera de teatralizar el juicio para la multitud, a pesar de que mis tíos y las otras dos acusadas ya habían sido juzgadas y simplemente esperaban a ser ajusticiadas.

Jan Agha escuchó en silencio las condenas a muerte de las dos primeras mujeres. Si iba a morir que fuera en quietud y en paz consigo mismo. «Así mueren los inocentes», susurró. El soldado que estaba su izquierda le mandó callar al instante, propinándole un culatazo en el estómago que le dejó sin respiración. Apenas podía ver a Sha Ghul. Estaba a unos quince metros de él, rodeada de soldados. «A pesar de todo... aún la sigo queriendo», dijo para sí.

Las dos condenadas fueron conducidas a una zona del campo donde habían excavado dos fosos de aproximadamente un metro de profundidad, y las obligaron a meterse dentro por su propio pie. Temblaban de miedo, gritaban, lloraban. Estaban a unos cuarenta metros y era capaz de sentir su desesperación como si estuvieran junto a él, a apenas unos centímetros de distancia.

Sin perder tiempo, los soldados empezaron a rellenar los fosos de tierra, hasta que las dos mujeres estuvieron cubiertas hasta el torso. El juez se dirigió entonces a su ayudante, quien, con semblante inquebrantable, alzó el megáfono hacia la multitud que se congregaba en las gradas.

—Estas dos mujeres han sido condenadas a morir lapidadas. Su delito: adulterio —proclamó.

A la orden del mulá, varios hombres empezaron a arrojarles piedras. Era un espectáculo horrendo, salvaje. Sus gritos de dolor duraron apenas unos minutos. Después se hizo el silencio, sólo interrumpido por el llanto de algunos niños que estaban contemplando lo que ocurría desde las gradas, junto a sus padres.

Reinaba una tensa calma que cortaba la respiración. Los cuerpos de las mujeres estaban inertes, rodeados de un charco de sangre. Un par de talibanes se acercaron y les dispararon en la cabeza.

—Los dos siguientes presos, que se aproximen a la tarima —anunció el ayudante del juez mediante el megáfono.

Esta vez los soldados colocaron a mis tíos uno junto al otro. El juez tenía un libro abierto ante él, apoyado en la tarima. Probablemente era una recopilación de la Sharia, la ley islámica por la que se regían los talibanes. A Sha Ghul se le revolvió el estómago. Iban a ser lapidados injustamente, y además por un mulá que, estaba segura, no habría sido capaz de leer dos líneas del libro que tenía ante sí.

Al mulá no se le quebró la voz.

—La decisión es clara: pena de muerte por adulterio.

La ejecución era inminente.

—¡¡No, es injusto, por Alá!! —gritó Sha Ghul ante el juez sobreponiéndose al miedo.

—¿Cómo? —respondió éste, totalmente sorprendido.

—¡Yo moriré lapidada, pero, por Alá, no condenen a mi marido! ¡Juro por el Misericordioso que él no sabía la verdad! —continuó Sha Ghul.

—Nadie le ha pedido su opinión, mujer —exclamó el mulá, sin saber aún cómo reaccionar ante tal atrevimiento.

—Ruego que me escuche, mulá. Le conozco, y sé que es un hombre justo. Le pido que no condene a un hombre bueno por un delito del que sólo yo soy responsable. Juro ante usted por el Sagrado Corán que mi marido no sabía nada. Así que le pido que le deje libre. Condéneme a mí, que soy la única culpable.

El mulá no salía de su asombro. Nunca había conocido a una mujer que decidiese sacrificarse así por su marido, demostrando además una enorme valentía. Miró a Jan Agha, que seguía abatido, imbuido de una enorme tristeza, y completamente al margen de lo que acababa de hacer su mujer por él. Durante unos segundos reinó el silencio. Wahid se revolvía, nervioso, junto al mulá.

—Es usted una mujer valiente. Y, a pesar de todo, la creo. Ha demostrado su dignidad queriendo dar su vida a cambio de la de su marido, y por todo ello reconsideraré mi postura. Usted y su marido serán condenados a seis meses de cárcel —sentenció el mulá.

Wahid observó, con enorme rabia, cómo el mulá les conducía de vuelta al jeep mientras el ayudante, megáfono en mano, anunciaba al público el cambio de condena. Los soldados, visiblemente molestos, gesticulaban y protestaban, pero apenas unos segundos después de conocer la nueva sentencia empezaron a abandonar el campo en dirección a sus *pick-ups*.

Sha Ghul fue conducida a la cárcel femenina de Badam Bagh, y Jan Agha a la cárcel de Bagram, a las afueras de Kabul. Por aquel entonces todas las mujeres recluidas en Badam Bagh habían cometido delitos de adulterio, prostitución o bien habían intentado huir del hogar de sus maridos. Tía Sha Ghul se convirtió en una más.

Durante aquellos años Wahid se había convertido en un militar respetado dentro del ejército talibán, por lo que tenía libre acceso a las cárceles de todo el país, incluso a las reservadas para mujeres. Y aprovechó ese privilegio para vengarse cruelmente de Sha Ghul día sí y día también.

No podía matarla, ya que habría supuesto contravenir la condena del mulá, pero nada le impedía torturarla y vejarla en su celda hasta conseguir que deseara la muerte.

—Nunca te perdonaré habernos abandonado, a mí y a tu hijo, maldita ramera —le vociferaba cada mañana nada más entrar por la puerta de su celda.

Al cabo de dos meses Sha Ghul estaba completamente demacrada, hundida, al borde de la muerte. Muchas de sus compañeras decidieron entonces unirse, y junto a algunas funcionarias de la prisión, consiguieron que durante el día la trasladaran a la cocina, lejos de su celda. Así Wahid no volvería a maltratarla. Éste no se atrevería a hacerlo en público, pensaron, ya que de lo contrario habría desobedecido la sentencia del mulá. Y funcionó.

Muchas de las compañeras de Sha Ghul guardaban un enorme rencor hacia sus maridos, a los que culpaban de estar allí encerradas. Sha Ghul había escuchado cientos de veces cómo juraban y perjuraban que se vengarían de ellos, aunque eso supusiera morir lapidadas. Tía rechazaba la venganza. Pese al enorme sufrimiento al que la habían condenado, comprendió que la venganza sólo traía mayor violencia y dolor. Y aunque seguía odiando profundamente a Wahid, sólo deseaba salir de allí para reencontrarse con su marido y con sus hijas, de las que no sabía nada desde su detención. Durante todo ese tiempo Nafas no se había molestado en ir a visitarla, y le torturaba pensar que Wahid las hubiera matado, como cruel venganza.

A los seis meses, Jan Agha abandonó Bagram y fue a buscar a su esposa. Las mujeres recluidas en Badam Bagh no podían dejar la cárcel sin el aval de un hombre, aunque hubieran cumplido ya su pena. A pesar de todo, Sha Ghul había tenido suerte. Muchas de las compañeras y amigas que dejaba atrás nunca llegarían a ver más allá de las paredes desconchadas de sus celdas.

Por fin libres

Pocas semanas antes de que fueran detenidos, Jan Agha y Sha Ghul habían entregado en matrimonio a Mersal, así que mi querida prima ya no vivía con ellos. Maboba había pasado a ser la mayor, la responsable en los momentos más dramáticos de su familia.

Y ella fue, sin duda, la que más sufrió el encarcelamiento de sus padres. Nafas había pasado a ser la única mujer de la casa, y se comportaba de manera mucho más dura y estricta que antes, haciendo pagar a sus hijastras toda la rabia y el rencor que sentía por Sha Ghul. Y Maboba reaccionaba, enfrentándose a su madrastra cada vez que consideraba que estaba actuando injustamente con sus hermanas.

—Si mi madre estuviera aquí, no nos tratarías así —le repetía una y otra vez Maboba, a lo que Nafas le respondía con una humillante bofetada, recordándole así su nueva posición en la familia.

La situación fue empeorando a medida que pasaban las semanas, hasta el punto de que Maboba llegó a autolesionarse, abalanzándose contra las paredes de la casa o golpeándose contra cualquier cosa que estuviera a su alcance. Estaba hundida emocionalmente, como tantas otras niñas afganas.

Uno de los momentos de mayor felicidad de Maboba, Shabnam y Shadob fue, sin duda, el día en que sus padres regresaron a casa. Los creían muertos, ya que Nafas les había asegurado que jamás volverían a verlos.

Pero tras su regreso, la felicidad de Jan Agha y Sha Ghul no fue completa. La relación entre Sha Ghul y Nafas empeoró mucho, y los sobrinos que tiempo atrás habían negado la palabra a Jan Agha siguieron ignorándoles, a pesar de que la enfermedad mental de mi tío empeoraba y de que toda la familia se encontraba en una situación económica extrema. Mi madre intentaba ayudarles cuanto podía, y yo trataba de hacerles al menos una visita por semana, aunque no me era fácil; para entonces ya trabajaba, haciéndome pasar por mi hermano Zelmai. Una vez mamá me dijo: «Pero a pesar de todo, Zelmai *jan*, Jan Agha y Sha Ghul se siguen amando». Y eso, en una sociedad como la afgana, no era sólo un ejemplo, sino también una auténtica provocación.

Recuerdo una de aquellas muchas tardes que pasé junto a él. Hacía calor, mucho calor, a pesar de que aún estábamos a principios de mayo. Había tenido un día muy duro, pero decidí acercarme a casa de Sha Ghul. «Me viene de camino, y me irá bien tomar un té junto al calor de la familia», pensé.

Jan Agha estaba apoyado en el muro, observando la calle, y esbozó una triste sonrisa al verme llegar. Me pasó la mano sobre el hombro y, mientras me invitaba a entrar, sentí que necesitaba hablar conmigo.

—Nadia *jan*, eres mucho más valiente que todos mis sobrinos juntos, que no han tenido la mitad de tu valor para apoyarme cuando debían hacerlo. Todos me han dado la espalda, y en cambio tú... Ahora por fin entiendo que no se trata de si eres hombre o mujer, sino del valor de cada persona, del interior de cada uno.

—Tienes razón, tío, toda la razón... Por cierto, ¿sabes? Quizá en unas semanas vuelvan a operarme...

Mi tío se negaba a aceptarlo, pero en el fondo echaba de menos a sus sobrinos, al resto de su familia. Me rompía el alma ver cómo la tristeza se reflejaba en sus ojos vidriosos cada vez que me preguntaba por ellos.

«¿Dónde está ahora el calvo apestoso? ¿Y el cojo, aún sigue tras aquel puesto en el ministerio? ¡Malditos bastardos! Ojalá se pudran en el infierno por haberme abandonado como a una rata.» Los insultaba, juraba odiarlos, pero siempre rompía a llorar cada vez que le ponía al corriente de sus vidas.

Yo solía explicarle mis operaciones, como hice aquella tarde. Algunas fueron terriblemente dolorosas, ya que a menudo me intervenían sin anestesia, y a él le hacía bien escuchar mis historias. Admiraba mi entereza. Entonces aún era sólo una niña que aparentaba ser un hombre para mantener a mi familia. Pero con tío Jan Agha no conseguía controlar tan bien mis emociones. Cuando era yo quien rompía a llorar, me abrazaba cariñosamente mientras me susurraba: «Ya está, ya está, pequeña». Sus abrazos, su cariño, su calor me devolvían al paraíso perdido de la infancia. Era un buen hombre, y un mejor tío.

Sha Ghul, en cambio, se había convertido en una mujer mucho más fuerte tras su cautiverio. Era la única de la familia que entendía mi decisión de hacerme pasar por Zelmai: «Nadia *jan*, puedes y debes ayudar a tu familia. Eres más valiosa que cualquier hombre». Sha Ghul siempre estaba dispuesta a cortarme el pelo para que no se me deslizara bajo el turbante y me descubrieran, o para hacerme notar que tal o cual gesto era demasiado femenino.

Aquellos primeros años del régimen talibán fueron sin duda una época de profundos cambios para el país y para nuestras familias, una época en la que las mujeres afganas no lo teníamos nada fácil. Sha Ghul era una superviviente, una mujer con coraje. Y siempre me repetía que yo era incluso más fuerte que ella. «Nadia, no lo olvides nunca», me decía.

La lucha de Sha Ghul

Maboba y Shabnam estaban de lo más charlatanas desde hacía un rato, ante la atenta mirada de Shadob, que parecía querer grabar todos aquellos episodios del pasado en lo más profundo de su memoria.

Ser el pequeño de la familia tenía sus ventajas, y también sus inconvenientes. Lo positivo era que no guardaba recuerdos de los momentos más duros de la familia, pero también había disfrutado menos tiempo de sus padres.

Estábamos recordando una de nuestras salidas familiares a los jardines de Paghman, en Kabul, cuando súbitamente Maboba se echó a reír. Todas la miramos, expectantes.

—Nadia, me estaba acordando de cuando salvaste a Shadob de una muerte casi segura —exclamó Maboba sonriendo burlonamente.

Mamá y Omaira estallaron en carcajadas al unísono, mientras Maboba guiñaba el ojo, cómplice, a su hermano.

—No entiendo nada —repuso Shadob tímidamente.

—Shadob *jan*, eras casi un bebé...

Ocurrió mientras paseaba junto a mis primas y al pequeño Shadob por una de las calles cercanas a la casa de Sha Ghul. Era una tarde soleada, agradable, de esas en las que el ambiente era tan apacible que incluso te hacía olvidar que seguías condenada a vivir en la maltrecha y sombría Kabul.

Paseábamos entre risas y correteos cuando un adolescente pasó rapidísimo a nuestro lado en bici y le pisó el pie al pequeño Shadob con la rueda delantera. Lo habría podido evitar, ya que la calle era ancha, y aun así no había hecho un mínimo gesto de disculpa. Me puse furiosa. Fui incapaz de controlarme. Salí corriendo tras él y, como iba algo adelantada al grupo, conseguí alcanzarle y darle un tremendo empujón que le hizo perder el equilibrio y le hizo caer.

—¡Lo hiciste volar al menos dos metros, Nadia! —exclamó Maboba entre risas.

—Pero sólo se torció el pie. Cayó sobre una montaña de arena... no fue para tanto —repliqué.

Tenía razón. En ese momento cruzábamos una calle elevada y él, al perder el equilibrio, cayó al otro lado de la barandilla, justo al foso que daba a la calle de abajo, pero tuvo suerte: aterrizó sobre un montón de arena.

—Y a ti, en vez de socorrerle, lo único que se te ocurrió fue coger en brazos a Shadob y echar a correr hacia casa —continuó Maboba.

—Al final salí bien parada... ¿no crees, prima?

—Si no hubiera sido por Sha Ghul, hijo... quizá no recordarías ese día con tanta alegría —repuso mamá negando con la cabeza—. ¡Y vosotras, Maboba, llorabais desconsoladas cuando los familiares del chico empezaron a golpear la puerta!

Shadob nos observaba curioso, con semblante divertido. Era la primera vez que escuchaba esa historia.

En efecto, apenas una hora más tarde de mi heroicidad aparecieron los familiares del joven, golpeando con rabia la puerta de casa y llamándonos a gritos. Estaban decididos a darme un buen escarmiento. Desconcertada, mi tía nos preguntó sobre lo sucedido, y yo no dudé en contarle lo que había pasado, cómo había «protegido» a mi primo.

—Escúchame atentamente, Nadia. ¿Me oyes? Bien. Escóndete en el sótano y no salgas de casa bajo ningún concepto hasta que yo te lo diga. Yo saldré ahí afuera y daré la cara por ti.

Y bien que lo hizo. A pesar de los improperios y las amenazas, consiguió explicarles lo sucedido, les pidió disculpas y acabó convenciéndoles de que había sido una simple travesura, una cosa de críos.

—Tía Sha Ghul consiguió que el padre del temerario ciclista nos pidiera disculpas. Imagínate de lo que era capaz tu madre. Dio la vuelta a la situación como sólo ella sabía —dije dirigiéndome a Shadob.

—Era una buena mujer y actuó como debía. Te protegió, igual que tú protegiste a tu primo horas antes —sentenció Zia.

Lo cierto es que en Afganistán ese tipo de deudas de honor se cobran sí o sí. Y aquel joven se cobraría su pequeña venganza años después. Una mañana, mientras iba a mi taller de bicis, pasó con su coche tan cerca de mí que tuve que lanzarme a la cuneta para evitar que me arrollara. Al levantarme tuve tiempo de reconocerle. Sacó el brazo por la ventanilla y me hizo la señal de la victoria.

* * *

Meses después de aquel suceso mi querido tío Jan Agha murió. La enfermedad lo había estado consumiendo lentamente, hasta que una mañana de invierno Sha Ghul se lo encontró pálido, frío, recostado sobre el colchón. Había muerto en silencio, en quietud, en paz consigo mismo.

Al entierro sólo asistió mi familia, ni rastro de sus hermanas y sobrinos. Así que, de nuevo, Sha Ghul volvía a estar en una situación extrema, sin marido, sin ingresos y con tres niños a los que sacar adelante.

En alguna ocasión escuché, no recuerdo dónde ni cuándo,

que allá donde habita el peligro crece también la esperanza. Eso es lo que debió de pensar Sha Ghul porque lo cierto es que, a la semana de perder a su marido, aparecieron en su casa unos familiares lejanos. Bilal, un chico de veinticinco años, era uno de esos primos que había ido a visitarles, y parece que le agradó Shabnam, porque antes de volver a su aldea le propusieron a Sha Ghul que le diera en matrimonio a su hija.

Por aquel entonces el futuro de las mujeres afganas aún estaba directamente relacionado con casarse a edades muy tempranas y establecer una familia numerosa, y a Sha Ghul le pareció buena idea, aunque sólo se decidió tras consultar la propuesta con Shabnam. Yo me opuse, pero no sirvió de nada. Nunca me gustaron los matrimonios de conveniencia, pero entendía las razones de Sha Ghul; ganaría un nuevo yerno que podría ayudarla en caso de necesidad, y Shabnam tendría un porvenir mejor junto a Bilal. A las pocas semanas de la muerte de su padre, Shabnam ya pertenecía a otra familia.

Los años que siguieron a la muerte de Jan Agha fueron muy duros para tía. Seguía compartiendo casa con Nafas, y su salud empeoraba año tras año. Yo la ayudaba en lo que podía. Siendo Zelmai, podía moverme y trabajar con libertad, algo que a ella como mujer le estaba vedado. Siempre me hacía llamar para acompañarla a las visitas al doctor, aunque lo hacíamos en mi bicicleta y a escondidas, ya que nuestros primos, que seguían odiándola, nos habían dado el mismo ultimátum que en su día dieron a Jan Agha: o Sha Ghul o ellos.

Paradójicamente, las salidas al hospital eran para ella momentos muy felices. Tía se sentaba en el sillín y sonreía; cruzábamos las calles canturreando y sintiendo el viento en nuestras mejillas. Eran nuestros treinta minutos de libertad.

Sha Ghul consiguió mantener a los suyos a base de lavar ropa en otras casas y gracias al dinero y la comida que nuestra familia le íbamos dejando. Dos de sus hermanos fueron a probar suerte a Kabul, y siempre le traían abundante harina, leche, huevos, verduras, todos los productos que cultivaban en Lowgar. Cuando se quedaban más de una semana le pagaban una renta simbólica por su habitación, que a tía le ayudaba a salvar el mes.

Por suerte, un par de años después de enviudar encontró trabajo en una fábrica. «Al fin mis plegarias han sido escuchadas», me decía siempre. El trabajo no le duró mucho, pero a ése le siguió otro, como asistenta de una pareja de ancianos.

Me encantaba que tía estuviera orgullosa de mí. Uno de sus sueños siempre fue el de poder dar a sus hijas una buena educación, para que no fueran analfabetas como ella y como Zia, como la mayoría de las mujeres afganas de su generación. Quería algo más para sus hijas.

Pero el régimen talibán no se lo puso nada fácil a las mujeres que querían estudiar; las escuelas estaban cerradas a las niñas, así que sólo cabía la posibilidad de contratar a una profesora que diera clases particulares en casa, en la más estricta clandestinidad, y siempre bajo el peligro de ser descubiertas. Y Sha Ghul ni tenía suficiente dinero ni podía correr ese riesgo; si la descubrían habría pagado tal osadía con su vida, dados sus antecedentes ante la justicia talibán.

Shadob fue el único que sí pudo estudiar. Era un chico, así que al menos Sha Ghul se aseguró de que nunca faltara a la escuela pública. Recuerdo que siempre que iba a visitarles se apresuraba a enseñarme los ejercicios escolares de su hijo. Solía preguntarme una y otra vez sobre la caligrafía de Shadob, y a mí me encantaba confirmarle, como ella intuía, que su hijo trazaba elegantemente todos y cada uno de los signos de nuestro idioma.

Su máximo deseo en la vida era que Shadob consiguiera un

buen empleo y fuera buen padre y marido; «un hombre de bien, como su padre». Cada vez que pronunciaba el nombre de su marido se le dibujaba una triste sonrisa en el rostro. En esos momentos no podía evitar pensar que, en el fondo, mi tía era una privilegiada. Sí, a pesar de todo era una privilegiada... Seguía amando a su marido. Muy pocas mujeres afganas podían decir lo mismo.

La soledad de Shabnam

Las voces y las risas de los niños de la calle se confundían con el delicado sonido de un solitario sitar, instrumento parecido al laúd, que entonaba una vieja melodía tradicional afgana. La noche caía rápido sobre Kabul. El atardecer era uno de los momentos en que el barrio cobraba más vida, justo antes de que la oscuridad ganara completamente la partida a las últimas luces del día. Era un momento mágico que se repetía cada noche, como si los habitantes de Wasal Abad quisieran aprovechar al máximo los últimos rayos de claridad.

Contemplé cómo Omaira, sentada justo enfrente de mí, acunaba con ternura a la hija de Shabnam. Sin duda quería a aquella familia como si fuera la suya propia y, tal y como nos sucedía también a mamá y a mí, se veía incapaz de abandonarlas, por mala que fuera la situación en la que se encontraran.

—Omaira, deja ya de molestar a esa niña, anda —le soltó mamá, divertida.

—No sabría decir cuál de las dos es más niña —exclamó Shabnam con una amplia sonrisa.

Me sorprendió. Shabnam apenas había abierto la boca en toda la velada, pero ahora se la veía alegre, radiante, observando feliz los jugueteos de Omaira con su hija. Si algo tenían aquellas mujeres, pensé, es que juntas formaban los pilares maestros de nuestra familia. Durante años les habían arrebatado la esperanza, la libertad, incluso la vida de sus seres queridos, pero seguían ahí, más fuertes que nunca, sosteniendo por sí solas a la familia.

Arezo bostezó a mi lado. No era la única. Yo también empezaba a estar muy cansada, el día había sido agotador. Noté cómo la conversación de Omaira y las demás me envolvía plácidamente. Suspiré, dejando vagar la mente, dejando que los recuerdos me invadieran de nuevo.

* * *

Kandahar era una de las provincias más peligrosas de Afganistán, entre otros muchos motivos porque era un territorio plagado de talibanes. Y allí, a la tierra de su marido, es adonde se trasladó Shabnam tras casarse con Bilal.

Su precipitado matrimonio fue como un zarpazo en el alma. Otro más. Me resistía a aceptar que la historia de Mersal se volviera a repetir con Shabnam. Pero, por fortuna, mi prima se había casado con un hombre que realmente la amaba. Se adoraban el uno al otro hasta el punto de que Bilal estaba dispuesto a abandonar a sus padres con tal de vivir una vida feliz junto a Shabnam, una auténtica osadía en Afganistán.

Tenían motivos para querer escapar. Los padres de Bilal humillaban y vejaban a Shabnam casi a diario, y ni siquiera las quejas y las súplicas de su hijo conseguían detenerlos.

—Mañana, un poco antes del almuerzo, nos marcharemos a la ciudad. Tengo unos ahorros que nos darán para vivir unos meses. Todo irá bien —le dijo al oído antes de besarla con infinita ternura.

Y así lo hicieron. Shabnam estaba por entonces embarazada de pocos meses, y las primeras semanas no fueron fáciles, hasta que Bilal encontró trabajo como guardia de seguridad en uno de los bancos más importantes de la ciudad.

Todo les empezaba a ir de maravilla: conseguían ahorrar algo de dinero a final de mes, vivían juntos, esperaban una niña, y eran felices. Hasta que a primera hora de un día cualquiera en Kandahar un terrorista se voló por los aires ante la entrada del banco, a dos metros de Bilal, y lo mató en el acto. Un cretino más, en nombre de Alá, había dejado a una niña sin padre y a una mujer sin marido.

Al día siguiente de la tragedia mi prima enterró los pocos restos de su marido y, deseando morir ella también, tomó el primer transporte en dirección a Kabul. Sus suegros no se opusieron. No les importaba su nieta ni querían hacerse cargo de la viuda de su hijo.

Cientos de veces he intentado comprender lo que pasa por la mente de un terrorista suicida, pero siempre me ocurre lo mismo. Escalofríos, rabia, la soledad de Shabnam y, finalmente, el llanto.

Lo cierto es que cuando Sha Ghul la vio, embarazada, ante el umbral de su casa, creyó que había vuelto para que la ayudara en el nacimiento de su hija. No estaba preparada para escuchar los verdaderos motivos de su regreso. Lloró como nunca antes lo había hecho, ni siquiera cuando creyó que Jan Agha moriría por su culpa en aquel campo de fútbol, cruelmente lapidado, por no haberle confesado antes su verdadero pasado. Tuvieron que llevarla en brazos hasta su colchón. Dicen que estuvo con la mirada perdida durante horas, tras volver de nuevo en sí.

—Lo extraño es que pareció recuperarse, Zelmai *jan*. Y cuando lo hizo no dejó de animar a Shabnam durante horas, contándole que ella también había tenido que huir de su casa embarazada y sin un marido que la protegiera, pero que había salido adelante, y que por tanto ella también sabría hacerlo.

Recuerdo perfectamente cómo me lo contó mi madre, horas después.

—No te abandonaré jamás, hija, lucharé junto a ti —le decía una y otra vez a Shabnam mientras la tomaba entre sus brazos.

Y apenas dos días después Sha Ghul amanecía muerta, fría como el hielo. Se había ido como lo había hecho años antes su marido. En soledad, sumida en la tristeza, sin despedirse. Mina nunca conocería a su abuela, ni a su padre, pero crecería rodeada de grandes mujeres.

* * *

—¡Nadia, Nadia! ¡Te nos has quedado dormida como un tronco, prima!

Me froté los ojos soñolientos mientras me desperezaba. Omaira y mamá seguían hablando.

—¡Ni que lo digas! Sha Ghul era una santa. Mira que hacerse cargo de Nafas, después de todo lo que le había hecho... —comentaba Zia, muy animada.

Apoyé mi mano sobre el hombro de mamá. Ya era completamente de noche.

—Mamá, debemos irnos, ya es tarde —dije mientras marcaba el número de teléfono de Shair.

Era demasiado tarde para volver en transporte público pero, por suerte, mi cuñado se había ofrecido horas antes a llevarnos de vuelta a casa, a la hora que fuera.

La noche más larga

Tras apagar la lámpara de aceite me acurruqué en el colchón y contemplé los rayos de luna que se colaban por la ventana tras la que papá oteaba incansablemente el infinito. Me costaba volver a conciliar el sueño, a pesar de que el *khatem* me había dejado exhausta.

Cerré los ojos y me dejé llevar, imaginando cómo sería mi reencuentro con Mersal. La muerte de tía Sha Ghul había sido el detonante de aquel viaje, pero encontrar a mi prima empezaba a convertirse en una verdadera obsesión. Llevaba cerca de una semana en Kabul, y no quería dejar pasar más tiempo sin seguir su pista.

De repente un sobrecogedor grito de mi madre quebró la noche en mil pedazos. Sobresaltada, corrí hacia la habitación de mamá. Zia estaba apoyada junto a la pared y se agarraba la pierna, gimiendo de dolor. Arezo estaba junto a su colchón, señalando al suelo.

—¡Zelmai, cuidado, es un escorpión!

Un enorme escorpión de vivísimo color amarillo y espalda plateada avanzaba despacio por el suelo, cerca de mamá, con el amenazante aguijón en alto. Temblé instintivamente. Era evidente que el alacrán había hundido el aguijón cargado de veneno en el muslo de mi madre. Contuve la respiración y me acerqué a ella. Debía observar la herida antes de tomar cualquier decisión.

—Mamá, ¿qué ha pasado?

—El alacrán cayó sobre mí, hijo. Me duele muchísimo...

En el verano afgano son frecuentes los ataques de escorpiones. Suelen suceder de noche, cuando éstos están más activos. Las casas tradicionales afganas son de adobe, madera y techos de paja, así que no es extraño que los escorpiones se escondan en los tejados. Y cuando caen, que suele suceder bastante a menudo, atacan con facilidad.

Acaricié la mejilla de mi madre, que apretaba los dientes, presa del dolor. Tras observar la herida vi que la zona afectada por el pinchazo estaba tomando un color azulado. A mi lado, Arezo estaba cada vez más nerviosa.

—¡Zelmai!, ¡¿dime, qué hacemos?!

No sabía cómo debía reaccionar, y el tiempo iba en nuestra contra. Intentaba pensar rápidamente. Podía llamar a Shair, a mis primas o a Omaira, pero eran ya las dos de la madrugada, y lo más probable era que ni siquiera cogieran el teléfono. Tampoco podíamos ir en taxi hasta el hospital más cercano, ya que la parada estaba a unos diez minutos a pie, y mamá no podía moverse. Y aunque yo fuera en su busca, ningún taxista se adentraría en aquellas callejuelas a esas horas. Además, era muy peligroso salir a la calle de noche, y más para una mujer. «Si me vistiera como Zelmai todo sería más fácil», pensé.

De pronto me acordé de la bolsa llena de medicamentos que Josep, mi padre catalán, me había preparado para el viaje. Es médico y había estado días informándose y preparando los fármacos más adecuados para cualquier imprevisto que pudiera tener, por lo que estaba segura de que alguno serviría para contrarrestar el veneno o, como mínimo, para aliviar el tremendo dolor que sentía mi madre.

—Mamá, tranquila, tengo medicinas que he traído de Europa.

Te pondrás bien —le dije, tratando de calmarla, mientras corría en busca de la bolsa de los medicamentos.

De repente aquella noche se había convertido en una auténtica pesadilla. La bolsa estaba en una esquina, bajo un montón de ropa. Trasteé desesperada, pero era imposible, cogía una caja, leía rápidamente el prospecto, la dejaba caer y agarraba otra. Ninguna parecía servirme. «Nadia, tranquila, respira», me dije a mí misma para recobrar el control.

Marqué en el teléfono el número de Josep. En España sólo eran las diez y media de la noche, así que seguramente aún estaría despierto. Un tono, dos tres... por fin línea.

—¡Papá, soy yo, Nadia!

—Nadia, hija, qué alegría escucharte. Has tenido suerte... tu madre y yo ya nos íbamos a la cama.

—¡Papá, escúchame, tenemos un problema! —grité.

—¿Qué te pasa, hija? —La voz de Josep se quebraba por momentos—. ¿Qué es lo que pasa?

—Zia, mi madre, le ha picado un escorpión venenoso.

Le describí la apariencia del animal, así como la hinchazón y el tono azulado de la herida.

—Nadia, escúchame bien. Con los medicamentos que tienes diría que... Dale dos pastillas para la alergia, y si ves que no mejora vuelve a darle otras dos dentro de unas seis o siete horas. No es el medicamento más adecuado, pero es lo único que tienes que pueda servir de algo.

Mamá seguía gimiendo de dolor, desesperada, mientras Arezo trataba de matar al alacrán con un viejo palo de madera que a veces usaba mi madre para apoyarse.

—Sí, papá. Pero el tono azulado va extendiéndose por toda la pierna...

—Nadia, escúchame y trata de calmarte. Lo siguiente que debes hacer es atar la pierna de tu madre, que se mantenga recta, y permanecer a su lado. Las primeras veinticuatro horas serán cruciales, no te separes de ella.

—Sí, vale, eso haré.

—Sentirá muchísimo dolor, pero debería recuperarse. Te tocará cuidarla muy bien, hija. Y llámame a cualquier hora. ¿De acuerdo?

—Sí, papá... —dije con un hilo de voz.

Y eso hice. Mamá pasó la noche delirando y gritando. Lo único que Arezo y yo podíamos hacer era estar a su lado y tratar de que se tranquilizara, pero no fue fácil. Mientras mi hermana nos hacía compañía, calentaba tazas de té y vigilaba a papá, que parecía no entender qué estaba sucediendo, yo no me separé del regazo de mamá. Le acaricié el pelo delicadamente, una y otra vez. Esperaba que eso sirviera para relajarla, a pesar de que no cesaban sus delirios.

En el transcurso de la noche tuve muchísimo tiempo para pensar en cómo evitar que aquello volviera a suceder. Y tenía dos opciones: o contratar a un albañil para que construyera un falso techo que mantuviera alejados a los escorpiones, o bien mudarnos a una casa algo mejor. Y sin duda la última era la opción más conveniente. Aquel barrio era de los más abandonados y peligrosos de Kabul. Debía encontrarles algo mejor donde vivir.

Zia estuvo más de doce horas con sudores fríos, temblores y delirios recurrentes. Pero a pesar de todo habíamos tenido suerte; las arañas e incluso las serpientes que a menudo se colaban en casa eran mucho más venenosas que el alacrán que había atacado a mamá. Esa noche me convencí. Había vuelto para darles un futuro mejor. Así que tenía que sacarles de aquel cuchitril, y además encontrar a Mersal antes de que fuera, quizá, demasiado tarde.

Al día siguiente, en uno de los pocos momentos de calma que mi madre parecía tener, pedí a Arezo que me acompañara a comprar un poco de verdura y carne de cordero, lo justo para cocinar un buen caldo con el que mamá pudiera recuperar algo de energía.

Hacía un día inusual para la época del año en la que estábamos; aunque aún hacía calor, el cielo estaba encapotado y presagiaba tormenta. Atravesamos varias calles y callejones angostos, sin asfaltar, llenos de barro y baches. Por allí sólo podían circular los carros tirados por mulas, las carretillas con las que los niños se sacaban un par de afganis y las motos y las bicicletas, pero los coches lo tenían casi imposible, y qué decir de los autobuses. «A poco que llueva, todo quedará encharcado y las calles serán intransitables incluso a pie», pensé. Miré a Arezo, que avanzaba rápida, esquivando zanjas y socavones. La brisa alborotaba su pañuelo, dejando entrever su precioso cabello azabache.

—Todo es tan distinto en Europa, hermana...

—Sueño con ir allí contigo... algún día. ¿Las calles y los edificios son tan bonitos como en las películas? —me preguntó.

—Sí, casi siempre. En Barcelona puedes ir al cine, al teatro, visitar museos, pasear por la playa, perderte por la montaña... ¡y todo el mismo día!

—Estás exagerando, Zelmai *jan*. Siempre lo haces... ¡en eso te pareces a mamá! —replicó riendo Arezo.

Todas las casas del barrio parecían salidas de la Edad Media. Eran de una sola planta, de paredes de adobe, la mayoría blancas o de color café, y todas con su azotea. Sólo unas pocas estaban hechas al estilo occidental: de cemento y con más de una planta. Y no había vecino, grande o pequeño, que no se parara a admirarlas cuando pasaba al lado de una de estas construcciones.

Tras dejar atrás el laberinto de callejuelas nos adentramos en la calle principal del barrio, donde estaban la mayoría de comercios y puestos ambulantes, aunque la calle en sí no era mucho más amplia que las anteriores. Aquel paseo junto a Arezo parecía un viaje al pasado, era como si jamás me hubiera ido de allí.

Estaba abarrotado de gente. Los comerciantes regateaban casi a gritos con los clientes, a un par de metros un herrero forjaba pequeñas piezas de metal, y algo más allá un tradicional *alabizaz* estaba concentrado en la elaboración de teteras, calentadores de agua y otras piezas de aluminio y cobre. Un mendigo lisiado recorría incansablemente la hilera de puestos, mientras que un poco más lejos un anciano vendedor, sentado en el suelo de tierra, ofrecía una gran variedad de frutos secos expuestos en cestas de mimbre.

Cuando llegamos aproximadamente a la mitad de la calle, a la altura de una pequeña plazoleta, una tienda me llamó la atención. Tras el escaparate estaban expuestos un montón de productos de todo tipo, desde fiambreras hasta muñecas de plástico, e incluso varios maniquíes ataviados con ropa occidental. A la entrada, un joven de inconfundibles rasgos orientales se apoyaba en el marco de la puerta.

En mi país, desde la guerra civil, la forma de vestir se había ceñido a la tradición. Bien es cierto que anteriormente, sobre todo en tiempos del presidente Najibullá, la moda y las formas de vestir habían evolucionado casi a la par que en Occidente, pero aquellos tiempos parecían ya muy lejanos, sobre todo para los jóvenes que, como yo, solamente sabíamos de aquella época gracias a los relatos de nuestros padres y abuelos.

—Es la primera vez que veo una tienda así por aquí —le dije a mi hermana.

—Bueno, se encuentran muchos productos chinos en el centro, y empiezan a aparecer también algunas tiendas por aquí. Venden de todo, y muy barato, pero de malísima calidad.

Antes de la guerra civil la ropa se hacía en Afganistán, y era cara, pero de una calidad excelente. Entonces aún había fábricas nacionales, y lo normal era que las familias trabajadoras se compraran un par de vestidos, y a medida que se empezaban a estropear la esposa los zurcía y remendaba para que pudieran seguir usándose. Las piezas se arreglaban una y otra vez y pasaban a los hijos, aprovechándose así de generación en generación. Aquello habría sido imposible con las modernas telas importadas de China. Eran baratísimas, pero no duraban más de tres lavados.

—Aquel viejo profesor suele tener buenas verduras —me indicó Arezo.

En Afganistán no era extraño ver a maestros o funcionarios públicos compaginando su trabajo principal con la venta ambulante para complementar así su exiguo sueldo. Muchas veces los veías dos o tres veces por semana con carros llenos de verduras que compraban directamente a algún agricultor, o incluso con juguetes u otros objetos que revendían para redondear sus ganancias mensuales. Y el dinero que ganaban en el mercado no era despreciable, ya que en Afganistán, a diferencia de lo que ocurre en Europa, casi todo el mundo compra en mercados y bazares populares, y sólo una selectísima y adinerada minoría lo hace en supermercados.

De nuevo de camino a casa, tras comprar todos los alimentos que necesitábamos para la sopa, pasamos al lado de cinco hombres que trataban de arreglar una vieja motocicleta. Al llegar a su altura se incorporaron y nos abrieron paso, sin dejar de observarnos como si fuéramos dos codiciados objetos, como si nunca antes hubieran visto a una mujer. Llevaba varios años viviendo en Barcelona, una ciudad cosmopolita, moderna y abierta, y jamás me había sentido tan incómoda como en aquella ocasión. Y encima en mi propio país. Aquel machismo, exacerbado por años de violencia y de guerra, me irritó enormemente, aunque a mi hermana no pareció importarle. Sin duda aquellos años en Occidente habían cambiado mi manera de ver las cosas.

Afganistán y Occidente parecían mundos opuestos, como la noche y el día.

El helado de Mersal

Poco antes de llegar a casa cruzamos ante una heladería, uno de los negocios que más habían proliferado tras la guerra civil, y Arezo se quedó boquiabierta ante la vitrina.

—Zelmai *jan*, ¿me regalas un helado? Hace tanto tiempo que no me llevo uno a la boca... —me soltó con un aire fingidamente tristón, tratando de ablandarme.

—Claro, hermana —respondí al instante.

Aquella frase me transportó a años atrás, como si la acabara de pronunciar Mersal. Mientras Arezo relamía la bola de helado rememoré el primer día en que Mersal me pidió exactamente lo mismo.

Recuerdo como si fuera ayer el día en que mamá y yo nos presentamos en casa de mis tíos y les contamos mi plan para sacar adelante a la familia. A decir verdad, aquella vez yo ya me presenté vestida como Zelmai, por lo que el impacto inicial fue grande, aunque paradójicamente aceptaron muy rápido mi nueva identidad, incluida Mersal.

De hecho, como yo era la mayor y me hacía pasar por un chico, tía Sha Ghul empezó a pedirme recados cada vez más a menudo, y yo los hacía encantada, ya que trabajar y ayudar a la familia me hacía sentir útil, y además saboreaba la libertad de pasear libremente por las calles de Kabul, una experiencia que al resto de mis primas les estaba vedada por el simple hecho de haber nacido mujeres.

Por alguna extraña razón que no alcanzaba a comprender, para mí la libertad era algo mucho más preciado que para mis primas y mis hermanas, desde bien pequeña. Todas nos habíamos criado en la misma familia y habíamos crecido en la misma ciudad, pero yo nunca me resigné a vivir así, recluida en casa y acatando las órdenes de mi marido. Esa vida no estaba hecha para mí.

En esas ocasiones en que salía a hacer recados caminaba desde casa de mis tíos hacia alguna calle más transitada y esperaba a que apareciera algún ciclista. La bici era entonces el único medio de transporte fiable para los kabulíes, ya que la mayoría de los coches habían acabado destruidos o confiscados por la soldadesca.

—¡Señor, lléveme hasta el centro, por favor! —gritaba cuando pasaba algún ciclista cerca.

—¡Va, venga, lánzate! —Era la respuesta de los que aceptaban a llevarme un trecho hasta mi destino.

Tras el visto bueno del ciclista corría desesperada para alcanzar la plataforma trasera de la bicicleta, ya que los conductores nunca se detenían y debía subir en marcha, haciendo mil y un malabarismos tratando tanto de no caer como de no desestabilizar al conductor.

De vuelta en casa de mis tíos, Mersal me acribillaba a preguntas: «¿Cuántas bicicletas cogiste hoy?, ¿te compraste un helado con el dinero de tío Ghulam?, ¿viste a alguna patrulla de soldados?». Yo respondía pacientemente a todo lo que me preguntaba, y siempre quedábamos en que la próxima vez convenceríamos a tía Sha Ghul para que la dejara acompañarme.

Uno de esos días en que las bandas de muyahidines se prodigaban por todo Kabul, patrullando amenazantes, mientras los talibanes asediaban la ciudad, tía Sha Ghul volvió a pedirme que fuera a comprar un poco de *naan* al centro. Cuando estaba cruzando el umbral de la puerta escuché la voz de Mersal a mi espalda.

—¡Espera, espera! —gritó, corriendo hacia mí.

Acababa de ducharse con cubos de agua y tenía aún el pelo húmedo.

—Nadia, por favor, habla con mi madre y dile que no te irás sin mí. Quiero que me lleves contigo. Me lo has prometido muchas veces... —me suplicó.

Sus ojos brillaban de ilusión, y accedí a hablar con mi tía, aunque sabía que no sería fácil. Estaba en la cocina tratando de calentar agua, y la expresión de su rostro cambió al momento cuando dije que quería llevarme a Mersal conmigo a la ciudad.

—Zelmai, Mersal es una chica, no hay ninguna necesidad de que salga de casa —replicó, muy seria.

—¡Yo también soy una chica, tía, aunque me vista de chico! —repuse.

—Sí, lo sé, Nadia *jan*. Pero tú eres una chica muy valiente, y mi hija no lo es. ¡Si le ocurre algo... no sabrá reaccionar, no es como tú.

—¡Yo también tengo miedo, tía! Las dos nos protegeremos, la una a la otra. ¡Si no me acompaña, yo tampoco iré! —Me planté, decidida a no ceder.

Sha Ghul estaba nerviosa y murmuró algo que no comprendí. De repente sacudió la cabeza y se detuvo, tratando de buscar las palabras adecuadas.

—Muy bien, Nadia *jan*. Sólo espero que seáis conscientes de que esto no es ningún juego.

Atravesé apresuradamente todo el pasillo en busca de Mersal, la abracé y salimos corriendo por la puerta de casa, riéndonos alocadamente.

Pero la aventura con mi prima no iba a ser todo lo tranquila que yo esperaba. Por alguna extraña razón Mersal caminaba con dificultad, intentando sujetarse con la mano sus *tunban*, una especie de pantalones anchos, típicamente afganos, que se ajustan gracias a la goma elástica que pasa por su interior.

—Nadia, no llevo la goma del pantalón... —me confesó Mersal mientras se levantaba el bajo para que yo misma pudiera verlo.

No me lo podía creer, se había hecho un nudo con la misma tela del *tunban*.

—Pero ¿por qué demonios no me lo has dicho antes? ¡Puedes perder los pantalones en cualquier momento! —le grité.

—Porque si te lo hubiera dicho, no me habrías dejado acompañarte... —se sinceró, y esquivó mi mirada.

Asentí. Tenía razón, y además yo tenía las mismas ganas que ella de que me acompañara, así que no podía reprocharle nada. Acordamos que se agarraría con fuerza el nudo, para que no se le cayera, mientras esperábamos a que algún ciclista accediera a llevarnos un trecho del camino.

Cuando un conductor por fin aceptó llevarnos, el sol empezó a esconderse tras unos nubarrones que avanzaban desde las montañas y, a los pocos minutos, las primeras nubes que nos cubrían empezaron a descargar una fina lluvia que no tardó en convertirse en una fuerte tormenta de primavera. Yo iba en la parte delantera de la bici, y Mersal en el saliente posterior, agarrándose el pantalón con una mano mientras que con la otra se aferraba al guardabarros de la bicicleta. El trayecto duró apenas veinte minutos, pero llegamos totalmente empapadas.

—¡¿Sabes qué?! ¡Ese hombre ha intentado tocarme el culo durante todo el viaje! —me susurró nada más apearnos de la bici.

—¡Qué dices! ¿De verdad? —respondí, indignada.

Al parecer aquel depravado había estado conduciendo con una mano y había querido manosearla con la otra, y yo no me había dado ni cuenta. Pero aún éramos demasiado pequeñas, estábamos en Afganistán y aquello no supuso más que una anécdota para nosotras.

Caminamos hacia unos amplios accesos subterráneos que estaban distribuidos por el centro de Kabul y que, justo donde estábamos, se utilizaban para cruzar de un lado a otro de la avenida Jade Asma-vee. Antes de la guerra civil era uno de mis sitios favoritos. Era muy luminoso a pesar de estar parcialmente soterrado, y siempre me había encantado ir allí con mi padre, ya que se instalaban tenderos que vendían juguetes, ropa y pequeños electrodomésticos. Era maravilloso poder contemplar junto a él todos aquellos productos que nos fascinaban. A veces, incluso, conseguía que mi padre me comprara algo, y entonces mi felicidad era máxima.

Pero aquellos tiempos habían quedado atrás, y ahora los accesos subterráneos estaban abandonados, sucios, descuidados, eran la viva imagen de lo que había ocurrido con Kabul tras años de guerra. Por suerte, encontré en el suelo una harapienta gasa de alguna persona herida y la cogí sin pensármelo. Era perfecta para hacer un improvisado cinturón, así que ayudé a Mersal a atársela y salimos corriendo en dirección a la panadería, que nos quedaba a apenas cien metros de allí, justo cuando la tormenta volvía a arreciar con fuerza.

Compramos el pan, tal y como había prometido a mi tía, y esperamos unos minutos en la entrada a que se apaciguara el chaparrón.

—Ahora, Mersal, corre, a ver si alguno de aquellos ciclistas nos acerca.

Ocurrió todo tan rápido que mi primera reacción fue gritar de desesperación.

—¡Por Alá, ayuda, ayuda! ¡Ayudad a mi prima, que se ahoga!

Mersal acababa de caerse en una zanja enorme, de quizá un metro y medio de profundidad, que tras la tormenta había quedado completamente encharcada, confundiéndose así con los demás socavones de la calle.

Rápidamente media docena de transeúntes se acercaron a socorrerla, pero por mucho que le tendían la mano, Mersal parecía no reaccionar, a pesar de que se ahogaba por momentos. Mis súplicas se mezclaban con el griterío de los hombres que trataban de ayudarla, hasta que por fin éstos consiguieron sacarla antes de que el agua le cubriera completamente la cara. Fue entonces cuando entendí la reacción de mi prima; salió con las manos en la cintura, agarrándose los pantalones.

«¿Acaso te duele la barriga? ¿Seguro que te encuentras bien?», le preguntaban los hombres que hacía sólo unos instantes le habían salvado la vida. Obtuvieron un lacónico «gracias» por respuesta, tras el cual Mersal se escondió detrás de mí.

—Volvamos a casa, Mersal. Tía Sha Ghul debe de estar preocupada —le dije cuando el grupo de hombres se dispersó.

—¡Pero quiero mi helado, Nadia! ¡Me lo prometiste! —me reclamó Mersal, impaciente.

—¡¿No ves que estamos empapadas, hace un día horrible y encima has estado a punto de ahogarte?! Si tu madre se entera me matará —repliqué.

—Hace muchísimo tiempo que no saboreo un helado, y si no lo hago hoy quizá nunca más tenga ocasión de hacerlo. Por favor, hazlo por mí...

Ella me había ayudado y cuidado tanto que fui incapaz de negarme, así que fuimos a la heladería Bradaran, mi favorita, y nos compramos dos cucuruchos de tamaño extragrande, con tres bolas cada uno. Siempre recordaré su cara de felicidad. Estaba empapada, temblaba de frío y apenas conseguía sujetarse los pantalones, pero un simple helado había conseguido que sus ojos centellearan de ilusión.

De camino a su casa pasamos cerca de un popular *hamam*, uno de los baños tradicionales donde los hombres acuden a ducharse, y entonces se me ocurrió cómo secar la ropa de Mersal. Al fin y al cabo, si llegaba así a casa, a las dos nos caería una buena reprimenda, y era posible que a Mersal nunca más la dejaran salir, al menos conmigo. Así que la cogí de la mano y me la llevé hasta la salida de humos, una especie de chimenea que estaba en la parte trasera del *hamam*. En esos baños calentaban el agua gracias al fuego que conseguían quemando principalmente ruedas de coches y todo tipo de basuras.

Estuvimos allí un par de minutos absorbiendo el calor que ascendía por la salida del *hamam*, y aparentemente había sido una buena idea; nos habíamos secado enseguida. El único inconveniente es que acabamos negras como la noche, tiznadas por el hollín de los residuos. Estábamos más que sucias, parecíamos dos auténticas indigentes. Fue un momento maravilloso: Mersal y yo nos mirábamos y no dejábamos de reír.

—¡Uff, me duele la barriga de tanto reír, prima! ¡Te lo juro!

—¡Eres una quejica, Nadia *jan*! Pero al menos por una vez podrás decir que tuviste verdadero dolor de barriga —me respondió Mersal casi sin respiración.

El resto de la tarde, de vuelta a casa, tratamos de limpiarnos, pero sin una buena ducha era imposible quitarnos todo aquel hollín. Por suerte, llegamos al anochecer y tía Sha Ghul no se dio cuenta de nuestro estado, ya que la casa estaba a oscuras. Por aquel entonces no teníamos electricidad, sólo una pequeña lámpara de aceite que únicamente se encendía a la hora de cenar. Podría decirse que aquella noche nos salvamos por los pelos.

A la mañana siguiente tía Sha Ghul montó en cólera al ver el estado en el que habíamos vuelto, pero por fortuna Mersal dio con una buena excusa; le contó que habíamos ido a primerísima hora de la mañana a limpiar el samovar, un recipiente de origen ruso en el que se prende fuego y que sirve para calentar el agua del té. De hecho quien lo usa suele acabar bien tiznado de negro, ya que para encender el fuego se usa carbón.

Pero tía Sha Ghul no nos creyó, y nos ganamos una buena

reprimenda. Una buena reprimenda y una fantástica historia que contar a nuestros hermanos y primos. No había velada familiar en la que no la contáramos y que no acabara entre sonoras carcajadas.

El día a día de Arezo

—Dónde iremos esta tarde, Zelmai? —me preguntó Arezo al poco de preparar la sopa para nuestra madre, esbozando una tímida sonrisa. Esa tarde, si veía a Zia lo suficientemente recuperada como para dejarla sola, iríamos al cementerio en el que estaba enterrada tía Sha Ghul.

Desde mi llegada a Europa había meditado muy a menudo sobre las diferencias entre el día a día de las mujeres afganas y el de las mujeres occidentales. Y sin duda eran vidas muy distintas. Por eso, quizá, aquellos días recorriendo Kabul junto a mi hermana eran algo así como unas vacaciones para ella, ya que en su día a día apenas salía de casa. Mi llegada supuso un cambio enorme en su vida, y se la veía encantada.

Arezo, como el resto de las mujeres de mi familia, seguía la típica rutina de las afganas; se levantan poco antes de las seis de la mañana, a la hora del rezo, y tras orar preparan el desayuno, que consiste casi siempre en un poco de té con *naan* comprado el día anterior o a primera hora de la mañana. En algunas familias el pan afgano aún se sigue haciendo a la manera tradicional, por lo que las mujeres deben levantarse antes para preparar y hornear la masa. Tras dejar listo el desayuno para toda la familia, deben limpiar el patio y las estancias de la vivienda.

A la salida de los primeros rayos de sol toca despertar a los hijos y ofrecerles el desayuno, y para ello deben apartar antes los colchones y extender un plástico sobre el *Qalin*, para evitar que éste se manche con el té.

En mi país, al contrario de lo que ocurre en Europa, los niños van solos al colegio, y sus madres aprovechan esas primeras horas del día para ir al mercado a comprar los alimentos necesarios para preparar la comida y la cena. Tras la comida, hay que limpiar la vajilla y empezar a preparar la cena, ya que los platos afganos suelen necesitar mucho tiempo de elaboración. Y por último, vuelta a limpiar las estancias de la casa. Ésa era la vida de las mujeres de mi familia.

El día a día de Arezo no era muy distinto; una vida sacrificada, destinada a satisfacer a los demás, y sin apenas libertad. La vida de mi hermana nada tenía que ver con la vida que yo disfrutaba en Barcelona, y eso me entristecía. No era justo.

—Libertad —dije con cuidado, casi para mis adentros. Libertad. Esa palabra tan extraña, tan evocadora, tan intensa.

—¿Qué decías, Zelmai? —me preguntó Arezo.

—Nada, hermana, nada. Simplemente pensaba en voz alta...

El día a día de los hombres afganos también es duro, pero algo más variado que el de sus esposas. Y sin duda gozan de muchísima más libertad. Se levantan sobre las cuatro de la mañana para ir a la mezquita más cercana, y suelen regresar un par de horas más tarde, justo para asegurarse de que sus hijos ya están preparados para marcharse a la escuela; luego se van a trabajar. Los niños empiezan a las siete de la mañana, y las clases duran hasta las dos y media de la tarde, y si el padre trabaja cerca es muy normal que los pequeños le lleven la comida al trabajo. Los hombres no regresan a casa hasta las nueve o las diez. La jornada laboral típica en Afganistán nada tiene que ver con la occidental.

Tardamos más de una hora en llegar al cementerio de Kabul, un trayecto que no nos tendría que haber llevado más de media hora. Aproveché la ocasión para hablar con mi hermana como aún no había podido hacerlo desde mi llegada, ya que en casa era difícil encontrar momentos de intimidad. Deseaba saber cuáles eran sus planes de futuro, sus anhelos más íntimos, sus proyectos de vida, pero Arezo no dejaba de preguntarme cómo era Barcelona.

—¿Y el mar, cómo es el mar? ¿Es cierto lo que dicen, que no tiene fin? —Sus ojos brillaban de ensueño.

—Todo lo que has oído del mar se queda corto, hermana. Escuchar de fondo la melodía de las olas al acariciar la playa mientras paseas, respirar hondo y llenarte los pulmones de esa frescura es lo más relajante y maravilloso que he conocido jamás...

—Qué suerte, Zelmai. Te admiro y te envidio... ¿Y es cierto que a nadie le importa cómo vistes?

—Hermana, allí puedes ir como quieras, a donde quieras y con quien quieras. Algunos de mis mejores amigos son hombres, y quedo con ellos cuando y donde me apetece. Allí hay libertad...

—¿Sabes qué? Siempre pensé que ese mundo sólo existía en las películas, que la realidad era... más o menos como esto —dijo, señalando a su alrededor, con hastío.

—El mundo es mucho más que esto, Arezo. Y puede ser maravilloso —le dije con la mirada perdida en recuerdos.

—¿Incluso para nosotras?

—Sobre todo para nosotras.

Suspiró. Le hablé con pasión de mi hermana Marta, y del resto de mi familia catalana. No acababa de creerse que fueran tan generosos conmigo, que me hubieran aceptado como una hija y una hermana más. La bondad, la generosidad y el cariño de mi «otra» familia contrastaba con la imagen que se tenía en Afganistán de los europeos.

—¿Y le has hablado de mí a tu hermana de Barcelona? —me preguntó enarcando las cejas. Parecía estar algo celosa.

—Claro, y ella me suele preguntar por ti cada vez que tú y yo hablamos por teléfono —le dije, aunque no parecía muy satisfecha con la respuesta—. Y ahora que lo dices, hermana, me gustaría que me explicaras muchas más cosas cuando te llamo. Apenas me hablas...

—¿Y qué te voy a contar, Zelmai, si aquí siempre hacemos lo mismo? Ya lo sabes: lavar, cocinar y limpiar. Tú, en cambio, vas a la universidad, haces obras de teatro, lees libros, tienes tu propio coche... incluso viajas sola. ¡Tu vida es mucho más interesante! —dijo con un punto de tristeza.

Desde que había abandonado Kabul mi máximo deseo siempre fue sacar de allí a Arezo, llevarla a Barcelona conmigo. Pero no podía separarla de Razia ni hacerme cargo de ambas, y mucho menos ahora que mi otra hermana estaba casada. Y parte de la culpa era mía, por haberle prometido tantas veces que la llevaría conmigo.

Paradójicamente, estando en Barcelona podía ayudarlas mucho más que si me hubiera quedado allí, con ellas, y lo sabían, aunque mis hermanas siempre esperaban mucho más de mí. Pero el vivir en mundos tan diferentes había hecho que el abismo que nos separaba no fuera sólo físico sino también, y cada vez más, un distanciamiento cultural, mental.

Me dolía escuchar a Arezo, así que traté de centrarme en cambiar lo que realmente estaba en mis manos, y le volví a preguntar sobre su decisión de dejar los estudios y casarse. Estaba decidida a hacerlo.

—¡Ya lo he decidido, Zelmai! Sólo así encontraré a alguien que me cuide y me proteja. Además, si ahora me desdijera se correría la voz y ya nunca podría casarme... —insistió.

—Está bien, hermana. Ya hablaremos de esto en otro momento —contesté, tratando de tranquilizarla.

Entendía cómo pensaba, pero me resistía a aceptarlo. Si dejaba de estudiar, si se casaba, si se rendía tan pronto jamás conseguiría ser dueña de su propia vida, de su propio destino. Estaría condenada a vivir la vida de otra persona, y no la suya propia. Contuve la rabia como pude, y bajamos del autobús. Ya habíamos llegado.

La *Adira*

El cementerio en el que está enterrada Sha Ghul es una extensión irregular de tierra parda, salpicada de arbustos y de pedazos de cemento que acompañan los senderos de gravilla que lo recorren. Las lápidas, la mayoría muy deterioradas, confieren al cementerio una imagen de completo abandono.

Me dejé llevar por Arezo hasta un abultamiento del terreno coronado por una piedra rectangular clavada a tierra que hacía la función de lápida. A pocos metros de donde nos encontrábamos estaban también enterrados nuestros abuelos, mi tío Jan Agha y otros miembros de la familia, por lo que no hizo falta que Arezo me dijera que bajo aquel túmulo de tierra yacía Sha Ghul. Contuve la respiración y entorné los ojos. La claridad me cegaba.

Guardamos silencio durante unos minutos. La *Adira*... así es como llamábamos al cementerio en idioma dari. Rememoré las veces y veces que me había escapado a aquel lugar, quizá el único en todo Kabul en el que era posible sentirse en completo silencio, en verdadera paz y armonía.

Arezo me miró, buscando las palabras adecuadas.

—¿Te parece que andemos un poco?

Mientras caminaba por los senderos del cementerio me invadió una extraña sensación, como si deambulara por el monte, perdida, sin rumbo ni destino. Llegamos a la pequeña mezquita del camposanto justo en el momento en que el sol se escondía tras un par de nubes a la deriva.

—Está exactamente como lo recordaba...

Mi hermana asintió con la cabeza. Las diferencias sociales se hacían patentes hasta en la tumba; ciertas sepulturas estaban protegidas por rejas de hierro, pintadas siempre de verde o de azul cielo; eran las tumbas de los más ricos. También se podían encontrar algunas recubiertas con cemento. Y por último todas las demás, humildes tumbas que reposaban bajo una simple capa de tierra, como la de Sha Ghul y el resto de mi familia. Los ricos no podían llevarse el dinero a la otra vida, pero estaba claro que se afanaban en mostrar su riqueza incluso en su última morada.

Junto a algunos sepulcros ondeaban banderas rojas o verdes, que era el símbolo que indicaba que aquellas personas habían fallecido en sucesos dramáticos, como en un atentado o un accidente de coche... La bandera es la señal de la tragedia, el símbolo de los mártires, y se renueva cada año en el día del «*Naw Roz*», a inicios de la primavera. Ese día se celebra nuestro fin de año; todas las familias salen a la calle a celebrar que han superado otro largo y duro invierno, visitan las tumbas de sus fallecidos y cambian la bandera de sus mártires.

Volvimos hasta la tumba de Sha Ghul, nos arrodillamos en señal de respeto y rezamos una oración por ella, para que Alá perdonara sus pecados y le permitiera encontrar en el otro mundo la paz que se le había negado en éste.

Tras la oración miré de nuevo al cielo, de un azul inmaculado, y susurré una promesa que estaba decidida a cumplir a toda costa:

—Tía, te prometo que encontraré a Mersal y la traeré ante ti, cueste lo que cueste.

Nos envolvía una paz pétrea.

Tras aquella visita al cementerio decidí que era el momento de ir a ver al marido de Razia. Debía discutir con él acerca de la decisión que había tomado respecto a que Arezo abandonara sus estudios. Por suerte no nos fue difícil encontrar una de las maltrechas furgonetas que hacían el trayecto hasta Jangalak, el barrio donde vivían Razia y mi cuñado.

Kabul es un auténtico caos: todas las calles son de doble sentido, por estrechas que sean; puede aparecer cualquier animal incluso en las avenidas principales, y a la hora de conducir puedes encontrar coches con el volante a la izquierda, a la derecha...Además, Kabul es un auténtico hervidero de todo tipo de vehículos, desde bicicletas y carros tirados por mulas hasta vehículos militares y coches de lujo conducidos por antiguos señores de la guerra.

En un momento dado la furgoneta frenó en seco para ceder el paso a un adolescente que cambiaba de sentido con su bicicleta. Llegué a ver cómo el joven gesticulaba y voceaba al conductor de un Mercedes Benz impresionante, último modelo, tan pulcramente limpio y brillante que contrastaba con el polvo que inundaba las calles de Kabul.

—¡¿No ves lo que haces o qué?! ¡Me has cerrado el paso! ¡Maldito ricachón, mira por dónde vas!

Así es el pueblo afgano. Los pobres respetan pero nunca se dejan amedrentar por los poderosos, sean quienes sean y vengan de donde vengan.

Las arterias principales de la ciudad estaban llenas de mendigos pidiendo limosna y de pastores venidos de los pueblos cercanos que trataban de vender alguna oveja a los transeúntes. Y no faltaban pequeñas lápidas, diseminadas por toda la ciudad, en recuerdo de los mártires que murieron justo allí.

Cruzamos el barrio de Wazir Akbar Khan, con casas y edificaciones construidas al estilo europeo. Antes de la guerra había sido el barrio preferido por los funcionarios del gobierno, y ahora lo es de los más ricos y poderosos. Tras él, le llegó el turno al Kote sangi, el barrio hazara, una de las etnias de Afganistán, junto a los pastunes.

De repente me sobrevino un recuerdo, la imagen del «puente de la antena» de Kabul. Un día de un azul intenso, no muy distinto a aquél, me separé de Mersal justo en ese puente, que une las montañas más próximas con la ciudad, y por el que solía haber bastante tráfico. Recuerdo ese día con una tristeza inmensa. Wasel Abad, el barrio de mis tíos, se había convertido en el campo de batalla principal entre facciones de los señores de la guerra, y ambas familias decidimos escapar temporalmente de allí. Nosotros nos fuimos a un campo de refugiados que ya conocíamos, y mis tíos se fueron a otro campo distinto del que se decía que las condiciones eran algo mejores.

Lo recuerdo como si fuera ayer. Mersal y yo íbamos cogidas de la mano de nuestras madres y caminábamos a paso rápido, como si tuviéramos prisa por abandonar todo aquello que dejábamos atrás. Nos miramos con el rostro empapado de profunda tristeza, sabiendo que en el mejor de los casos pasarían meses antes de volver a vernos, tal vez años. Nuestros padres estaban tensos. Ya no había vuelta atrás. Si conseguíamos llegar sanos y salvos al campo de refugiados tendríamos agua, algo de comida y una cierta seguridad, pero seríamos simplemente una más de las familias anónimas a las que la guerra les había arrebatado su futuro.

Quería despedirme de Mersal, por lo que forcejeé con mi madre para que me soltara el brazo, pero Mersal no reaccionó. Se quedó quieta, impasible. ¿Acaso no quería abrazarme tanto como yo a ella? ¿Por qué tenía que ser siempre tan sumisa? Era mi mejor amiga, como una hermana, y la adoraba, pero por unos instantes la odié. ¿Por qué no luchaba por mí, por quedarse junto a mí? Entonces no era capaz de comprenderlo, pero quizá todo se debiera a Sha Ghul. Mersal siempre había sido tímida, obediente, muy pasiva, y probablemente le era imposible imponerse a la fuerte personalidad de su madre.

Estábamos cada vez más cerca de nuestro destino y pensé en la antigua Kabul, la ciudad que yo conocía tan bien por todo lo que me había explicado mi madre tantas y tantas veces. Por ella sabía que antiguamente las calles y los barrios de la ciudad se dividían en función de las profesiones de sus habitantes. Así, podíamos encontrar el barrio de los músicos, el de los sastres, o el de los carniceros y vendedores de kebabs. Pero treinta años de cruenta guerra habían barrido aquel pasado.

Imaginé cómo habría sido el Chauk, el barrio de la ciudad vieja, con sus calles angostas, laberínticas, abrazadas por comercios, bazares, puestos de venta ambulante, toldos por doquier, turistas y música en vivo. Un lugar ideal, de calles frescas en verano y algo más cálidas que el resto de la ciudad en invierno. Chauk no era ya ni la sombra de lo que fue. La guerra lo había convertido en ruinas. Sólo permanecía su recuerdo.

El futuro de Arezo

Aquella era la primera vez que entraba en casa de mi cuñado, y debo decir que tenía cierto parecido a la nuestra. De hecho, casi todas las casas afganas tienen una disposición básica muy parecida: un amplio salón que hace de dormitorio para todos los miembros de la familia, alguna habitación individual más pequeña para los invitados, un patio interior en el que cocinar y hacer vida en los largos meses de verano, una azotea para tender la ropa...

En Afganistán a los invitados siempre se les brinda los mejores honores, y tanto la madre de mi cuñado como mi hermana Razia no fueron la excepción; nos sirvieron un aromático té verde acompañado de una nutrida bandeja de dulces, tratándonos con atención y gentileza desde el primer momento.

Pronto la conversación se encaminó hacia la situación en que se encontraban nuestros padres. Todas coincidíamos en que papá necesitaba una mejor atención, y mamá mayor seguridad, dados los repentinos ataques de furia de nuestro padre. Mis hermanas también habían sufrido agresiones parecidas desde que yo vivía en Europa, así que me comprometí a buscar alguna solución tan pronto regresara a Barcelona, y a tratar de costear los gastos que ello conllevara.

Apenas una hora más tarde llegó Shair, y le pedí amablemente que se sentara con nosotras para tratar asuntos de familia. Accedió encantado.

—Shair *jan*, quería que habláramos sobre Arezo... Sé que ya no estudia, y según parece es decisión tuya. —Hizo ademán de interrumpirme, pero continué, decidida—. Siéndote sincera, Shair, sabes que os he estado enviando dinero todo este tiempo precisamente para que mi hermana pudiera seguir estudiando, así que no alcanzo a comprender qué razones te han hecho tomar esa decisión.

Mis hermanas estaban visiblemente nerviosas. Arezo estaba pálida y jugueteaba con su cabello mientras Razia, con la respiración entrecortada, murmuró algo que no llegué a comprender. Hasta ese momento los hombres habían tenido demasiado poder en la sociedad afgana, pero no en mi familia, al menos desde que yo tuve que hacerme pasar por uno de ellos para mantenerla.

Sabían que yo nunca doy un paso atrás en los temas verdaderamente importantes para mí, y aquél lo era. Sabían de mi amor por la libertad, sabían que no iba a consentir que Shair decidiera por mi hermana. Lo sabían, y precisamente por eso temían que si me enfrentaba con él éste acabara prohibiendo a Razia visitar a nuestra familia. Pero yo lo tenía claro: sin estudios el porvenir de mi hermana pequeña dependería no de ella, sino de su futuro marido. Así que sería Arezo, y sólo ella, la que decidiría libremente.

—Nadia *jan*, no es que a mí no me guste que estudie, lo que pasa es que es muy peligroso. Cada semana secuestran a chicas que estudian o trabajan fuera de casa, aún hay muchísima inseguridad, y mi deber es protegerla. No puedo permitir que le ocurra nada malo...

Estaba claro que mi cuñado tenía sus razones para oponerse a que Arezo estudiara, pero yo no era el tipo de mujer que hipoteca el futuro de los suyos por temor.

—Si es por miedo, yo misma me haré responsable de lo que le pueda suceder; tú puedes estar tranquilo, Shair *jan*. Si es necesario pagaré un taxi que la lleve a las clases y la traiga de vuelta —repuse con convicción.

—Nadia, sabes que te quiero y te respeto, pero eso sería malgastar el dinero. Pronto se casará y hará vida en casa de su marido, y todo ese esfuerzo y dinero no habrá servido para nada. ¿No sería mejor gastar todos esos afganis en algo más necesario? —replicó mi cuñado con una media sonrisa burlona.

Su tono y su soberbia me estaban empezando a enervar. ¿Cómo era posible que afirmara con tanta arrogancia que los estudios eran una pérdida de tiempo? Además, él no tenía ningún derecho a decidir sobre la vida de mi hermana. Ya había conseguido que Razia dejara de estudiar, y no permitiría que hiciera lo mismo con mi hermana pequeña.

—¡¿Cómo, que estudiar no sirve para nada?! ¡Gracias a mis estudios yo puedo mantener a mi familia! ¡¿Te parece poco, Shair?! —le solté, exaltada.

—Tú eres un caso excepcional, Nadia. Tú eres un hombre, y ellas no.

—¿Acaso te parezco un hombre? —le dije mirándole desafiante.

—Perdóname, Nadia *jan*, no quería ofenderte. Quise decir que eres tan valiente y decidida como cualquier hombre y eso, aquí en Afganistán, es una excepción.

—No tienes razón, Shair. Las mujeres son tan valientes o más que vosotros, los hombres. De hecho, hay muchísimas mujeres que estudian, progresan y son dueñas de su propio destino, sin tener que depender de nadie. Y no estoy hablando de las mujeres europeas, sino de las mujeres afganas, como nosotras. Éste es un país de mujeres valientes —repliqué, ofendida y molesta.

—Pero Nadia...

—Escúchame bien, Shair. Mi deseo, desde bien pequeña, siempre fue que mis hermanas estudiaran, y no aceptaré un no por respuesta. Así que a partir de la próxima semana, si mi hermana lo desea, retomará sus clases y yo me encargaré de todo lo que haga falta.

Shair miró primero a Razia y luego negó con la cabeza, sin estar aún completamente convencido.

—Te ruego que no me lo pongas más difícil, porque no estoy dispuesta a ceder en este tema, y lo último que deseo es enfadarme contigo —continué.

Mi cuñado enarcó las cejas en señal de desaprobación y suspiró molesto. Sabía que yo estaba hablando en serio, y además él ya no tenía nada que temer, dado que yo me hacía responsable de cualquier cosa que le sucediera a Arezo, por lo que estaba segura de que transigiría. Finalmente afirmó con la cabeza.

—Muy bien, Nadia *jan*, que sea como tú deseas. Por cierto, ¿nos explicarás algo más sobre tu vida allí en Europa, verdad? —dijo, cambiando de tema.

Por fin había conseguido que fuera mi hermana quien decidiera su propio futuro, y no mi cuñado. Al menos hasta que Arezo se casara y pasara a formar parte de la familia de su marido.

Tras aquella tensa discusión la charla derivó hacia temas mucho más agradables, y me pasé buena parte de la tarde saciando la curiosidad de mi cuñado sobre temas occidentales. Él, como la mayoría de los afganos, jamás había salido del país, y lo que conocía de Occidente era a partir de las películas de Hollywood, por lo que no sabía distinguir cuánto de real y de fantasía había en ellas.

Aquella noche, de regreso a casa, pensé de nuevo en mi vida años atrás. Un pasado que me resultaba extraño y familiar a la vez. Antes de viajar a Barcelona mi único e inmediato objetivo era preservar mi libertad y mantener a los míos, y eso era algo que me hacía muy distinta al resto, iba a contracorriente de lo que marcaba la sociedad afgana. Al llegar a España, en cambio, descubrí que la sociedad europea era muy distinta de aquella en la que me había criado; allí las mujeres que vivían y trabajaban sin pedir cuentas a nadie eran la mayoría, y no una ínfima excepción.

En aquel entonces ya estaba en una situación privilegiada. Conocía ambos mundos, ambas sociedades a la perfección. Y a pesar de ello, me resultaba difícil hacerles entender a mis amigos y familiares cómo era la sociedad que tanta curiosidad les despertaba. Podía repetirles una y otra vez que lo normal en Europa es que los maridos no exijan a sus esposas que tengan la cena preparada cuando llegan de trabajar, o que tareas como cocinar, lavar, cuidar de los hijos o arreglar la casa se llevan a cabo de manera compartida, pero seguía pareciéndoles algo irreal, pura fantasía.

«¿Por qué los hombres van a hacer cosas propias de mujeres, por muy distintos que sean? O nos engañas o en Europa están completamente locos», había escuchado ya decenas de veces. Y lo cierto es que en Barcelona me ocurría lo mismo, pero a la inversa. Los catalanes daban por sentado que la sociedad afgana era extremadamente machista y opresiva, pero no entendían que eso era fruto de años de guerra, que no había sido siempre así. Antes Kabul era una ciudad libre, moderna y abierta, pero la guerra lo cambió todo. Yo pertenecía a ambos mundos, sí, pero muchas veces me embargaba la sensación de no encajar del todo en ningún sitio.

De pronto, en mitad de la noche, sentí que el viento azotaba las ventanas. Tenía los ojos empañados de sueño, pero seguía sin poder dormir, presa de mis pensamientos y mis recuerdos. Los viejos sabios e ilustrados kabulíes o bien no habían sobrevivido a la guerra o bien habían huido al exilio. Y los que quedaban estaban profundamente marcados por la sangre, el odio y la muerte. Un siglo parecía separar Kabul de mi amada Barcelona, un siglo de lucha y conquistas por las libertades.

Sin duda Kabul tenía el alma partida en dos mitades opuestas. Por un lado la realidad de los antiguos señores de la guerra, los nuevos ricos, y por el otro la de la gente común, pobre, que luchaba por ganarse el pan día sí y día también. Las chabolas de las montañas, donde sus habitantes aún debían bajar cada día al río a cargar bidones de agua, y los acaudalados señores de la guerra, que vivían en mansiones que nada tenían que envidiar a las que se pueden encontrar en cualquier gran capital europea.

Recordé un episodio que me había ocurrido días antes. Quería adecentar algo la casa de mis padres ya que desde mi infancia había vivido en un entorno limpio y ordenado y me dolía ver que ahora mi familia, al igual que el resto de los vecinos, vivía en una situación precaria, casi como si fueran indigentes en su propia casa. Así que decidí recoger toda la basura que nos rodeaba y reciclarla, empezando por el patio de casa.

Al rato me percaté de cómo Arezo me observaba atenta, así como algunas vecinas desde las azoteas cercanas. Fue entonces, cuando le devolví la mirada, extrañada, cuando mi hermana pequeña decidió romper el silencio.

—¿Qué haces? ¿Acaso te has vuelto loco, hermano? Todos los extranjeros son unos señoritos presumidos y tú, en cambio, vienes del extranjero y no se te ocurre otra cosa que recoger la basura que otros han tirado por aquí.

—Arezo... —Suspiré.

La miré con tristeza. Arezo no guardaba ningún recuerdo de cuando nuestro padre aún estaba bien de salud y manteníamos nuestra casa impecablemente limpia y bien cuidada. Aquellos tiempos habían quedado atrás, pero yo aún los recordaba. Nuestra casa había cambiado, Kabul había cambiado y el país entero había cambiado, pero yo no perdía la esperanza de rescatar lo bueno de aquellos tiempos.

Aquello me recordó la tarde en que, estando con mi padre

catalán en su estudio, le di las gracias por acogerme y educarme. Lo que me dijo nunca se me olvidará: «No, Nadia, yo no te he educado. Tú eras como un espejo lleno de polvo al que simplemente había que quitarle esa fina capa de suciedad para que volviera a brillar. Y eso es lo único que hice».

Mi hermana seguía mirándome, extrañada. Arezo no había tenido la misma suerte. O quizá lo que me separaba de ella era que yo había vivido fuera. Quizá, por alguna razón, yo era más sensible a aquellos cambios, a esa realidad en la que vivíamos. Quizá fuese mi pasado. Quizá.

Me di la vuelta en el colchón, incómoda. La débil luz de la luna se insinuaba en el suelo, tímida, frágil. «En unas horas debo preparar mi equipaje e ir en busca de Mersal», pensé. Esa noche habíamos acordado que Shabnam me acompañaría, junto a la pequeña Mina. Se me hizo un nudo en la garganta. Tenía miedo. Habían pasado tantos años... tal vez Mersal me hubiera olvidado, o no quisiera verme. Pero si no lo intentaba jamás lo sabría.

La mirada de Shabnam

Me levanté temprano esa mañana. Aún no había salido el sol, pero quería prepararme la bolsa para el viaje y poner a calentar la tetera, así que avancé con cautela por el salón, tratando de no despertar ni a mi padre ni a Arezo, que dormían a pocos pasos de mí.

Fuertes y repentinos escalofríos me recorrían el cuerpo, estremecimientos que ya había sentido antes. Me sucedía siempre que era incapaz de controlar mi nerviosismo. Quizá ése fuera el día en que podría volver a ver a Mersal, tras tantos años, y no partía de cero; Shabnam conocía su última dirección y me acompañaría, por lo que teníamos muchas posibilidades de encontrarla.

Cuando nos separamos éramos aún unas niñas, pero yo ahora vivía fuera, tenía una vida relativamente estable y podría ayudarla. A pesar de que la excusa que había esgrimido ante amigos y familiares para ir en su busca era darle en persona la noticia de la muerte de su madre, lo cierto es que lo que más deseaba era volver a abrazarla. Abrazarla, sí, y decirle que había vuelto para estar cerca de ella, acompañarla de nuevo. Ése y no otro, era mi deseo, la fuerza que me impulsaba.

Mamá apareció justo cuando la tetera, envuelta en vapor, empezaba a chirriar. Estaba allí, de pie en la oscuridad de la noche, tratando de esbozar una frágil sonrisa a pesar de que aún no estaba del todo recuperada. Se sentó a mi lado.

—*Sallam*, mamá.

—Buenos días, Zelmai *jan* —me saludó con cariño, usando mi nombre de chico.

No pude más que devolverle la sonrisa. Parecía una batalla perdida cambiar según qué costumbres.

—¿Te sirvo un poco de té con *naan*, mamá?

—Sí, hijo. Gracias.

Deposité las dos tazas de té, el pan y el azúcar en el *dastar jowan*, una especie de mantel típico afgano en el que servimos la comida, y lo puse a los pies de mi madre. Ella me observaba atentamente, pensando en la mejor manera de darme su opinión sobre el viaje que iba a emprender. Mamá, en los asuntos importantes, siempre trataba de encontrar las palabras adecuadas antes de iniciar cualquier conversación.

—Hijo, hace años que no sabemos nada de tu prima... ¿no crees que es demasiado peligroso hacer este viaje?

—Mamá, si te dijera que no te mentiría. No lo sé, pero siento que debo hacerlo por ella, por tía y también por mí. Fuimos... somos una familia, mamá.

—Pero han pasado ya tantos años, Zelmai *jan*... Puede que incluso esté muerta, o que no se acuerde de quién eres. Incluso que no quiera saber de nosotros —dijo entre susurros y silencios, con un finísimo hilo de voz.

—Lo sé, mamá, pero aun así debo ir. Serán sólo un par de días, si todo va bien.

—¿Al menos te acompañará Shabnam, tal y como quedasteis?

—Sí, mamá. Ahora iré a recogerla en el taxi.

—Mejor, hijo, mejor —respondió mi madre, con la voz quebradiza.

—No debes preocuparte, estaremos bien. De todos modos, te llamaré si necesitamos cualquier cosa —le dije.

Zia asintió resignada y tomó un gran sorbo de té. Seguimos así, desayunando una junto a la otra y disfrutando del silencio durante un buen rato. Entre mamá y yo existía un vínculo tan fuerte que en ocasiones el silencio bastaba para entendernos.

Cuando la claridad de las primeras luces del día empezó a crear gráciles sombras en las paredes del salón decidí que había llegado el momento de irme.

—Todo irá bien, mamá. Y si Alá Todopoderoso nos lo permite, traeré a Mersal de vuelta a casa —le dije.

—Dios te oiga —me contestó.

La abracé, me oculté bajo el *niqab* negro y crucé el umbral de la puerta, preparada para recorrer las callejuelas que me llevarían hasta la arteria principal del barrio, en la que debería encontrar un taxi sin demasiados problemas. Y así fue.

Tras recoger a Shabnam y a su hija Mina, nos dirigimos a la plaza de la estación Ade Lowgar, donde se reúnen las furgonetas y los autobuses de época soviética que viajan hasta las principales ciudades y provincias del país. Tuvimos suerte, porque nada más descender del taxi escuchamos que el ayudante de una de las furgonetas estacionadas en la plaza gritaba: «¡Lowgar, Lowgar! ¡Partimos hacia Lowgar en diez minutos!». Le pedí a Shabnam que apresurara el paso y nos acercamos al joven.

—¡Subid, subid, hermanas, que estamos a punto de partir y por fortuna aún nos quedan dos asientos libres! —nos dijo el joven nada más vernos.

—Espera, hermano. ¿Cuánto cuesta el viaje? —le pregunté.

—Son cuatrocientos afganis por viajero... ochocientos en total, *khowar*.

—De acuerdo, entonces.

—Perfecto, hermanas. Acompañadme y os indicaré vuestros asientos —nos dijo mientras señalaba hacia el interior.

Tuvimos suerte; el par de plazas libres estaban cerca del conductor, un lugar relativamente seguro, a la vista de todos los pasajeros. Me hundí en la butaca que daba a la ventanilla mientras Shabnam y Mina se sentaban a mi lado. La hija de mi prima dormía como un ángel. Era, sin duda, el bebé más tranquilo que había visto en toda mi vida.

El trayecto hasta Lowgar duraba unas dos horas, y la carretera estaba relativamente en buen estado, algo excepcional en un país como Afganistán, donde la guerra civil había destruido buena parte de la red de carreteras. Pero el viaje fue mucho más incómodo de lo que esperábamos; la furgoneta era de diez plazas, y acabaron entrando quince pasajeros, cinco más de los que ya éramos. Por lo visto era el único transporte hasta Lowgar y sus plazas estaban solicitadísimas.

Los asientos inmediatos al nuestro estaban ocupados por un matrimonio y sus tres bebés, que casi desde el inicio del viaje empezaron a llorar. Su madre se giró un par de veces para disculparse, y yo le agradecí el gesto con una mirada de comprensión.

A los pocos minutos de dejar atrás Kabul ya nos adentramos en un Afganistán mucho más montañoso y salvaje. Bellísimo. Los picos rocosos, desafiantes, parecían querer proteger nuestra travesía a ambos lados de la carretera, alternándose con frondosos bosques verdes que nada tenían que envidiar a los grandes parques naturales que había visitado en Europa. El vehículo, como era costumbre en mi país, iba parando donde y cuando el conductor decidía. Al pasar por algún pueblo los que esperaban el transporte solían hacer algún tipo de señal o gesto al conductor para indicarle que deseaban subir, como si fuera un taxi, ya que no existen estaciones ni paradas de autobuses.

Mina siguió durmiendo plácidamente durante la mayor parte del trayecto, lo que era un alivio para Shabnam, y yo me ofrecí a hacerme cargo de uno de los tres niños de la mujer que nos acompañaba. El niño tendría unos dos o tres años, y sus dos hermanos quizá seis o siete meses. Lo cogí en brazos y se durmió casi al instante. Me encantaban los niños, y abrazarle, acunarle, fue una sensación maravillosa. Miré a mi prima y ambas dejamos escapar una ligera sonrisa. El destino nos había situado justo en aquella furgoneta; sosteníamos un bebé en los brazos e íbamos en busca de una de las piezas más importantes de la familia, Mersal.

Al fijarme de nuevo en ella, tras aquellas miradas de complicidad, la recordé de pequeña. Shabnam había sido una delicia de niña, risueña y alegre, que siempre se reía con mis bromas. Recordé una tarde en que me presenté, ya como Zelmai, en casa de sus padres, cuando los talibanes acechaban buena parte de Kabul, y cómo Shabnam empezó a desternillarse de risa nada más verme.

—¿Y tú de qué te ríes, mocosa? —me encaré, molesta. Estaba cansada y de mal humor, tras un duro y larguísimo día trabajando en un pozo para conseguir algo de dinero.

—Es que tienes las pestañas muy largas y repintadas de polvo, primo. Parece que te hayas puesto rímel... ¡Estás guapo, pero pareces una mujer! —exclamó sin parar de reír.

Aquel comentario frívolo, infantil, me despertó todas las alarmas. Si alguien me descubría sería el fin, por eso siempre iba sucia y tratando de ocultar cualquier atisbo de feminidad.

—¡Shabnam, tráeme unas tijeras, rápido! —le solté sin pensar.

Mi prima salió corriendo, y volvió al instante con unas tijeras de sastre, que usé para cortarme las pestañas ante un espejo de mano que guardaba mi tía en una esquina del salón.

—¡Listo! Eres un sol, Shabnam *jan*. Ahora ya están mejor, ¿verdad?

—Ahora sí que vuelves a parecerte a ti mismo, primo —dijo entonces, pensativa y realmente sorprendida por mi reacción. Probablemente no alcanzaba a entender por qué alguien quería cortarse las pestañas, cuando siempre había escuchado que las pestañas largas eran un símbolo de belleza.

Lucía el sol tras los cristales de la furgoneta y hacía calor, mucho calor. Pensé en Shabnam, en la afinidad especial que siempre habíamos compartido y en cómo la desgracia que le había tocado vivir le había apagado el alma. Aunque seguía siendo muy joven, estaba mucho más delgada que cuatro años atrás y su rostro reflejaba tristeza y abatimiento, algo así como una profunda resignación vital. Siempre sonreía, pero era una sonrisa impostada, triste. Bastaba mirarla a los ojos y percibir ese mar de tristeza que no cabía ya en sí.

Mi prima era especial, como el resto de las mujeres de mi familia. Continuaba bromeando y trataba de mostrar una gran fortaleza, era decidida y valiente. Pero yo sabía leerle el alma, y Shabnam hacía tiempo que iba a la deriva en un océano de dolor y amargura. Había amado a su marido. Cada vez que miraba a Mina se le dibujaba una sonrisa de profunda tristeza. Mina le recordaba a su querido Bilal. Al marido al que aún amaba.

Al verla así se me quebraba el corazón en pedazos, pero estaba segura de que si éramos capaces de encontrar a su hermana mayor ambas recuperaríamos parte de la felicidad que habíamos ido perdiendo tras tantos años de desgracias familiares.

El terrorista

El viaje transcurría sin imprevistos, plácido. Hacía unos veinte minutos que habíamos abandonado la carretera principal y ahora avanzábamos por una secundaria que estaba en muy mal estado. Shabnam dormitaba junto a su bebé y a mí me pesaban cada vez más los párpados por el cansancio, el calor y el soporífero e interminable traqueteo de la furgoneta cuando, sin previo aviso, el conductor clavó los frenos y salió disparado, como perseguido por el mismísimo diablo.

Shabnam se acababa de despertar y se tocaba la cabeza, dolorida. A causa del frenazo nos habíamos golpeado unos contra otros.

—¿Qué ocurre? —me preguntó Shabnam, totalmente desconcertada.

De repente uno de los pasajeros dio la voz de alarma: «¡Una bomba, una bomba! ¡Todos fuera!».

La madre de los tres niños empezó a sollozar, desesperada, mientras se agarraba con todas sus fuerzas a su marido, al que imploraba que no los dejara allí.

—Tranquila, tu marido no te abandonará. Mantén la sangre fría —le dije tratando de calmarla.

Shabnam estaba presa del pánico y Mina lloraba histérica.

Tenía que ayudarlas. Quise levantarme y coger a Mina en brazos, pero apenas podía moverme con rapidez dentro de la furgoneta, ataviada con aquel engorroso *niqab*. Miré rápidamente a mi alrededor. La mayoría de los pasajeros ya estaban huyendo campo a través, a la desesperada, y los últimos bajaban a trompicones del vehículo. Sólo quedábamos Shabnam, Mina y yo, y la mujer con dos de sus tres hijos, los más pequeños.

Debíamos salir de allí lo antes posible, antes de que fuera demasiado tarde. La mujer se cayó aparatosamente al suelo. Alcé en mis brazos a uno de sus bebés y grité a Shabnam que saliera de allí. Estaba pálida, aterrorizada, tenía el rostro lleno de lágrimas y la mirada fija en el fondo del vehículo. No sé cómo no lo había visto hasta entonces, pero en uno de los últimos asientos de la furgoneta seguía sentado un pasajero, impasible. Tenía la mirada gélida, como la de los que ya nada tienen que perder.

Empujé a Shabnam y reaccionó. Aquel tramo de carretera estaba a medio asfaltar e iba paralelo a una vieja acequia, ya en desuso, al borde de la cual había un par de árboles que nos podían dar algo de cobijo, a unas decenas de metros de la furgoneta. Dejé a Shabnam al cuidado de su hija y del bebé que llevaba conmigo, agazapados y protegidos tras los árboles, y volví al vehículo lo más rápido que pude. Cogí del brazo a la mujer, animándola a correr hacia el escondite, mientras contemplaba por última vez al suicida. Seguía impávido, insensible, con el semblante helado.

Ya agazapados los siete en la acequia, vi al marido de la mujer a unos cincuenta o sesenta metros más allá, escondido tras unos matorrales con su hijo mayor, el que yo había cuidado durante parte del trayecto. Sentí odio. Acababa de arriesgar mi vida por su mujer y sus hijos mientras él se escondía como una rata tras unos matojos de hierba. ¿Cómo se podía ser tan cobarde y egoísta? ¿Cómo podía anteponer su vida a la de su esposa y sus hijos?

Tras diez minutos de tensión escuchamos sirenas de ambulancias, de coches de policía, y gritos que aparentemente se dirigían a nosotras.

—¡¡Malditas mujeres, se han escondido tras un árbol!! ¡¡Salid de allí, inconscientes!! ¡¿Acaso creéis que un árbol os va a salvar de una bomba?!

Me armé de valor para asomar la cabeza por encima de la acequia y vi cuatro, quizá cinco coches de policía y a un montón de agentes que nos hacían señales para que nos alejásemos de allí.

—¡Estáis demasiado cerca de la furgoneta, y esconderos tras un tronco no os servirá de nada.

Pero ¿cómo diablos iba yo a correr, ataviada como estaba con el *niqab* y acarreando uno de los bebés de la mujer, y encima vigilando a Shabnam y Mina? Por un momento pensé que para los policías yo debía de ser un cómplice del terrorista en potencia, por cómo iba vestida. Al fin y al cabo en mi país muchos atentados los llevan a cabo hombres ataviados con burka, ya que para las mujeres los controles de seguridad son menos estrictos y encima pueden cargar las bombas debajo del vestido sin llamar la atención. «Sólo falta que crean que soy un hombre disfrazado de mujer —pensé—. Después de todo lo que he pasado, sería un más que irónico final.»

—Hermanas, corramos hacia allá, que aquí seguimos estando en peligro —grité mientras las empujaba de nuevo para que avanzaran.

Al ver que estábamos ya más alejadas, los policías intentaron establecer contacto con el suicida. El terrorista estaba de pie dentro de la furgoneta, y bajo la chaqueta se dejaba entrever la bomba que llevaba adherida a la cintura.

—¡Sal y no te haremos nada! ¡No tienes por qué morir! Todos los pasajeros se han escapado, y si haces estallar la bomba sólo harás daño a mujeres y niños. ¡Son vidas inocentes! —gritaba megáfono en mano uno de los policías, tratando de convencer al suicida.

Era consciente de que podíamos morir allí mismo, en cuestión de segundos o de minutos. No sabíamos lo potente que podía llegar a ser la explosión, y aunque ésta no alcanzara a matarnos, cualquier trozo de metal que saliera despedido podía segarnos la vida en un instante.

Fueron minutos de profunda congoja y arrepentimiento. Lamentaba haber involucrado tanto a mi querida prima Shabnam, y pensé que aquella vez sería la última. Ya había esquivado la muerte una vez, a los ocho años, y probablemente en esta ocasión no tendría tanta suerte. Había luchado durante años por sobrevivir, y siempre lo había conseguido, pero el desenlace que en aquellos momentos me aguardaba no dependía de mí, ni de mi valentía, astucia o fortaleza. Pensé en mis amigos, en mi familia afgana y en mis padres catalanes, en lo que pensarían al conocer la noticia. Nadie entendería qué hacía yo en una carretera perdida como aquélla, por qué había arriesgado mi vida tras prometerles que estaría a salvo en casa de mis padres.

Rememoré en instantes todas y cada una de las ocasiones en que me había sacrificado para ayudar a personas que lo necesitaban, y muchas veces sin ni siquiera conocerles. «Éste es mi carácter y no vale la pena lamentarse», pensé entonces. Además, como prometió el profeta, cuando un inocente sale de casa y muere haciendo una buena obra, el paraíso es su destino. Pero estaba segura de que el terrorista también creía que le esperaba el paraíso tras su muerte. Triste ignorancia, la de él, y triste destino y contradicción para nosotras, pensé de nuevo.

El suicida seguía en el interior de la furgoneta, y quizá hubiera alguna esperanza. ¿Por qué, si no, no se había hecho estallar antes, o cuando estábamos todos dentro del vehículo? Estaba mucho más nervioso que hacía unos minutos, lo que parecía también una buena señal.

—Por favor, hermano, desactiva la bomba y sal del vehículo. ¿Para qué morir por nada? —trataba de convencerle el policía mientras sus compañeros tomaban posiciones alrededor de la furgoneta.

Todos los agentes llevaban chalecos antibalas, algo nada común en Afganistán, lo que me hizo pensar que quizá aquella zona rural era proclive a sufrir atentados por parte de los talibanes. Seguía aterrada. De repente, el suicida dejó el detonador en la butaca más próxima, se acercó a la puerta y alzó las manos en señal de rendición. El policía que había dirigido todo el operativo ordenó a los dos agentes más próximos que ayudaran al suicida a quitarse el chaleco con explosivos y, tras acordonar la furgoneta, le transportaron a comisaría en uno de los coches policiales. El terrorista se había enfrentado a un desgaste psicológico tremendo, y tenía el rostro totalmente desencajado.

—Gracias a Dios, todo ha terminado, hermanas —exclamé, aliviada.

—¿Estás segura, Nadia? —preguntó mi prima, que en todo ese tiempo se había mantenido agazapada, cubriendo con su cuerpo a su hija Mina.

—Sí, Shabnam *jan*.

Las tres mujeres nos levantamos con cautela y, tras abrazarnos emotivamente, caminamos en dirección opuesta a la furgoneta, por el lateral de la carretera.

—¡Alto! ¡Vosotras, las tres mujeres, quietas! —gritó a nuestra espalda el oficial de policía.

Al parecer el protocolo de actuación en aquellos casos era estricto, y al ser las únicas mujeres que no habíamos huido con nuestros hijos debían asegurarse de que no éramos cómplices del terrorista. Nos cachearon, tras ordenarnos a mí y a la otra mujer que nos quitáramos el *niqab* para que pudieran vernos el rostro.

—¿Qué hacíais aquí, hermanas? —nos preguntó sin más preámbulos.

—Señor, yo viajaba con mi esposo y mis dos hijos de vuelta a casa, a Lowgar. No conozco a ese hombre —les explicó la mujer que nos acompañaba.

—¿Y vosotras? —dijo dirigiéndose a Shabnam y a mí.

—Nosotras íbamos a Lowgar, a casa de su hermana, mi prima mayor —le expliqué, aún visiblemente nerviosa.

—¿Qué prima? —insistió el oficial, que al parecer iba a ser mucho más duro conmigo que con las demás. «Quizá mi rostro quemado no le da tanta confianza», pensé.

—Mi prima Mersal. Es una historia muy larga, pero íbamos a buscarla para decirle que su madre murió hace unas semanas —confesé, desconsolada, tras romper a llorar—. Hermano, nosotras no hemos hecho nada, no tenemos nada que ver con ese loco, no nos hagáis nada, por favor —dije sollozando.

—*Khowar*, por favor, cálmate. No os hemos acusado de nada, ¿verdad? Simplemente necesito saber qué hacíais en esa furgoneta, es nuestra obligación saber qué y cómo ha sucedido, para poder juzgar a ese hombre.

—Nosotras nos subimos en Kabul, queríamos ir a Lowgar. Te juro que no sabemos nada más, hermano.

—¿Cuál era la última parada del coche? —insistió el oficial.

—Creo que Lowgar, agente. En Kabul anunciaron el transporte para Lowgar, pero no sé más. En cada pueblo en el que parábamos el conductor se detenía en un sitio diferente...

El oficial asintió con la cabeza y se volvió hacia la mujer de los bebés. Insistía en saber por qué su marido la había abandonado a su suerte, si es que realmente viajaba con él. Tras unos tensos minutos de interrogatorio, el policía comprendió que no nos podría sacar más información que la que ya sabía y nos pidió que le esperásemos junto a dos de sus hombres, hasta que comprobara nuestras versión de los hechos.

—Hermanas, necesitaré el nombre y el teléfono de alguien que pueda confirmar lo que decís. ¿De acuerdo? —dijo mientras sacaba un bolígrafo y una pequeña agenda en la que anotar los datos.

Aquello me podía suponer un nuevo contratiempo, ya que ningún miembro de la familia estaba de acuerdo en que hiciera el viaje, a excepción de Shabnam. Todas habían insistido en que aquello era demasiado arriesgado, que lo hacía simplemente por tozudez y que de allí sólo podían surgir más problemas, de modo que no estaba segura de qué contacto facilitarle. Opté por darle el teléfono de casa, esperando que fuera Arezo o mamá quien lo descolgara.

—Por favor, pregunten por mi madre Zia o por mi hermana Arezo. Mi padre tiene problemas mentales...

Media hora más tarde localizaron al marido de la mujer que nos acompañaba, y no tardó en presentarse allí. Ante la sorpresa de todos, afirmó que había hecho lo correcto: tratar de salvar a su hijo mayor. Les dejaron en libertad y, cuando la mujer estaba despidiéndose, le imploré que no se marcharan. Tenía miedo de que nos quedáramos solas con los policías en aquellas circunstancias, y en medio de una carretera perdida. Por suerte, la mujer contó a su marido lo que había hecho por ella y por sus hijos y decidieron acompañarnos hasta que nos comunicáramos con nuestra familia.

Cuando ya estaba perdiendo la esperanza de que mamá contestara, como había ocurrido en mi viaje de vuelta desde Pakistán, el agente nos hizo un gesto de silencio y activó el manos libres.

—Señora, le habla el oficial Zharnol de la policía. ¿Es usted la señora Zia Ghulam?

—Sí, sí, soy yo. Dígame. ¿Pasa algo? —contestó mamá, al otro lado del teléfono.

—Le llamaba para preguntarle si conoce a una mujer llamada Nadia... dice ser su hija.

—Ah, sí, es mi hijo mayor. ¿Le ha pasado algo? —contestó mamá, sin advertir el sinsentido que acababa de decir.

—¿Cómo que es su hijo? Le acabo de preguntar por una mujer que se hace llamar Nadia —insistió desconfiado el oficial.

—Sí, sí, es mi hija Nadia, perdone. ¿Le ha pasado algo? —rectificó mamá en el acto, alarmada. Por suerte había reaccionado rápido.

—No se preocupe, todo está bien, señora. Y dígame, ¿sabe dónde está? —inquirió el oficial.

—Sí, ha ido a casa de su prima Mersal, allá por Lowgar. Todas le advertimos de que era un viaje arriesgado, pero es demasiado tozuda. ¿Seguro que está bien, hermano? —replicó mamá, cada vez más nerviosa.

—Sí, señora, está perfectamente, ya se lo he dicho. Ahora respóndame, ¿sabe si iba sola o acompañada?

—Su prima Shabnam la acompañaba. Y Mina, su bebé. ¿Les ha pasado algo?

—Señora, están todos bien y van de camino —dijo el oficial antes de colgar.

—Gracias... —Alcanzamos a escuchar como respuesta.

—Queridas hermanas, podéis iros. Siento muchísimo haberos molestado, pero es nuestro trabajo —nos dijo el policía, con el semblante mucho más relajado.

Aunque pareciera increíble, habíamos salido de aquel apuro gracias a mamá. El marido de nuestra acompañante nos guió campo a través durante algo más de media hora, hasta llegar a un pequeño pueblo en el que se habían refugiado los demás pasajeros de la furgoneta, aunque ya no quedaba ninguno de ellos. Todos habían continuado el viaje en taxi, o en el vehículo de alguno de los habitantes del lugar, a cambio de unos pocos afganis.

Shabnam y yo acordamos con la familia que nos acompañaba, y con la que ya nos unía un fuerte vínculo de amistad, que viajaríamos juntos hasta Lowgar. Así podríamos compartir gastos y conversación hasta nuestro destino. Y no nos fue difícil. Al entrar en el pueblo vimos un par de vehículos estacionados, de los que acababan de llevar hasta Lowgar a otra tanda de pasajeros.

Sentada de nuevo en el coche que nos llevaría hasta la casa de mi prima, recliné la cabeza en el asiento y noté cómo todos mis músculos se relajaban. Rememoré los dramáticos acontecimientos de ese día: los pasajeros huyendo despavoridos de la furgoneta, la mirada del terrorista, los tensos minutos de espera agazapados en la acequia, el interrogatorio policial... Sólo esperaba que todo aquello hubiera merecido la pena, que reencontrarme con Mersal compensara con creces aquella terrible experiencia.

Habíamos vivido tanto juntas que nuestros recuerdos estaban llenos de alegría, pero también de dolor. Cerré los ojos y me vinieron a la mente los últimos días con Mersal, el momento exacto en que la perdimos, en que la perdí.

La boda de Mersal

En tiempos anteriores a la guerra civil las mujeres afganas gozaban de muchísima más libertad que incluso tras la caída del régimen talibán. Mi padre llegó a tener muchas compañeras de trabajo, como Amena, una joven que había entablado una gran amistad con él y que un día vino a visitarnos a casa, radiante de felicidad, para contarnos que se había comprometido. Era una época en la que las mujeres podían estudiar y, tras acabar sus estudios, decidir con quién querían casarse, si es que creían que había llegado el momento de casarse.

La guerra lo cambió todo, hasta el punto de que la sociedad permitió que se llevasen a cabo bodas en las que los contrayentes se llevaban más de treinta años. Todo por conseguir un poco más de dinero para las familias, y de seguridad para las hijas que entregaban en matrimonio. Y eso es precisamente lo que ocurrió con Mersal. La conocía tanto que no podía ocultarme nada durante mucho tiempo sin que yo intuyera qué ocurría. Y aquel día, en la habitación de invitados de su casa, se armó de valor y me lo confesó.

—Me van a casar, Nadia *jan*... —Me miraba ocultando con las manos sus ojos vidriosos.

—Pero ¿por qué, por qué ahora? Es... es muy pronto —dije, incrédula; apenas podía asimilar aquella noticia.

—Mi padre dice que necesitamos un hombre de confianza que nos ayude en la familia. Si hubiera tenido un hermano mayor, no me casarían...

No daba crédito. Éramos aún unas niñas, pero ya sabía cómo funcionaba aquello, lo había escuchado cientos de veces. En aquella época, para las familias sin hijos varones las hijas eran sólo un gasto, ya que al casarse éstas pasarían a formar parte de otra familia. Los hijos, en cambio, estaban destinados a quedarse en casa y cuidar de sus padres hasta la muerte. Y en un país en guerra y con una terrible hambruna, muchas familias veían como una ventaja dar en matrimonio a las hijas a muy temprana edad. Se trataba simplemente de una boca menos que alimentar.

—Pero ¿te han dicho por qué? —le pregunté.

—No, Nadia. No me han dicho nada... ¡Y lo peor es que quieren casarme con un viejo! ¡Con un viejo sin pierna! ¡Por Dios, es asqueroso! ¡Me da asco, Nadia! ¡Lo odio, lo odio! —Mersal apenas podía hablar sin contener el llanto.

—Mersal, ¿quién te ha dicho eso?

—Mi madre, Nadia, mi madre. Dice que trabaja con los talibanes y que tiene dinero...

Por lo visto su futuro marido, además de ser cojo y de mucha más edad, era completamente calvo y siempre vestía un turbante oscuro que le confería un aire siniestro.

—Mira, así es como camina el viejo —me dijo antes de ponerse a imitar su cojera. Así, así mismo. ¿Ves, Nadia *jan*? Pues así camina, así mismo —me repetía mientras lo imitaba.

Las dos nos reímos. Ella aún con lágrimas en los ojos, y yo con un gran peso en el corazón, pero aun así no podíamos parar de reír.

—Además, ni siquiera le entiendo, porque sólo habla pastún.

—¿No sabe nada de dari?

—Nada de nada, Nadia. Ni una palabra. Y para convencer a

mis padres ha prometido que vendremos a visitarles a menudo, pero yo sé que no volveremos nunca. Todos prometen lo mismo, y después nunca lo hacen. ¿A que es verdad, Nadia? —me preguntó, y en sus ojos se dibujó la mirada más triste que vi jamás.

En aquel momento no sabía a quién odiaba más, si a Jan Agha, a tía Sha Ghul o al viejo con el que querían casar a Mersal.

—Hablaré con los tíos, Mersal *jan*. No permitiré que te hagan eso.

Para mi sorpresa, la respuesta de mi prima fue contundente.

—Jamás. Mi madre me ha dicho que si no me casan con ese viejo no tendremos qué comer, ni siquiera un trocito de *naan* al día. No puedes decirles nada, pero debes ayudarme, por favor. ¿Qué puedo hacer? ¿Me ayudarás, Nadia *jan*? —me suplicó, aún más desesperada que antes.

—Pero ¿cómo voy a ayudarte, Mersal? —le respondí, totalmente abatida—. ¡Espera, ya lo tengo! ¿Y si te vienes al campo de refugiados con nosotras? ¡Con nosotras estarás bien, y yo te cuidaré!

Desde entonces no he parado de recordar aquel día, aquella conversación con Mersal. Lo habría dado todo por ella, pero ¿cómo podía ayudarla en aquellas circunstancias, si tan sólo era una niña?

—Nada en el mundo me gustaría más, Nadia, pero no puedo. ¿Podrías hacer una última cosa por mí? —dijo, y agachó la cabeza.

—¡Claro! ¿Qué quieres que haga?

—¿Qué te parece si aprendemos a escribir, las dos, aunque sólo sea lo más básico? —susurró mientras las lágrimas seguían deslizándose por sus mejillas.

—Lo haremos, prima. Pero ¿por qué quieres que aprendamos a escribir? Tú ya te casas, y yo... yo nunca he tenido la oportunidad —inquirí, intrigada.

—Porque así, cuando me casen, podré escribirte cada día,

para que sepas que estoy bien. Como pasa en las películas. Vi que lo hacían dos amantes en una de esas pelis que vimos con tu hermano Zelmai. ¿No te acuerdas?

Mersal me miraba con una media sonrisa que reflejaba tristeza, ternura y cariño. Me partió el alma. Zelmai ya no estaba, y ahora iba a perder a mi prima y mejor amiga.

—Sí, Mersal *jan*. Pero aquello pasaba entre un chico y una chica que se amaban... —murmuré.

—Lo sé, pero yo te quiero igual, incluso más aún. Así será como si no estuviéramos separadas. ¿Verdad que es una buena idea?

Aquélla era su manera de decirme lo importante que era para ella. Su idea era fantástica, sí, pero la realidad era muy distinta. Mi querida Mersal habría sido una estudiante brillante si hubiera tenido la oportunidad de escribir, siempre lo supe. Era una chica vivaz, despierta, de una inteligencia natural. Pero tras su boda jamás tuvo la oportunidad de escribirme ni una sola línea.

Días después de aquella conversación nos ocurrió algo divertido, un nuevo descubrimiento. El caso es que habíamos ido a buscar agua a la fuente que estaba a apenas dos calles de casa de mis tíos, y cuando ya estábamos recogiendo los cubos se acercó una joven de unos diecisiete o dieciocho años. Se agachó para recoger el agua de la fuente, justo delante de nosotras, y como llevaba un vestido holgado le entrevimos perfectamente los pechos.

Mersal y yo nos quedamos de piedra, asombradas. Habíamos visto infinidad de veces los pechos de nuestras madres, y siempre nos reíamos y comentábamos que preferíamos seguir siendo niñas a crecer y que nos salieran aquellos colgajos horrendos en el pecho. Pero lo que acabábamos de ver no se parecía en nada a lo que habíamos visto hasta entonces. La chica nos pilló al alzar la mirada.

—¿Qué miráis con tanta atención, niñas? —nos soltó.

—¡Nada, nada! —exclamé al instante.

—En unos años vosotras también tendréis pechos, ¿o qué creíais? —continuó ella molesta.

Nos escapamos de allí lo más rápido que pudimos, riendo y arrastrando los cubos de agua, y ante la puerta de casa de sus padres, Mersal dejó un cubo en el suelo y me cogió la mano.

—¿Sabes qué, Nadia *jan*? El viejo me dijo ayer que ojalá pronto me crezcan los pechos. Creo que quiere que los tenga como la mujer de la fuente. ¡Puajjjjj, qué asqueroso, ¿verdad?!

—Mientras te crezcan como la mujer de la fuente, y no como los de mamá y tía... —respondí entre risotadas.

Volvimos a reírnos como locas, y prometimos que nunca olvidaríamos la visión que habíamos tenido aquel día.

Al cabo de unos días mamá y yo nos fuimos al campo de refugiados de Jalalabad, el más cercano a la frontera con Pakistán. Estuvimos allí sólo unas semanas, pero a nuestra vuelta todo había cambiado. Los adultos parecían presos de una extraña agitación. Incluso mi madre, tan pronto llegamos, desapareció junto a tía Sha Ghul, y no había ni rastro de Mersal por ningún lado.

Jan Agha se nos acercó, mucho más serio de lo que era habitual en él, y nos pidió a mí y al resto de las niñas que le siguiéramos. Según nos dijo, estaban esperando a unos invitados y tenían que preparar la casa. Nos llevó hasta la casa abandonada de la acera de enfrente, a la que llamábamos «la casa de la montaña» porque a menudo nos escondíamos en ella imaginando que era un viejo refugio de montaña.

Tras hacernos entrar, nos encerró dentro con un viejo candado que ya había visto antes en el patio de la casa de los tíos. Mis hermanas gritaban y lloraban desesperadas, mientras Shabnam y Maboba me suplicaban que las sacara de allí. Aturdida por lo que estábamos viviendo, me puse a mirar por una rendija de la puerta de madera y vi que llegaban varias personas a casa de mis tíos. A los pocos minutos se escucharon dos escalofriantes gritos. Era Mersal.

Maboba y Shabnam chillaban cada vez más, golpeaban la puerta y se revolvían en el suelo, pataleando. Repetían una y otra vez que estaban casando a su hermana, y que su suegra era una mujer mala que la maltrataba. Yo no entendía cómo podían saber que su suegra la maltrataba, pero por lo visto no era la primera vez que aquello pasaba. Además, ¿cómo iban a agredirla el mismo día de su boda, y ante su propia familia? ¿Acaso no debía ser aquél un momento inolvidablemente bello? Pero aquella boda no iba a ser como la que soñábamos Mersal y yo, como las que habíamos visto antes de la guerra civil, con música, bailes, mucha fiesta y gente alegre. Nos mantuvieron encerradas cuatro horas, cuatro largas horas de angustia. Llegué a pensar que nos mantenían ocultas porque se avergonzaban de todas nosotras, de nuestra condición humilde, de las quemaduras de mi rostro.

Cuando Sha Ghul nos liberó, crucé corriendo la calle que me separaba de Mersal, llorando de rabia, y la busqué desesperada entre los invitados, dispuesta a decirle que cuidaría de ella, y a hacer saber a quien se interpusiera que nadie podría tocarla a partir de entonces. Por fin la vi, en medio del salón, sentada sobre un colchón cubierto con un bonito *Qalin* de gala. La habían maquillado como a una adulta y vestía el típico vestido afgano de novia. Se me rompió el alma en mil pedazos. Parecía haber envejecido años en unas pocas semanas. Su rostro se había convertido en un pozo de tristeza.

—¡¿Qué... qué te han hecho?! —grité.

—Nadia *jan*, me han casado... —Su mirada, vacía, no era ya la de la Mersal que conocía.

—¿Estás triste, estás bien? ¿Por qué no lloras? —le pregunté, asombrada.

—Ya no puedo llorar, Nadia. Ahora soy una mujer —se limitó a decir.

—Pero ¡qué dices! ¡Tú eres una niña como yo, cómo vas a ser tú una mujer! ¡Mersal es una niña! ¡Una niña! —vociferé lo más fuerte que pude, para que todos me escucharan.

—No, Nadia. Se ha terminado. Ya no me dejarán jugar más contigo... Todo se ha terminado —replicó, sin emoción alguna en su voz.

—¿Y por qué has gritado antes? Te han hecho daño, ¿verdad?

—Debía demostrar que ya no soy una niña, sino una mujer. Ésa es la tradición de las gentes de Pol-e-Alam, Nadia. Debes gritar lo más fuerte posible para que todos vean que ya eres una mujer...

—¡¿Qué clase de tradición es ésa?! —exclamé, llena de rabia e impotencia.

Antes de que pudiera responder apareció mamá y me apartó de ella. Ya no era bien recibida. Mersal debía quedarse sola junto a su nueva familia. Aquella noche lloré como nunca antes lo había hecho.

Al día siguiente retornamos al campo de refugiados de Jalalabad, y ya no volvimos a saber nada más de Mersal. Su marido se la había llevado a su pueblo, y aquello se convirtió en un tema tabú en la familia. Fue entonces, justo entonces, cuando me prometí a mí misma que algún día la ayudaría. Cumpliría lo que ella me había pedido. Algún día lo haría, me juré. Por eso tenía que hacer aquel viaje. Necesitaba mirarla a los ojos y pedirle perdón. Perdón por no haber sido capaz de evitarle una vida tan dura.

La aldea

—Nadia, Nadia, ¿estás dormida? —me preguntó Shabnam al oído, casi entre susurros.

—No, no, sólo estaba recordando —contesté abriendo lentamente los ojos.

Me había dejado llevar de nuevo por los recuerdos, tal y como me pasaba siempre que hacía un viaje largo. Al menos desde hacía unos años. En Barcelona me ocurría muy a menudo cuando iba en el coche con mis padres catalanes, e invariablemente me venían recuerdos de mi vida en Afganistán. Pero durante los años que estuve fuera pensé que esas evocaciones naturales, casi incontrolables, no se repetirían cuando volviera a mi tierra, al origen. Pero las seguía teniendo.

Vives de recuerdos, Nadia *jan*.

Quizá mi prima tuviera razón. O quizá fuera que el país al que había regresado no era ya el mismo que dejé cuatro años atrás, ni yo era ya la misma.

—Estamos a punto de reencontrarnos con tu hermana, Shabnam.

—Sí, Nadia, lo sé. —Me miró con los ojos brillantes.

Era obvio. Aun así, compartíamos el nerviosismo de la espera, no podíamos evitarlo. El vehículo avanzaba lentamente por una carretera de tierra, levantando una sombra de humo negro y polvo a nuestro paso. El conductor, un hombre del pueblo que habíamos contratado para que nos llevara hasta Lowgar, nos acababa de asegurar que apenas quedaban quince minutos para llegar cuando nos topamos con un «*potac*». Un control talibán.

Los caminos rurales del sur, en tierras de pastunes, estaban aún bajo influencia de los talibanes, y era habitual verlos en improvisados controles de carretera. En zonas como aquélla, donde la presencia del ejército y de la policía nacional afgana eran también fuertes, los puestos talibanes aparecían y desaparecían rápidamente, como si de un control guerrillero se tratara. Estaban el tiempo justo para hacerse visibles, evitando desencadenar un enfrentamiento abierto con los efectivos estatales.

Traté de mantenerme lo más tranquila posible, pero aún me acordaba de la última experiencia en mi viaje de regreso a Kabul desde la frontera pakistaní. El *niqab*, de nuevo, era un buen aliado a la hora de ocultar mi nerviosismo.

Al llegar a la altura del control un par de talibanes nos hicieron bajar del vehículo y tras cachearnos y revisar nuestros equipajes nos dejaron continuar. Quizá conocían a nuestro conductor, que era de una aldea cercana. En los últimos kilómetros hasta llegar a la aldea donde supuestamente vivía Mersal pasamos por un par de controles más, sin contratiempos. Parecía que, por fin, la suerte estaba de nuestro lado.

Mersal vivía en un pueblo casi exclusivamente rural, y todas las casas eran tradicionales y construidas con adobe, humildes. El pueblo, centenario, parecía varado en la rueda del tiempo. Nos apeamos junto a una pequeña plaza, en la calle principal, y nos despedimos de la familia con la que habíamos intimado a lo largo del viaje. Tocaba seguir cada uno su camino.

Durante unos minutos preguntamos a todo aquel que pasaba

acerca de la dirección en la que creíamos que aún residía Mersal, pero todos aseguraban no conocer ni la casa ni la familia en cuestión. A una decena de metros había un pequeño puesto callejero; dos niños, de unos doce y diez años, se ganaban la vida vendiendo escobas tradicionales; un simple mazo de ramas y plantas de montaña entrelazadas entre sí. Muchas veces aquellos críos viajaban de un pueblo a otro tratando de ganarse la vida, y quizá nos pudieran ayudar. Me acerqué a ellos y el mayor se ofreció a acompañarnos a cambio de cincuenta afganis. Aseguraba que no estábamos lejos.

Llegamos en tan sólo un par de minutos. La casa era de una sola planta y muy humilde; el tejado parecía querer desplomarse de un momento a otro, y los muros de las paredes, construidos a base de barro y paja, no parecían muy resistentes.

Llamé a la puerta un par de veces, con insistencia, hasta que apareció una mujer muy mayor a la que identifiqué de inmediato; era la suegra de mi prima.

—¿Quiénes sois y qué queréis? —inquirió con dureza. Al parecer tenía el mismo mal carácter que años antes.

—Somos familiares de Mersal, tía. Hemos venido desde Kabul para hablar con ella —le dije en pastún, ya que creía recordar que ése era su idioma.

—¿A esa vaga? ¡Largaos de aquí, no quiero saber nada de ella! —voceó de inmediato.

Estaba completamente fuera de sí, enajenada. Nos insultaba sin darnos opción a más explicaciones. Mina lloraba, asustada por la reacción de la anciana.

—Tía, por favor... ¡díganos solamente dónde está y nos iremos tan rápido como hemos venido! —intervino Shabnam por primera vez.

—¡Que se ha muerto, os digo! ¡Se ha ido directa al cementerio, la muy víbora! —gritaba una y otra vez.

Nos quedamos destrozadas. Aún sin asumir lo que nos acababa de decir la anciana, le pedí a mi prima que nos sentáramos en una enorme piedra que se encontraba a unos pocos metros, junto a la casa.

Debía hablar con Shabnam de todo aquello. Yo había perdido a mi tía y a mi mejor amiga, pero ella había perdido a su madre y a una hermana. Respiré hondo y me eché a llorar. Aquello era demasiado duro.

—¿Qué hacemos ahora, pequeña Shabnam? —le dije, como si no hubiera pasado el tiempo y aún fuéramos unas niñas jugando en el patio de casa.

—¡Maldita vieja, siempre odió y maltrató a mi hermana! —musitó entre lágrimas y rabia.

—Un momento... —susurré.

Acababa de ver a un pequeño grupo de niños jugando entre escombros y basura, al final de la calle, y tuve una corazonada. Miré a la pequeña Mina. Si yo tenía razón, todo aquel viaje no habría sido un completo fracaso.

Si realmente Mersal había muerto, seguro que habría tenido unos cuantos hijos, así que si no podía abrazarla a ella, les abrazaría a ellos.

—Shabnam, acompáñame —le dije mientras la agarraba del brazo y la arrastraba tras de mí.

Volví a llamar a la puerta, decidida a saber de los hijos de Mersal. No me iría de allí así, sin más.

—¡Que está muerta! ¡Iros al infierno las tres, malditas bastardas! ¡Me habéis arruinado la vida! —La anciana parecía aún más fuera de sí que antes—. ¡Dejadme en paz de una vez y no volváis!

—¡Mira, maldita vieja, no nos moveremos de aquí hasta que nos digas dónde están los niños! ¡¿Has oído bien?! —grité, perdiendo los nervios.

Como respuesta nos cerró la puerta de un puntapié, ante nuestras narices. Shabnam y yo nos miramos, sin saber qué hacer ante esa nueva negativa, cuando de repente la puerta volvió a abrirse y una chica de unos treinta años asomó medio cuerpo. Estaba nerviosa.

—Escuchadme, Mersal no está muerta. Lo que pasa es que mi madre la odia —dijo, bajando aún más la voz—. Ahora está viviendo con mi hermano Lala y sus hijos en un pueblo cercano. La convivencia aquí era insoportable, y ellos decidieron marcharse hace ya un tiempo.

—Muchísimas gracias, *khowar*. ¿Nos darías la dirección de su casa, por favor? Te estaríamos infinitamente agradecidas —intervino Shabnam, aliviada de saber que su hermana aún estaba viva.

—Sólo puedo deciros que vive en Pol-e-Alam. Y ahora marchaos, por favor.

—Qué Alá esté siempre contigo —le dije, antes de que volviera a ocultarse tras la puerta.

Ahora sólo debíamos encontrar otro vehículo que nos llevara hasta la aldea de Pol-e-Alam. Y sabíamos cómo hacerlo. Los pequeños vendedores de escobas seguro que nos conseguirían un buen transporte.

Pol-e-Alam era una aldea casi idéntica a la anterior, aunque aún más pequeña. Casualmente, vivían diversos Lala en la aldea, pero sólo uno de ellos tenía una pierna y estaba casado con una chica con un marcado acento kabulí. Un par de detalles que nos ayudaron a encontrar rápidamente la casa que buscábamos.

El reencuentro con Mersal

La primera reacción fue impactante. Nunca lo había observado desde tan cerca. Lala se llevaba unos treinta años con mi prima, y tenía el rostro demacrado. Su barba grisácea, de tres o cuatro días, no alcanzaba a ocultar las muchas arrugas que el tiempo había ido marcando en su castigado y curtido rostro.

Vestía con un camisón y pantalones de color blanco, el *perahan wu tunban*, y llevaba un chaleco de tela de color marrón llamado *waskat* y un *pakol* del mismo color que ocultaba su calvicie. Su mirada era tristísima. Parecía un buen hombre.

—¿Qué queréis, hermanas? —nos preguntó. No parecía acostumbrado a recibir visitas.

—*Salaam Alaykum*, Lala. Yo soy Nadia, la prima de tu esposa Mersal, y ella es Shabnam, su hermana. Hemos venido a visitarla. ¿Te acuerdas de nosotras?

—*Alaykum Salaam*, hermanas. No, no os recuerdo, lo siento. ¿Cómo nos habéis encontrado? —Estaba perplejo.

—Tu hermana nos dio esta dirección. Fue muy amable con nosotras.

—Ya... pues mi esposa no está aquí. Estoy solo —repuso con tristeza.

—¿Y dónde está, Lala? —le pregunté, sorprendida.

Me miró directamente a los ojos durante un par de segundos, antes de tomar una decisión.

—Pasad, y os lo contaré...

Entramos al hogar de Mersal. Era sombrío y muy humilde, y los *Qalins* estaban desperdigados por toda la sala. Tres niños jugueteaban asilvestrados por el salón, y no se inmutaron ante nuestra presencia. Sólo uno de ellos, el más pequeño, se quedó mirando desde la distancia a la pequeña Mina antes de volver a sus juegos. El marido de Mersal nos invitó a sentarnos al tiempo que nos acercaba una bandeja con algunos trozos de pan y unos vasos de té. El símbolo de la hospitalidad afgana.

—Y bien, querido Lala, ¿dónde está Mersal? —le pregunté cuando se sentó ante nosotras.

—Está en el hospital de Baraki Barak. Siempre está enferma, así que decidieron ingresarla unos días. Yo me he quedado aquí cuidando de nuestros tres pequeños.

—Queremos visitarla, Lala *jan*. Hemos venido de Kabul para explicarle que nuestra madre ha fallecido —propuso Shabnam, tanteando la situación.

—Creo que no es un buen momento, hermana. Está débil, y necesita estar tranquila.

—Bueno, hemos venido desde muy lejos sólo para verla. Tú la conoces más... así que si lo prefieres, no le diremos nada sobre la muerte de mi tía... —repliqué.

—Yo tengo que ir mañana, así que si queréis, podéis acompañarme. Así conocerá también a su sobrina. ¿Cómo se llama?

—Mina —contestó Shabnam con una sonrisa.

—Ellos son Hassan, Hasib y Azim —dijo señalando hacia sus tres hijos pequeños—. Los demás están por ahí fuera, la mayoría correteando en casa de la vecina.

—Lala, ¿no podríamos ir hoy mismo? Yo puedo pagar a alguien del pueblo para que nos lleve hasta el hospital, si es necesario. Es que no podemos tardar demasiado en regresar a Kabul, nuestras familias estarán preocupadas —le propuse.

El hombre meditó durante unos instantes su respuesta.

—Bien, hermanas. Haremos lo siguiente: hablaré con la vecina para que se haga cargo de los niños por unas horas y os acompañaré al hospital. Esperadme aquí —contestó mientras se levantaba con muchísimo esfuerzo y nos dejaba solas en el salón.

La espera se nos hizo eterna, aunque quizá no fueran más de quince o veinte minutos, tales eran las ganas de ver a Mersal.

—La vecina se encargará de mis hijos. Podemos irnos —dijo Lala cuando entró de nuevo en la habitación.

El marido de Mersal ya se había encargado de todo. Ante la puerta de la casa nos estaba aguardando la vecina, presta a hacerse cargo de los niños, y un vehículo.

—Mi vecino nos llevará —nos dijo sonriendo Lala al ver nuestra cara de asombro.

El hospital de Baraki Barak era viejo, muy viejo. El complejo contaba con un par de edificios, y estaba completamente rodeado por un desgastado muro de ladrillos. Nos adentramos por la puerta de acceso, que no era más que un oxidado portón de hierro repintado de un verde chillón, y avanzamos por el pasillo del edificio central. Todo olía a formol y a sudor. Las habitaciones, situadas a ambos lados del corredor, eran oscuras y contenían simplemente una cama de forja y una pequeña mesita de madera. Las paredes, de un azul claro gastado por el paso del tiempo, aparecían desconchadas. El hospital rezumaba tristeza, dolor, pesadumbre.

Por fin... Por fin me encontraba a sólo unos pocos metros de Mersal. La puerta estaba entreabierta, y a pesar de que la habitación estaba en penumbra, un pequeño hilo de luz se colaba por el pliegue de las cortinas. Avancé lentamente hacia la puerta, sintiendo cada uno de mis pasos. Me había imaginado aquel reencuentro tantas veces... temblaba. Allí estaba Mersal, ante mí, postrada en el camastro y con los ojos cerrados, aparentemente dormida. Seguía luciendo su larguísimo pelo liso, pero estaba tan delgada y demacrada... no tenía nada que ver con la niña que recordaba.

¿Qué había sido de aquella niña de mi infancia? ¿Acaso no somos lo que fuimos, o es que el recuerdo es puro engaño?

—Tienes visita, Mersal. Mira quién ha venido a verte desde Kabul —le dijo Lala mientras le tocaba el hombro con ternura.

Tenía la cara pálida, los ojos hundidos y la mirada ausente, como si le costara reconocernos.

—¿Quiénes sois? —preguntó con voz apagada.

—¡Mersal, soy yo, tu hermana Shabnam! —exclamó mi prima mientras corría a abrazarla.

—¿Qué ha dicho? ¿Mi hermana? —nos contestó en un perfecto pastún, casi sin fuerzas.

En todos aquellos años no había vuelto a hablar ni a escuchar dari, y ahora debía esforzarse para entenderlo.

—¡Soy Nadia, Mersal, Nadia! ¡Soy yo! —grité feliz, presa de una gran excitación.

Me miró como si tuviera ante sí un desdichado, lúgubre, sombrío recuerdo.

—¿Y qué haces aquí? ¿A qué has venido? —soltó, con una frialdad que me penetró en el alma.

—Quería hablar contigo, volver a verte... —respondí, emocionada, tratando de mantener la compostura.

Mersal asintió lentamente con la cabeza, y por un momento creí oírla suspirar. Shabnam abandonó la habitación junto a Lala, no sin antes volver a llenar de besos a su hermana. Ambos eran conscientes de que necesitábamos estar a solas. Cuando oí el chasquido de la puerta cerrándose a mi espalda me lancé desesperada a su cuello, para abrazarla con todas mis fuerzas.

—¿Por qué lloras? No sirve para nada... No pierdas el tiempo llorando, sé por experiencia que no sirve para nada —me dijo Mersal, con una voz fría, neutra, que no denotaba ningún tipo de emoción.

¿Qué le pasaba? ¿Acaso no se alegraba de volver a verme? Sus palabras eran como puñaladas en el corazón, pero aun así no podía dejar de llorar y de abrazarla, no conseguía controlar mis sentimientos.

«No me importa, no me importa. Yo la quiero», me repetía a mí misma. A pesar de todo estaba feliz de haberla encontrado, aunque ella no mostrara la más mínima señal de afecto.

—Mersal, por favor. Mersal...

—Está bien, Nadia. Todo está bien.

—Mersal, he venido a ayudarte. Te voy a sacar de aquí, volvemos a Kabul —le dije, tratando de calmarme.

—Ya no quiero ir contigo...

«Ya no quiero ir contigo...», la misma frase que me repetía una y otra vez cuando, siendo aún niñas, se enfadaba conmigo. Al menos sabía que me reconocía. Y sabía que aún estaba dolida por no haber evitado su matrimonio, por no haber podido evitar que nos separaran.

—Hace años no pude hacer nada, pero ahora sí puedo —insistí—. Vivo en el extranjero y tengo recursos. Te sacaré de aquí, Mersal. Llevo años pensando en ti, y luchando por que llegara este día.

—Llegas demasiado tarde, Nadia. Ahora soy esposa y madre y vivo sólo para ellos. Ya no queda nada de aquella niña que conociste... —musitó. Me pareció advertir que por un instante se le quebraba la voz.

Se mantenía inflexible, aunque ahora al menos estábamos juntas de nuevo, y sabía que ella tampoco me había olvidado. Decidí que intentaría convencer a su marido para que me dejara llevarla a Kabul, quizá allí me resultara más sencillo volver a conquistar su corazón, rescatar nuestro pasado, devolverle algo de la felicidad perdida.

—¿Y cuántos hijos tienes? —le pregunté para romper el hielo. Así tal vez volviera a confiar en mí, poco a poco...

—Ocho, son ocho, Nadia. Uno murió... —susurró.

Alcancé a ver cómo apenas le quedaban dientes. No tenía ni siquiera treinta años y su dentadura parecía la de una anciana de setenta. Decidí que la trasladaría al mejor hospital de Kabul costara lo que costase.

—Son muchos, querida Mersal...

En ese momento entraban de nuevo Lala y Shabnam.

—¿Cómo ha ido? ¿Ves lo bien que he cuidado de tu prima, Nadia? ¿Y tú, Mersal, has visto ya a tu pequeña sobrina Mina? ¿A que es preciosa? —Lala estaba mucho más animado que antes.

¿Que la había tratado bien? Mersal no era más que una tétrica sombra de lo que había sido. Le odié. Sí, le odié con todas mis fuerzas. Pero me contuve. Le necesitaba. Sin su consentimiento jamás podría trasladarla a Kabul, y eso era lo más importante.

Antes de volver a Pol-e-Alam Shabnam intentó hablar con su hermana. Le mostraba a Mina, le explicaba anécdotas de sus hermanas, pero Mersal parecía estar ya en su propio mundo, absorta en sí misma. Aceptamos la invitación de Lala de pasar aquella noche en su hogar, así tendría la oportunidad de plantearle mis intenciones.

La confesión

Aquella noche en casa de Mersal parecía que los elementos se habían aliado para que la velada fuese muy desapacible. Las ramas de los árboles, azotadas por el viento, golpeaban con fuerza salvaje las ventanas, y los niños tardaron horas en dormirse. Sólo lo hicieron cuando el chapoteo de la lluvia al chocar contra el suelo concedió algo de serenidad a la noche. Era el momento perfecto para proponerle mis planes a Lala.

—Lala *jan*, si me lo permites, quisiera trasladar a Mersal a un hospital de Kabul. Lo he pensado mucho y...

—No podemos pagarlo, hermana. Gracias, pero es imposible —me interrumpió, dejándome con la frase en la boca.

Lala se removía sobre su *Qalin*, visiblemente incómodo.

—Lo sé, lo sé, pero yo puedo hacerme cargo. ¿Me permites que te explique qué he pensado? Creo que será bueno para todos.

Lala asintió con la cabeza mientras cambiaba de postura y lanzaba un larguísimo suspiro.

—Vendríais todos y os quedaríais en casa de Shabnam. Estaréis cómodos en la habitación de invitados, y tanto su hermana como nosotras nos encargaremos de que no os falte de nada. Os podéis quedar hasta que Mersal se recupere completamente.

—Ya he hablado con mi hermana Maboba y con mi hermano Shadob, y están conformes. Seréis muy bien recibidos, Lala *jan* —añadió Shabnam.

—No sé, hermanas. Son muchas molestias para todos... —respondió titubeante Lala.

—Lala, no tienes de qué preocuparte, somos familia. Además, en el hospital en el que está ahora no se recuperará, y tú querrás tenerla de vuelta lo antes posible, ¿verdad? En Kabul recibirá mejor atención médica —continué.

—Y cuando se recupere podrá despedirse de nuestra madre y reencontrarse con toda la familia, si le apetece —dijo Shabnam.

—¿Y qué haría con los niños? No puedo dejarlos tantos días con la vecina...

—Que se vengan con nosotros, claro. Shabnam y sus hermanas los cuidaran mientras Mersal esté en el hospital.

Lala lo rumió durante unos minutos, dubitativo. Pero ambos sabíamos que no podría hacerse cargo él solo de sus hijos, y que su mujer estaba abandonada a su suerte en el hospital de Baraki Barak. Además, no todos los días le ofrecían ayuda, alojamiento y gastos pagados, así que estaba segura de que acabaría aceptando nuestro ofrecimiento.

—Bien, lo haremos. Que así sea, hermanas —concluyó.

El plan era sencillo. A la mañana siguiente pediríamos el alta en el hospital y la trasladaríamos a Kabul por nuestros propios medios. El mismo vecino que nos había acercado al hospital nos llevaría hasta la capital, a cambio de una buena recompensa, por supuesto.

—Lala, querría pedirte otro favor. Cuando hace un rato hablé con Mersal vi que apenas tenía dentadura, y si me das tu permiso la llevaré a un dentista en Kabul. No tendrás que preocuparte de nada —propuse.

—Está bien, Nadia *jan.* Doy gracias a Alá por haberos conducido a mi hogar.

A pesar de todo, Lala comprendía el enorme esfuerzo que estábamos haciendo por ayudar a su esposa y, por tanto, también a su propia familia.

Al día siguiente realizamos todas las gestiones sin contratiempos. Como Mersal estaba recibiendo básicamente suero fisiológico para combatir una grave anemia, el médico no puso impedimentos para darle el alta. No sabía cómo, pero el vecino se había hecho con una furgoneta mucho más grande y, tras cargar las maletas y recoger a los ocho niños de Mersal, marchamos rumbo a Kabul.

En esta ocasión no nos encontramos con ningún control talibán ni de la policía nacional afgana, e hicimos el viaje en apenas un par de horas. Mersal estaba débil, así que durmió durante casi todo el trayecto y en los breves momentos en que se despertaba no tenía ni ganas ni fuerzas para hablar, así que la dejamos descansar.

Ya en la capital, los críos de Mersal, Shabnam y Mina se quedaron en casa, junto a Maboba, mientras Lala, Mersal y yo seguíamos camino en dirección al Hospital General de Kabul. Las diferencias con el anterior centro eran abismales; el edificio era muchísimo más moderno y estaba mejor equipado, y el personal era mucho más atento y profesional. La habitación en la que la ingresaron era amplia, de pulcras paredes blancas y muy luminosa. De hecho, tenía un enorme ventanal que ofrecía una bonita panorámica de la ciudad. El cambio no había podido ser mejor.

Mersal seguía agotada y como ausente, pero el médico nos aseguró que su recuperación era sólo cuestión de tiempo. Acompañé de nuevo a Lala a casa de mis primas y volví al hospital, para pasar la noche junto a Mersal. Aquel anochecer me asomé al ventanal de la habitación y, para mi asombro, volví a contemplar la primera estrella de la noche. Nuestra estrella. Ya casi la había olvidado... pero ahí seguía, brillando con más fuerza que nunca.

Durante los siguientes días prácticamente hice vida en aquella habitación de hospital. Dormía a ratos, por lo general cabezadas cortas a lo largo de la mañana y de la tarde, y siempre cuando Mersal estaba despierta, pero las noches me las pasaba en vela. Al caer el día trataba de conciliar el sueño, aunque era imposible. La respiración de Mersal, pausada y tranquila, entre sueños, me empujaba a recordar mi pasado, a pensar en mis dos familias, en la gente que quería, en mi vida.

Cuando me cruzaba en el pasillo con alguna de las enfermeras, siempre me decían que Mersal preguntaba mucho por mí cuando no estaba junto a ella, pero lo cierto es que los dos primeros días ella mantenía la mirada perdida y un silencio sepulcral. Al tercer día empezó a hablarme algo más. Había recuperado un poco de energía, y eso le influía en el ánimo. Se interesaba por mi vida europea, como la denominaba ella, y yo aprovechaba mis explicaciones e historias para preguntarle sobre su vida, pero seguía encerrándose en negativas y silencios. Aquello era algo que me atormentaba. Sabía que si Mersal no era capaz de desahogarse, nunca podría empezar a sentirse mejor. Necesitaba deshacerse del rencor y de parte de su pasado. Al cuarto día algo cambió.

—Mersal *jan*, siempre fuiste mi mejor amiga, y sigues siéndolo. Eso no cambiará por muchos años que pasen. Sólo quiero que sepas que aquí estoy, para escucharte. A mí hablar del pasado me ha sanado... —le dije suavemente mientras la cogía del brazo, sentada junto a su camilla.

Se volvió hacia mí y me miró directamente a los ojos, melancólica.

—Es una historia demasiado triste, Nadia *jan*. ¿No crees que es mejor dejar bien enterrado el pasado? —susurró.

—Creo que desahogarse, expulsar nuestros demonios, ayuda.

Mersal sonrió con cariño y asintió.

—Es bonita la ciudad desde aquí, ¿verdad? —me dijo, mirando tras el ventanal que nos separaba del cielo kabulí—. Sobre todo de noche, cuando las calles se llenan de lucecitas brillantes, como pequeñas estrellas.

Me incorporé para besarla fugazmente en la frente.

—Fue muy duro, el peor día de mi vida, el que lo cambió todo. Ya no recuerdo mucho, excepto que pensaba que no era real, sino una terrible pesadilla. —Asentí mientras ella continuaba el relato—. Éramos sólo unas niñas, y no podía entender por qué me hacían aquello. Mamá luchó por ayudarme, rogó a Lala que me dejara unos días más en casa, pero mi marido no quiso escucharla. Esa misma noche me llevaron al pueblo. Me obligaban a actuar como una mujer adulta, pero yo sólo deseaba regresar contigo, Nadia. Jugar, reír, saltar, revivir nuestro clan Bollywood. Lloré, lloré durante mil noches, quizá más. Creo que no he dejado de llorar desde entonces, cuando nadie puede verme.

—Yo también lloré mucho, Mersal. Al separarnos nos arrancaron una parte de nosotras, y desde entonces he luchado por volver a reencontrarme contigo. Y cumplí mi promesa.

Mersal se volvió para mirarme a los ojos con una ternura que no había visto hasta entonces.

—Me llamaban «la noviecita» porque era sólo una niña. «Noviecita», la primera palabra pastún que aprendí. Mi suegra me odió desde el principio. Me hacía trabajar a todas horas, y cuando enfermaba me insultaba una y otra vez. Decía que no servía para nada, que había sido la peor elección de su vida.

—Maldita vieja... —maldije.

—En el pueblo aún hacen el pan en los antiguos *tanor*, esos hornos tradicionales que no son más que un pozo directamente excavado en el suelo, en cuyo interior arde el fuego en el que cuecen los *naan*. Pues ¿sabes? Yo aún era tan pequeña que mi suegra debía agarrarme de la espalda para que no me cayera dentro. De lo contrario, decía, aún serviría para menos. Pero eso no era lo peor. Lo peor era cuando llegaba la noche y tenía que dormir con mi marido. Tenerle cerca ya me provocaba náuseas... imagínate qué sentía cuando debía acostarme con él. Tendría la edad de mi padre... ¿Qué hice yo para merecer aquello, Nadia? Dime, ¿por qué a mí?

Estaba llorando. Por primera vez desde nuestro reencuentro la veía llorar. Yo era incapaz de pronunciar siquiera una palabra, y me sentía mal, muy mal. Mientras ella sufría lo indecible día y noche, yo había seguido luchando para mantener a mi familia, haciéndome pasar por Zelmai. Ambas nos sacrificamos por los nuestros, pero yo pude preservar mi libertad. Mersal no. Y yo, su mejor amiga, no había podido hacer nada por ella.

Cuando la descubrían llorando, o simplemente no estaban contentos con cómo limpiaba o cocinaba, la maltrataban con saña. Continuamente recibía insultos, golpes, un castigo tras otro. Jamás le dieron una oportunidad. ¿Cómo habían podido tratar así a una niña?

—Al cabo de tres años tuve a mi primer hijo, pero nació con una grave deformación. Su cabeza era desproporcionadamente grande, en comparación con su tronco —dijo llorando a lágrima viva.

—Cuánto lo siento... —alcancé a decir.

—Verle era como recordar la penitencia a la que estaba destinada, y me sentía morir al no poder hacer nada por mi hijo. Por no poder curarle. Le amaba, Nadia *jan*. Le amaba, y no podía hacer nada por él. Estuvo ocho años junto a mí, y luego murió. Se apagó.

Mersal no podía continuar. Estábamos ahogadas en lágrimas. La agarré muy fuerte de la mano.

—Los demás hijos han nacido sanos, pero me han consumido completamente. Ya no puedo soportar más esta vida, Nadia *jan*...

Su vida se parecía trágicamente a la de muchas otras mujeres afganas. Yo había podido escapar a aquel destino, pero también había pagado un precio muy alto.

—¿Te acuerdas de nuestro clan? —le dije al cabo de un rato, en voz muy baja, tratando de revivir nuestros recuerdos más felices.

—Ese hombre, mi verdadero padre... Vino a verme —me soltó de pronto.

—¿Qué has dicho? —Estaba perpleja, no podía creer lo que me acababa de confesar.

—Sí... algunos años después de haberme casado apareció en el pueblo un hombre que afirmaba ser mi verdadero padre. Según él, sólo quería recuperar a su hija. Aquélla fue la única vez que le pedí algo a mi esposo... le rogué que le echara de casa. Si mi madre había huido de él... por algo sería, ¿verdad?

—Claro que sí, Mersal*jan*.

—Pero no iba solo, Nadia.

—¿Ah, no? ¿Y quién le acompañaba?

—Mi hermano mayor. También me negué a verle, y nunca más volvieron a aparecer por casa.

Cogió un pañuelo de tela de la mesita y se secó los ojos. Ahora podía llegar a entender todo su dolor. La tomé de nuevo de la mano y la besé. A partir de ese día nadie ni nada volvería a separarnos nunca más, me dije para mí misma.

—Jamás volverás a estar sola, Mersal*jan*. Jamás.

Mersal me miró. Seguía llorando, pero sonreía. Su mirada era profunda y sincera.

La visita al dentista

Tres días más tarde Mersal abandonó el hospital. Por fin había llegado el día de volver al hogar que la vio nacer. Y aunque sus últimos días allí habían marcado de sufrimiento parte de sus recuerdos, poco a poco fue superando la memoria de aquellos días negros y reencontrándose con su pasado. Estaba cada día más recuperada y, lo que era aún más importante, feliz.

A Mersal le quedaban aún dos semanas de reposo junto a sus hermanas, y yo fui alternando mi vida entre la casa de mis primas y la casa de mis padres. Además, ya llevaba más de tres semanas en mi país, y la fecha de mi regreso a Barcelona estaba cada vez más próxima.

Uno de aquellos mediodías radiantes de los que sólo se dan en mi país, de un calor intenso y evocador, la hija mayor de Mersal se sentó en mi regazo. Nazanin era una espabiladísima y bella niña de nueve años.

—Princesa, ¿tu madre te ha contado que cuando éramos muy pequeñas, quizá aún algo más pequeñas de lo que tú eres ahora, yo era su mejor amiga? —le pregunté mientras le acariciaba lentamente el pelo.

—No, *khala* Nadia.

—¿Nunca te ha hablado de mí?

—Es que mamá casi nunca habla, *khala jan*...

—¿Que no habla? Vaya, pues yo siempre voy por ahí recordando nuestra amistad. Toda mi familia y mis amigos extranjeros han oído hablar de ella.

—Pues no me había hablado jamás de ti, *khala* —repuso con sorna la pequeña.

Estaba claro que Nazanin encontraba aquello de lo más divertido. Era injusto que no le hubiera hablado de mí a su hija, que era, junto al resto de sus hijos, la persona más importante de su vida. Me giré hacia Mersal y le eché una mirada de reprobación.

—Mersal, ¿por qué no le has contado nunca todo lo que hacíamos de pequeñas?

—Porque no tenía fuerzas ni para hablar, Nadia *jan*, y menos aún para recordar los momentos felices de mi vida... pero nunca me olvidé.

Su respuesta no acababa de convencerme, pero sabía que aquello no era una simple excusa. Así que traté de encontrar la raíz de sus problemas.

—A ver, Mersal *jan*. Dime, ¿qué es lo que haces a lo largo del día que te deja tan agotada?

—Pues exactamente lo mismo que cualquier otra mujer de Pol-e-Alam, Nadia *jan*. De buena mañana preparo el pan en el *tanor*, sirvo el desayuno a mi esposo e hijos, y después limpio un rato. Antes de que regresen, voy a recoger verduras al huerto o aprovecho para lavar la ropa, y luego vuelvo a cocinar para ellos. Y así hasta que aparece la primera estrella de la noche. Eso he hecho cada día durante los últimos quince años.

Sentí cómo se me hinchaba el pecho de felicidad. Ella también se acordaba de nuestra estrella, la había tenido presente durante todos estos años, exactamente igual que yo. Le lancé una mirada de complicidad y guardé silencio durante unos segundos.

—Pero algo harás que te distraiga un poco, ¿no? Coser, bordar... —insistí, sin acabar de creer que su vida fuera tan monótona y sacrificada.

—Nadia *jan*, me encantaría, pero ¿de dónde podría sacar tiempo para eso? Además, ya ni siquiera puedo limpiar el arroz, esas tareas tan pequeñas me resultan imposibles...

En aquel momento entendí que aunque yo llevara la brutalidad de la guerra grabada a fuego en mi piel, el dolor de Mersal había sido igual o incluso más profundo, aunque fuera menos visible.

Tan sólo una semana antes de que regresaran de nuevo a Pol-e-Alam acompañé a Mersal al dentista. Contra lo que me temía, no me costó nada convencerla para que se hiciera una revisión. Como cuando éramos pequeñas y deseaba acompañarme a hacer los recados allá donde fuera, ahora también estaba encantada de salir de casa. Necesitaba tiempo y espacio para sí misma.

La clínica dental estaba en la avenida Maiwand, una de las calles más céntricas y comerciales de Kabul. La consulta, situada en una planta baja que daba a la calle, era bastante modesta a pesar de que se anunciaba por doquier como la clínica dental de mayor prestigio de la capital. La sala de espera estaba decorada con reproducciones de cuadros de arte contemporáneo, y no había sillas, tan sólo un pequeño banco de madera en el que sentarse. Nos hicieron pasar a la sala de trabajo, que no era más que una salita con una raída camilla de dentista y una mesa repleta de instrumentos de trabajo.

—Siéntate y muéstrame la dentadura, hermana —ordenó el médico mientras preparaba el instrumental que necesitaba—. ¿Cuántos años tienes, *khowar*? —le preguntó, cuando Mersal tomó asiento.

—Veintiocho, señor.

—¿Y estás casada?

—Sí, señor.

—Y tienes hijos, supongo... —exclamó en voz baja el doctor, casi para sí.

—Sí, señor. Nueve... ocho, uno murió a los ocho años —contestó Mersal, cada vez más intimidada por el aluvión de preguntas.

El doctor empezó a revisar con detenimiento la dentadura de Mersal mientras continuaba preguntándole acerca de su vida.

—¿Y cómo es que sus padres la casaron tan pronto? ¿Aún siguen vivos? —me preguntó a mí.

—Sus padres ya han muerto, doctor —respondí.

Mersal me miraba extrañada, incrédula.

—¿Y le han dejado alguna herencia, al menos?

—Nada, eran humildes, como la mayoría —respondí.

El dentista hacía un gesto de reprobación.

—Madre mía, hermana. Con nueve hijos tendrías que haber tomado muchísimo calcio, y complementos para los huesos y los dientes. Y por lo que veo, tú no tuviste nada de eso en cuenta... —continuó, resignado.

Mersal negó ligeramente con la cabeza.

—¡No te muevas, hermana, haz el favor! —exclamó—. Bien, ¿y su marido de qué trabaja? Necesitan un buen salario para alimentar a tanto crío...

—Su marido no trabaja. No puede, es cojo —respondí, cada vez más molesta—. ¿Queda mucho, doctor?

—Ya estamos. Puedes incorporarte, hermana —le dijo, y se dispuso a lavar los instrumentos que acababa de utilizar—. Por cierto, ¿y cómo podéis dar de comer a tantos hijos?

—Tenemos un pequeño huerto en casa donde cultivamos verduras, y con la pensión de discapacidad de mi marido tratamos de comprar algo de arroz y carne para alimentar a nuestros hijos —explicó Mersal mientras me miraba, visiblemente incómoda con aquella conversación.

—Admirable... admirable, sin duda. Seguidme, por favor —nos indicó el doctor.

Nos guió hasa su despacho. Su explicación fue clara y directa, sin rodeos. Debía sanar toda la boca, para lo que era necesario extraer los pocos dientes que aún le quedaban a Mersal, ya que estaban infectados de caries y era del todo imposible salvarlos. Después sería necesario hacerle una dentadura postiza, pero su precio rondaba los cuarenta mil afganis, unos ochocientos euros, un precio totalmente inasumible para mi prima. La otra alternativa era instalarle una dentadura postiza de materiales más económicos, una opción que bajaba a los veinte mil afganis.

—No tengo tanto dinero, doctor... —suspiró Mersal.

Se hizo un silencio que me pareció eterno.

—Bueno, yo me encargaré de conseguir el dinero, y cuando lo tengamos volveremos. Si a usted le parece bien, claro... —intervine.

—Me parece perfecto —contestó, amable.

Nos despidió con un lacónico «suerte, hermanas». Salimos de nuevo al bullicio de las calles de Kabul y guardamos silencio. El dinero que me quedaba no era suficiente para cubrir aquel imprevisto, y no sabía cómo podría conseguirlo.

—¿Sabes, Nadia? ¿Sabes qué pido a Dios día tras día? —me soltó Mersal, mirándome fijamente.

—No, Mersal *jan*, no lo sé... ¿Qué le pides a Alá?

—Pido a Dios que me lleve con él lo antes posible. Así Lala sabría lo que es cuidar él solito de ocho hijos. Se volvería loco, y se lo tendría bien merecido. Se haría justicia.

Eran palabras muy duras. Había cambiado tanto... La vida la había castigado demasiado. Pensé en lo alegre y bonita que había sido, en aquella otra Mersal, mi amiga de la infancia, y me prometí que haría todo lo que fuera por darle una mejor calidad de vida.

Tras recorrer un par de calles, Mersal me agarró del brazo con suavidad. Me giré hacia ella. Iba tapada con un burka de color azul claro que la ocultaba completamente.

—Nadia *jan*, ¿me dejarías que abusara un poco más de tu amabilidad, a que sí?

—¡Claro! Haré todo lo que esté en mi mano para hacerte feliz.

—¿Me invitas a un helado? —dijo, divertida.

Ambas rompimos a reír. No hacía falta que lo dijéramos, las dos estábamos pensando y recordando lo mismo.

—¡Claro que sí! ¡Venga, vamos a por uno bien grande ahora mismo! —exclamé.

No podía verle el rostro, pero su voz tenía un tono alegre, feliz, exactamente como cuando éramos niñas.

No tardamos en encontrar una heladería, y justo cuando cruzábamos el umbral de la puerta, Mersal tuvo un ligero momento de flaqueza.

—Quizá deberíamos volver a casa, Nadia *jan*. A mi marido le extrañará que tardemos tanto... —musitó con voz temblorosa.

—Tonterías, Mersal. Si nos reclama algo, le diremos que el dentista nos hizo esperar.

—Tienes razón, Nadia *jan*.

Pidió un enorme cono de leche merengada, del tamaño más grande, y nos lo comimos sentadas en una de las mesas de la heladería, en la zona reservada a las mujeres. Saboreaba el helado con tal pasión que el solo hecho de verla era un auténtico privilegio. En ese momento pensé en cómo a veces nos olvidábamos de valorar los pequeños detalles de la vida. Esos pequeños detalles que nos conceden eternos instantes de felicidad.

Mersal estaba radiante.

—Podría comer helado a todas horas, nunca me saciaría. —Acercó su rostro al mío, por encima de la mesa, y me preguntó si podría llevarse otro y comérselo por debajo del burka, mientras regresábamos a casa. Volvía a ser aquella niña soñadora y llena de inocencia que yo recordaba.

—Pero ten en cuenta que si manchas el burka, Lala descubrirá que le hemos engañado.

—No lo mancharé, te lo prometo. ¿Sí?, por favor. —insistió, jovial.

—¿Seguro? No sé, no sé... —repliqué, tentándola con picardía.

—Nadia, te confesaré algo, pero debes guardarme el secreto. Llevo tantos años cargando con el burka que podría hacer cualquier cosa debajo de él sin que nadie se diera cuenta. Y cualquier cosa es cualquier cosa —exclamó, divertida, mientras lanzaba una risotada—. Ahora... ¿me comprarás otro, por favor?

Había vuelto a regalarme otro momento de alegría compartida, y no pude negarme. Mersal se salió una vez más con la suya.

De camino a casa pasamos por delante de un sinfín de puestos ambulantes, en muchos de los cuales se vendía comida. Los más populares eran los de helados, los de hamburguesas y el de una típica sopa afgana de carne y verdura. Ante uno de aquellos carros de sopa, que desprendía un aroma delicioso, Mersal volvió a estirarme del *niqab*.

—A ver, ¿qué pasa ahora, Mersal *jan*? —le pregunté, sorprendida por aquella reacción.

—¿Me compras una sopa, por favor? Su olor es irresistible...

Me acerqué al puesto y le compré una sopa bien caliente, y le pedí al vendedor que me la llenara hasta arriba. Me devolvió el recipiente de plástico a rebosar, humeante, y se lo entregué a Mersal.

—Qué olor más agradable... —dije mientras nos sentábamos en la acera para que pudiera comerse tranquilamente la sopa bajo el burka.

—¡Qué sensación, siento cómo me arde todo el cuerpo por dentro! Ha sido un día fantástico...

—Me alegro mucho, Mersal *jan*. Nos merecíamos un día así, después de tanto tiempo, ¿no crees?

—Gracias, gracias por todo, prima. Gracias por llevarme al dentista, por los helados, por la sopa, por el paseo... Creo que el paraíso debe de ser algo parecido a un día como el de hoy.

Tenía razón. Éramos felices, muy felices. Hasta entonces había sido una esclava de Lala y de la familia de su marido, pero aquello había tocado a su fin. Volvíamos a estar juntas, y yo no iba a permitir que volviera a sufrir.

El regreso

Cuando los primeros destellos de luz adormecían la belleza de la noche kabulí yo aún seguía allí, acurrucada entre las sábanas. Atenta y desvelada, con la mirada perdida en la oscuridad del salón. Llevaba un mes y medio en Afganistán, y aquella sería mi última noche en casa, junto a los míos.

A las diez de la mañana debía embarcar de nuevo rumbo a Barcelona, vía Islamabad y Londres. Mi otro mundo me esperaba; mis padres catalanes, mi casa en Badalona, mis estudios, mis amigos, mi vida en Europa. La despedida sería dura, estaba más que segura.

Tenía los ojos hinchados de tanto llorar. No había pegado ojo en toda la noche. Mamá llevaba días suplicándome que no la abandonara de nuevo, pero debía volver. Debía hacerlo para poder mantener a mi familia en Kabul, pero también para seguir con mis estudios. Y, lo más importante, añoraba ser y sentirme libre. Añoraba mi otra vida, pero a la vez deseaba estar cerca de mi familia. Me embargaba aquella sensación, tan familiar y a la vez tan temida, de tener el corazón, el alma, partida en dos.

—Nadia, Nadia, cariño...

Era mamá. Susurraba mi nombre, allá entre las primeras sombras del amanecer. Por fin Nadia. Justo cuando debía volver me llamaba por mi nombre. Justo cuando yo debía dejarla atrás, ella dejaba atrás a Zelmai. Me levanté, permanecí unos segundos inmóvil, de pie, respiré lentamente y me acerqué a la cama de mamá. Como tantas veces había hecho a lo largo de ese último mes y medio.

Zia estaba recostada sobre su lado izquierdo, esperándome. Me senté a su lado mientras sus manos buscaban el calor de mi piel. Si los ojos eran la ventana del alma, entonces la suya no podía estar sumida en tristeza más profunda.

—Mamá...

—Hija, lo siento. Te quiero, y lo sabes. Sabrás perdonarme, ¿verdad?

Me hablaba lentamente, con voz trémula, como si cada una de aquellas palabras condensara la fuerza de toda una vida. Me sentí liberada.

—Claro, mamá. Ya no hay nada que perdonar.

—Nadia, hija....

Tenía muchísimas ganas de llorar, como mamá, pero sabía que ninguna de las dos lo haríamos. No mientras estuviéramos juntas. No aún, no hasta que nos hubiéramos separado. Era nuestra manera de mostrarnos enteras, de darnos fuerzas.

—Mamá, tengo que ir preparando la maleta. En poco más de una hora debo coger el taxi hacia el aeropuerto... ¿Me acompañarás?

—Sí, hija, te acompañaré. Y seguro que Arezo querrá también acompañarte...

Nos abrazamos y sentí su olor, ese aroma tan suyo que siempre añoro cuando estamos separadas. Las mujeres afganas creemos que cada una de nosotras tiene dos madres; una es la madre biológica, y la otra es la tierra que nos vio crecer. Yo estaba a punto de dejar atrás a ambas.

—Iré a despertar a tus hermanas —me dijo mamá mientras se incorporaba lentamente de la cama.

Apenas una hora más tarde ya estábamos listas para partir. Razia se había quedado a dormir con nosotras aquella última noche. Así podría despedirse de mí de buena mañana, y volvería a su casa junto a Shair cuando éste acabara de trabajar. Papá se levantó junto a Arezo, y desde entonces esperaba sentado junto a la esquina de una de las paredes del salón. Su expresión era mucho más sombría que de costumbre. Quizá sabía, o intuía, que mis días allí ya tocaban a su fin. O quizá simplemente hoy había amanecido más triste y melancólico que de costumbre. Me acerqué a él, mientras Arezo le ayudaba a incorporarse.

—Papá... Papá *jan*, me voy... Regreso a Europa.

—Ya me parecía que algo pasaba... ¿dónde vas, hijo? —preguntó, con el semblante abatido.

—Regreso al extranjero, papá. Debo continuar con mis estudios, prepararme mejor para el futuro. Seré aquella mujer que tú deseabas que fuera cuando era pequeña. Querías que estudiara y prosperara, y eso estoy haciendo.

—¿Y cuándo volverás? El tiempo pasa demasiado rápido, hijo...

—Volveré, papá, pero aún no sé cuándo...

—¿Tú crees, hijo? —Parecía pensativo, aunque mucho más consciente y lúcido de lo que era habitual.

—Estoy seguro.

Le abracé muy fuerte. Sólo esperaba poder verle de nuevo. Me rompía el alma volver a separarme de mi familia.

—Adiós, Zelmai *jan*.

—Adiós, papá *jan*. Te quiero.

Tenía los ojos vidriosos. Tras un último abrazo se dejó caer de nuevo en el suelo, contra la pared.

Razia, en cambio, me esperaba dispuesta a llevar a cabo el ritual de la despedida, tras el cual el ser querido será colmado de buena suerte a lo largo del viaje que está a punto de emprender, según la tradición afgana.

—¿Nadia *jan*, estás lista?

—Sí, hermana —contesté.

Me coloqué junto a Razia, mirando frente a la puerta de entrada. Razia alzó ceremoniosamente el Corán con su mano derecha, mientras que con la izquierda aguantaba un pequeño bol lleno de agua.

—Cuando quieras, *khowar* —ordenó.

Al instante exclamé «¡a Dios!» y avancé unos pocos pasos, tras lo cual Razia lanzó el agua justo detrás de mí. Para nosotros el agua es claridad, paz, felicidad. Y aquel simple ritual pedía a Alá que el agua, y todo lo que ella simboliza, siguiera mi estela a cada paso que diera.

—Gracias, Razia *jan*. Cuídate muchísimo hermana, y saluda a tu marido de mi parte.

—Eso haré, Nadia *jan*. Te estaremos esperando, como siempre...

La abracé por última vez y, antes de irme, miré con ternura a mi padre. Seguía en su rincón, cabizbajo.

Arezo, mamá y yo avanzamos a paso rápido por las callejuelas del barrio. No nos costó demasiado encontrar un taxi libre en la plaza.

—¿Qué harás ahora, Nadia *jan*? —me preguntó Arezo, con una sonrisa entre triste y resignada.

El taxi recorría las atestadas calles de Kabul esquivando con asombrosa pericia todos los vehículos que salían a su paso. Y yo, perdida en aquel espectáculo de luces, el ruido de los cláxones y el humo de mil tubos de escape, volví a pensar en la esencia de mi país. En cada calle, en cada plaza y en cada parque trataba de rememorar recuerdos del pasado. De cada uno de aquellos lugares guardaba algún recuerdo de mi infancia.

—Volveré a abrazar a mis amigos y a mi familia, trabajaré por mí y por vosotros y seguiré estudiando, Arezo *jan*. Sobre todo estudiaré, estudiaré muchísimo. Como espero que hagas tú también...

Arezo asintió con un ligero movimiento de cabeza. «Ya hemos llegado», exclamó el taxista. Las tres bajamos.

Las cogí de la mano y recorrí con la vista aquella ciudad, aquellas montañas, aquel paisaje tan especial, tratando de grabarlos en mi mente tal y como ya lo estaban en mi alma. Ése era mi mundo. Aún no me había ido y ya lo añoraba.

El trayecto hasta el aeropuerto se me hizo demasiado corto. Y los silencios, eternos. Tras facturar el par de maletas con las que volvería a Barcelona, nos detuvimos a pocos metros de la zona de embarque.

—Cuídate, Nadia *jan*. Y acuérdate de mí allí, ¿sí? —dijo Arezo mientras me abrazaba fuerte, muy fuerte, como no había hecho hasta entonces.

—Y tú también eh, Arezo *jan*. —Sonreí—. Y tú, mamá...

—Hija... Ya te echo de menos —susurró, mientras me besaba en la frente, en la mejilla, mientras se fundía conmigo en un abrazo eterno.

Tardé unos segundos en reponerme, quizá más. Trataba de mostrarme fuerte y segura de mí misma, así les haría algo más fácil la despedida. Agarré las maletas, suspiré hondo y volví a sonreír. Era mi último y desesperado intento por tratar de contener mis emociones. Mamá me miraba con el alma en los ojos. Dejé caer las maletas al suelo y volvió a abrazarme.

—Nadia *jan*, te quiero. Antes de que te vayas... Siempre te recuerdo junto a tu hermano, riéndote por cualquier cosa. Nunca olvidaré cómo lo mirabas, ensimismada con esos ojazos tuyos, preciosos, iluminados por el resplandor anaranjado del fuego...

—Y yo, mamá *jan*, nunca olvidaré las noches que pasaste en vela por mí, acariciándome el pelo, acurrucándome, contándome historias mientras el viento del desierto azotaba nuestra tienda de campaña. Yo también te quiero…

Estaba llorando. Di media vuelta y me dirigí a la puerta de embarque. Era un mar de lágrimas. No pude mirar atrás. «Te quiero, te quise y te querré», susurré para mí.

—¿Su tarjeta de embarque, por favor?

—Aquí tiene…

—Asiento D, fila 13, señora Ghulam.

«Os quise, quiero y querré», me dije entre silencios. Mamá, Mersal, Sha Ghul, Omaira… Ahí seguían, ante mí. Antes de subir al avión un soplo de aire suave y apacible acarició mi rostro.

Agradecimientos

Me gustaría reconocer la ayuda de las personas que me han apoyado en todo momento y han hecho posible que este libro saliera a la luz.

Estoy en deuda con mis amigos y amigas, en especial con Carme Vilarmau, Joan Garcia, Mireia Bada y Albert Vicente, Tònia y Bertomeu, Paula Valriu, Martina Vilaseca, Inma Alijarte, Susana Maluenda, Josep Boldú y Elisabet Quesada, sin olvidarme de mi tía Isabel Canillas y de mi queridísima Ariadna Nuño, que me sigue acompañando en los momentos difíciles. Este proyecto no habría sido posible sin el esfuerzo y la dedicación de todos ellos, que han contribuido con su granito de arena en mi día a día.

Por descontado, agradezco a toda mi familia, y especialmente a mi pareja, la infinita comprensión que siempre tienen conmigo. A mis padres, por su ejemplo, por su paciencia, inteligencia y generosidad, y no menos importante, por ser capaces de aguantarme cada día. Sin su apoyo e inspiración no habría sido capaz de salir adelante en los largos y duros viajes a los que he tenido que enfrentarme. Y a mis hermanos, especialmente a Marta *jan* y a su marido, Gabriele, que a pesar de verlos menos de lo que desearía, siempre los siento a mi lado.

Quiero mostrar mi agradecimiento a mis editores, Laura Álvarez y Carlos Martínez, por confiar en mí y abrirme de par en par las puertas de la editorial, y a la agencia literaria de Sandra Bruna. Especialmente a Berta Bruna, por creer en mí desde el primer día y por darme la confianza que necesitaba para sacar adelante este proyecto.

A Javier Diéguez, del que me siento infinitamente orgullosa y afortunada de tener por amigo, una de esas pocas amistades que se sienten en lo más profundo del corazón. Gracias a él he podido, finalmente, dar voz a las mujeres de mi familia, algo que siempre fue uno de mis sueños. Este proyecto ha sido un reto enorme para ambos, pero a pesar de ello lo hemos conseguido juntos, en un camino al que le hemos dedicado mucha perseverancia y buena parte de nuestras energías. Es imposible resumir tantos momentos especiales en cuatro palabras. Con él he compartido cada uno de los momentos importantes de mis últimos años, nos hemos ilusionado con nuestros pequeños éxitos y ha luchado junto a mí en las situaciones difíciles. Gracias por conseguir que, tras tantos momentos duros, aún tenga fuerzas para seguir adelante y para no sentirme sola.

Mi agradecimiento más sincero, especial y sentido a Carles Fernández Giua. Sin él este proyecto no habría sido posible. No sé cómo agradecerle el apoyo y la confianza que siempre tiene en mí, y su enorme capacidad para dar forma a mis ideas. Sus aportaciones han sido valiosísimas y han enriquecido enormemente esta novela, y han servido además para consolidar aún más la profunda amistad que nos une. Gracias, Carles, por tu disponibilidad ilimitada, por tus opiniones, correcciones, paciencia e incluso por los ánimos que me has dado en los momentos más complicados. Tu apoyo emocional ha sido imprescindible para que esta obra llegara a buen puerto. Infinitas gracias, Carles. Te llevo y te llevaré siempre conmigo.

Quiero mostrar mi mayor admiración a todas y cada una de las mujeres de mi familia, así como a mis amigas afganas, que a pesar de las enormes dificultades siguen luchando y son el mejor ejemplo a seguir.

Por último, también quiero dar las gracias a aquellos que de una u otra manera nos han ayudado tanto a Javier como a mí, aunque sus nombres no figuren en estas líneas; sin todos los que han pasado por nuestras vidas nada de esto habría sido posible.

NADIA

Al igual que Nadia, debo dar las gracias a nuestra agente y amiga, Berta Bruna, así como a Laura y a Carlos, nuestros atentos y encantadores editores.

Mi agradecimiento más sincero también a todos aquellos que han creído en mí; a toda mi familia, y muy especialmente a mi tía Aurita, que sigue luchando y sabrá vencer. A Antonio Álvarez y a Antonio Carrera, a Victoria Segura y a Juanje Yamuza, a Josep E. Madaula, a Pedro Martín, a Jair Yépez, a Rudy Benza, a Javier Cerrillo y a mis queridísimas Sara y Cris Romero Serantes. Y, sin duda, también a Afzal Azizi y a Miguel Laborda, a quienes quiero y admiro a partes iguales.

A Carles Fernández, a quien siempre estaré enormemente agradecido por su inconmensurable ayuda, y a quien ya cuento entre mis amigos. Gracias, Carles. Eres grande.

Por último, a Nadia: Estoy orgullosísimo de ella, es el mejor ejemplo a seguir, y encima es mi mejor amiga. ¿Qué más puedo agregar? Las palabras, en estos casos, sobran. Baste decir, simplemente, que la quiero y que seguiré estando a su lado, siempre.

JAVIER

El papel utilizado para la impresión de este libro
ha sido fabricado a partir de madera
procedente de bosques y plantaciones
gestionados con los más altos estándares ambientales,
garantizando una explotación de los recursos
sostenible con el medio ambiente
y beneficiosa para las personas.
Por este motivo, Greenpeace acredita que
este libro cumple los requisitos ambientales y sociales
necesarios para ser considerado
un libro «amigo de los bosques».
El proyecto «Libros amigos de los bosques» promueve
la conservación y el uso sostenible de los bosques,
en especial de los Bosques Primarios,
los últimos bosques vírgenes del planeta.

Papel certificado por el Forest Stewardship Council®